TRUQUE REAL

MISHA BELL

♠ Mozaika Publications ♠

Título original: *Royally Tricked*
Copyright © 2022 Misha Bell
www.mishabell.com/pt/

Tradução: Nany
Preparação de Texto: Vania Nunes

Capa: Najla Qamber Designs
www.najlaqamberdesigns.com

Fotografia: Wander Aguiar
www.wanderbookclub.com

Bell, Misha

Truque Real, de Misha Bell. Tradução: Nany. 1ª edição. Rio de Janeiro, BR, 2022.

Publicado por Mozaika Publications, por Mozaika LLC
www.mozaikallc.com

e-ISBN: 978-1-63142-753-4
Print ISBN: 978-1-63142-754-1

Capítulo Um

*E*u aperto a faca com mais força. — Segure firme.

Minha vítima, quero dizer, meu amigo Wally, o espectador, parece inquieto.

— Você tem certeza disso?

Preciso de todas as minhas habilidades de atuação para deixar a quantidade certa de dúvida aparecer em meu rosto. — Só não retire a sua mão.

Ele tem a palma da sua mão contra a minha, como se tivéssemos sido colados no meio de um aperto estranho. Minha mão está enluvada, é claro.

Eu olho ao redor. Estamos sozinhos na área externa da cafeteria, e os pedestres que passam na rua não estão prestando atenção em nós.

Que pena. Eu adoro uma plateia.

Como eu esperava, Wally confunde minha surpresa com nervosismo e sua mão treme.

Sou uma péssima amiga por gostar tanto disso?

Pergunta idiota. É como perguntar se sou uma irmã má por colocar a mão da minha irmã gêmea na água morna naquela noite, quando por acaso ela molhou a cama "por algum motivo".

Eu sou apenas uma amiga divertida. E uma irmã divertida.

Eu olho para as costas da minha mão enluvada para deixar minha vítima mais nervosa.

— Eu vou... agora.

Combinando ações com palavras, eu levanto a faca em um arco amplo e dramático, canalizando a cena do chuveiro de *Psicose*.

Wally puxa a mão antes que a lâmina alcance o alvo.

Uau. Isso não teria funcionado se ele não tivesse se acovardado.

Eu prossigo com o movimento de esfaqueamento e grito de dor falsa antes de fazer o movimento furtivo para completar a ilusão.

A imagem resultante fala por si: a faca está enterrada até o cabo em um lado da palma da minha mão enluvada, com a lâmina saindo do outro lado.

Wally fica boquiaberto, seu rosto magro quase tão pálido quanto o meu – e como parte de minha persona de palco, não deixo o sol tocar minha pele há anos.

Eu considero sua reação um elogio. Ele deve acreditar que eu realmente perfurei minha mão. A realidade é diferente, claro. A lâmina que estava saindo da faca agora está escondida no cabo oco, e a lâmina que se projeta da minha palma é mantida no lugar por um poderoso ímã dentro da minha luva.

— Espere um segundo — diz Wally, sua respiração se acalmando. — Não há sangue.

Antes que ele possa usar uma lógica mais irritante, eu triunfantemente "arranco" a faca e afirmo ter curado minha mão com uma palavra mágica.

— Isso foi obviamente uma ilusão — diz ele, olhando para a faca.

Eu escondo no meu bolso. — Tem certeza?

Ele agarra meu pulso para inspecionar a luva. Está intacta, deixei cair o ímã no bolso quando escondi a faca, então, como dizemos na minha profissão, estou limpa.

— Deixe-me ver a faca — ele exige.

Eu retiro a faca normal escondida em meu bolso ao lado da com o truque.

Wally a examina, parecendo mais confuso a cada segundo. Finalmente, ele pronuncia as oito palavras favoritas de todo mágico. — Não tenho ideia de como você fez isso.

Eu sorrio. — Então, você pode ficar ainda mais surpreso com isso. — Tiro um relógio listrado vermelho do bolso. — Eu acredito que isso é seu.

Ofegante, ele arranca sua posse. — Como você fez isso?

— Extremamente bem — digo calmamente.

— Holly? — uma voz masculina desconhecida chama da rua.

Eu olho para o recém-chegado e, de repente, é minha vez de ficar boquiaberta.

Eu não sabia que esse tipo de perfeição masculina existia fora de Hollywood.

Traços bem esculpidos. Nariz romano. Olhos castanhos vagamente felinos que se concentram no meu rosto de forma predatória, fazendo-me sentir como uma gazela prestes a ser devorada.

Eu engulo a superabundância de saliva em minha boca com um gole alto.

O torso musculoso e de ombros largos do estranho está vestido com uma camiseta branca justa e, apesar dos jeans rasgado caindo em seus quadris estreitos, há algo de nobreza nele – uma impressão apoiada pelo desenho estranho na fivela de seu cinto. Assemelha-se a um brasão que um cavaleiro medieval coloca em seu escudo.

Disseram-me que comparo muito as pessoas com as celebridades, mas é difícil fazer com esse cara. Talvez se o romance entre Jake Gyllenhaal e Heath Ledger em *Brokeback Mountain* tivesse dado frutos?

Não, ele é ainda mais bonito do que isso.

Percebendo que estou olhando para seu rosto muito intensamente para que seja considerado educado, eu abaixo meu olhar e noto que ele está segurando duas tiras de couro em seus punhos. Coleiras, provavelmente.

Meio esperando ver escravas sexuais dispostas na outra ponta daquelas coleiras, em vez disso encontro dois cães estranhos.

Pelo menos, acho que as criaturas são cães.

Um tem manchas pretas e brancas que o fazem

parecer um panda. Na verdade, dado o tamanho gigantesco da criatura, não posso descartar a possibilidade de que *seja* um urso. E, se parecer uma espécie ursina em extinção não fosse estranho o suficiente, a fera está usando óculos de proteção.

É por causa da visão ruim ou o panda está prestes a praticar snowboard?

A segunda criatura não tem óculos e me lembra um coala, apenas muito maior e com uma língua canina pendurada.

Eu forço meu olhar de volta para seu dono ridiculamente bonito. — Ei — é tudo o que consigo dizer. Meus hormônios hiperativos parecem ter me roubado a capacidade de falar.

O estranho estreita os olhos castanhos. —Você *é* Holly, certo?

Esta é a sua chance, minha maga interior dispara. *Engane o estranho gostoso. Engane-o completamente.*

Banindo a luxúria com um esforço heróico de vontade, eu esfrego minhas mãos internamente, à la vilão do mal. Até eu adotar minha atual persona de pele clara e cabelos negros, eu era confundida com minha gêmea idêntica regularmente, até mesmo por pessoas mais próximas a nós. Nossos rostos ovais são exatamente os mesmos, até as maçãs do rosto altas e um nariz forte. Eu nasci literalmente para esse engano em particular.

Adicionando o mais leve toque de elegância à minha voz, eu digo: — Quem mais eu seria?

Pronto. Se ele souber que Holly tem uma irmã

gêmea chamada Gia (que sou eu), ele vai expressar esse palpite agora e eu vou desistir.

Pode ser.

Aposto que posso blefar com ele, mesmo que ele saiba que eu existo.

Ele me encara atentamente. — Você mudou seu cabelo.

— Cosplay da *Família Addams* — digo na minha melhor voz de Morticia Addams. Não é a minha mentira mais convincente, mas o cara parece que está prestes a aceitar, de qualquer maneira. Então, eu vejo um problema. Wally, piscando confuso, está prestes a falar. Chuto a perna dele por baixo da mesa e pergunto alegremente ao estranho: —Você conheceu Wally?

Espero que o gostosão estenda a mão e se apresente, permitindo-me saber seu nome.

Minha manobra maligna é frustrada pelo panda. Ele puxa a perna da calça do gostoso com os dentes. Vendo isso, o coala faz o mesmo do outro lado, exceto que seus movimentos são desajeitados, como os de um cachorrinho, deixando um buraco nas calças.

Se é assim que os cães chamam sua atenção, não admira que ele use algo tão esfarrapado. Além disso, ui. Espero que ele lave a saliva daquele cachorro da calça o mais rápido possível.

— Um segundo, pessoal — o estranho diz a seus amigos peludos em um tom caloroso e paternal que atinge algo em meu peito. — Vocês não veem que estou falando com Holly?

Ponto para mim! Ele acredita que eu sou Holly.

Desviando os olhos dos cachorros, o estranho dá uma olhada em Wally. Ele também acha que meu amigo se parece com Willem Dafoe, porém, quando ele interpretou o mentor de *Aquaman*, não o Duende Verde do *Homem-Aranha*?

Antes que eu possa perguntar, o olhar do estranho volta para mim. — Esse não é o seu namorado.

Eu pisco. Ele conhece o namorado de Holly? Onde minha irmã encontra todos esses pedaços de mau caminho? Este é ainda mais *sexy* do que seu Alex.

— De fato — eu digo, canalizando-a novamente. — Esse cara é apenas um *amigo*-amigo.

O sorriso malicioso do estranho é como um toque no meu clitóris.

— Não acho que homens e mulheres possam ser apenas amigos.

Claro que podem. Minhas irmãs e eu somos amigas de um cara em particular desde sempre, e ele nunca se meteu com nenhuma de nós. Claro, ele é gay, mas ainda assim.

Wally se levanta, toda dignidade ferida. — Olha, camarada, eu sou alérgico a cachorros, então, se você não se importa...

— Camarada? — Os olhos felinos do estranho estão zombando enquanto capturam os meus. — Viu? Ele não gosta que eu invada seu território.

O calor que percorre meu corpo não é mais luxúria. A audácia desse cara.

— Eu não sou território de ninguém. — E certamente não de Wally. Ele nunca deu em cima de mim, não em todos os dezoito meses em que nos conhecemos.

O rosto de Wally fica vermelho e ele aperta a faca que nunca devolveu.

Sério? A testosterona pode torná-lo *tão* estúpido?

— Ela está certa, camarada — diz Wally em sua voz mais ameaçadora, que, se formos honestos, soa um pouco como se ele estivesse fazendo uma representação do *Cookie Monster*. — É melhor você se mandar.

O estranho torce o lábio superior para ele. Se ele está ciente da faca, ele não mostra. Outra vítima de envenenamento por testosterona, sem dúvida.

— Me mandar? — Ele olha para mim. — Onde você encontrou esse *Wally*?

Ok, já chega. Eu sou a única com permissão para fazer piadinhas de "Onde está Wally?" às custas do meu amigo.

O estranho gostoso acaba de ultrapassar um limite.

Empurro minha cadeira para trás e fico com a altura de um metro e sessenta e cinco.

— Que tal 'dê o fora daqui'?. Essa escolha de palavras é melhor para você?

É quando o panda rosna para Wally – um som ameaçador que ninguém esperaria que viesse de um cachorro tão fofo, embora grande. Isso me lembra a notícia sobre um homem que tentou abraçar um panda no zoológico, apenas para acabar no hospital depois que o urso assustado o atacou.

Empalidecendo, Wally coloca a faca na mesa. Há

claramente pelo menos dez células cerebrais dentro daquele crânio grosso dele.

O estranho dá um tapinha na cabeça da fera de óculos e murmura algo calmante em uma língua que soa do Leste Europeu.

Huh. Ele não tinha sotaque quando falou comigo, mas o inglês deve ser sua segunda língua. Caso contrário, ele não iria dirigir-se a seus cães nessa língua estrangeira.

Droga. Com a nossa sorte, o gostosão é um mafioso russo.

— Sente-se — sibilo para Wally e, para meu alívio, ele faz o que eu digo.

Corrija para vinte células cerebrais.

Os belos olhos do estranho vagam pelo meu rosto antes de se estreitarem novamente.

— Você não é Holly. Ela é legal — Um toque daquele sorriso malicioso retorna a seus lábios, e sua voz se aprofunda. — Enquanto *você* é safada.

Já deu. Chega de Sra. Maga Boazinha.

Eu vagarosamente ando até ele.

Embora... talvez isso não seja uma boa ideia.

Agora que estou mais perto, percebo o quão alto ele é. E ombros largos. Os cães gigantes tiraram minha perspectiva, criando uma ilusão visual de que seu dono era de tamanho normal. Ele não é. Pior ainda, ele cheira divino, como ondas do mar e algo inefavelmente masculino.

Um truque nessas condições testará todas as minhas habilidades.

Espera aí. Será que os cachorros ficarão bravos por eu estar tão perto?

Como se estivesse lendo minha mente, o estranho lhes dá uma ordem severa, e eles timidamente se acalmam atrás dele.

Essa ordem tinha a intenção de *me* fazer querer me comportar como uma cadela boa e obediente? Porque eu meio que quero.

Não, dane-se. Estou seguindo meu plano, que exige que eu fique à distância de um batedor de carteira.

— Você quer ver o quão safada eu posso ser? — Eu pergunto com a voz mais sensual que posso reunir.

É normal que os olhos humanos fiquem rasgados assim, como se ele fosse um leão?

— Quão safada é isso, *myodik*? — o estranho murmura.

Ele acabou de dizer "meu pau", em seja lá que língua é essa? Não. Era algo em qualquer linguagem que ele usa com os cães. Ainda assim, seu pau está agora firmemente em minha mente, o que não ajuda a situação de sobrecarga hormonal.

Encorajando as imagens proibidas para menores, eu propositalmente lambo meus lábios.

— Vou roubar sua carteira. Ou seu relógio. Sua escolha.

A suposta escolha é a errada, obviamente. Meu verdadeiro alvo não é nenhuma dessas coisas, mas ele não precisa saber disso.

Suas narinas dilatam quando seu olhar cai para os meus lábios.

— É roubo se você me avisar?

Se fosse possível esquecer minhas preocupações com os germes e considerar colocar meus lábios nos de outra pessoa, eu faria isso agora. É o desejo mais forte que já senti.

— Qual é o problema? — Eu digo sem fôlego. — Amarelou?

Ele dá um tapinha no bolso direito da calça jeans.

— Que tal você roubar minha carteira?

Eu respiro fundo. — Obrigada por me mostrar onde está.

Antes que ele possa responder, eu procuro naquele bolso. Preciso de uma grande distração para o que estou realmente tentando roubar.

Pelas sobrancelhas de Houdini, é isso o que eu acho que é?

Sim. Não há como se enganar. Enquanto passo meus dedos enluvados na carteira, sinto algo mais por trás do tecido da calça.

Algo grande e muito duro.

Bem... Alguém está extremamente feliz por ser roubado.

Talvez ele estivesse mesmo dizendo "meu pau" antes?

Eu faço o meu melhor para sustentar seu olhar e não limpar minha garganta repentinamente seca.

— Você consegue sentir que estou te roubando?

Enquanto eu falo, trabalho para abrir a fivela sofisticada – seu cinto sendo meu verdadeiro alvo.

Suas pálpebras abaixam pela metade, e sua voz se aprofunda ainda mais.

— Seus dedos ágeis estão exatamente onde eu os quero.

Porcaria. Entre minhas luvas e seu apelo sexual ridículo, estou tendo problemas com o fecho.

Mas não. Eu não posso ser pega. Isso seria como revelar um segredo mágico – o maior tabu que posso imaginar.

— Esses dedos? — Eu pergunto com a voz rouca e acaricio sua dureza através das camadas de tecido, usando a direção errada que esse movimento de distração cria para puxar com mais força o fecho com minha outra mão, finalmente abrindo.

Eu gostaria de ver David Blaine fazer *isso*.

O gemido baixo e gutural do estranho é animalesco e faz meus mamilos ficarem tão duros que parecem prestes a virar do avesso. Ele agora parece um leão prestes a atacar.

Engolindo em seco, tiro minha mão de seu bolso e tento dar-lhe um sorriso sorrateiro. Em vez disso, sai vacilante.

— Eu mudei de ideia. Vou roubar o seu relógio.

Eu agarro seu pulso e aperto com força enquanto puxo o cinto com a outra mão.

Sim! Peguei. Escondendo o cinto nas minhas costas, faço beicinho para o relógio.

— Pensando bem, acho que vou deixar você ficar com seus pertences.

Ele parece triunfante, provavelmente convencido

de que seu apelo sexual derrotou minhas habilidades de batedora de carteira. Já que quase aconteceu, eu realmente não posso culpá-lo por pensar isso.

Eu cuidadosamente recuo. — Oh, a propósito, você perdeu isso?

Eu mostro a ele meu prêmio.

Com os olhos arregalados, ele muda seu olhar de um lado ao outro entre minha mão e sua calça.

— Como? — ele pergunta.

A pergunta é música para meus ouvidos.

— Extremamente bem — digo, mas não consigo controlar minha fanfarronice usual.

Ele estende a mão para pegar o cinto de volta. — Você é uma mulher perigosa.

Duas coisas acontecem simultaneamente quando me aproximo dele para devolver o cinto.

O panda tenta chamar sua atenção novamente puxando a perna esquerda da calça. Não querendo ficar para trás, o coala faz a mesma coisa do lado direito – só que desta vez, não há nenhum cinto segurando a calça e ela escorrega para baixo.

Totalmente

Caralho.

A maior ereção da história dos falos se projeta e – embora possa ser minha imaginação – pisca para mim.

Ele estava sem cueca todo esse tempo?

"Meu pau", de fato.

Eu fico boquiaberta com a enormidade. Mesmo que eu tenha tocado e sentido seu tamanho quando estava remexendo em seu bolso, eu nunca teria imaginado isso assim.

Suave. Reto. Deliciosamente com veias. Implorando para ser tocado, chupado ou lambido, mas não posso por razões que são difíceis de lembrar agora.

Deve ser preciso uma licença de transporte oculto para carregar esse tipo de calor. E também qualquer licença necessária para operar máquinas pesadas. E uma licença de caça. Talvez até uma licença do tipo 007 para matar...

Atrás de mim, ouço Wally arfar. Coitado. Aposto que até ele está pronto para se ajoelhar para provar e, pelo que sei, ele é hétero.

Eu não consigo desviar meu olhar.

Se aquele pau fosse uma varinha mágica, seria uma das *Relíquias da Morte* – aquela que Voldemort empunhava no final. E se fosse uma banana, seria o lanche do tamanho certo para *King Kong*.

O estranho deveria estar ficando vermelho de vergonha e lutando para se cobrir, mas em vez disso, um sorriso arrogante levanta os cantos de seus lábios.

— Gosta do que vê?

Sim. Tanto que eu quero pegar meu telefone e tirar uma selfie com ele.

Para minha enorme – e eu quero dizer *enorme* – decepção, ele puxa a calça. Sua voz está rouca. — Como eu disse. Safada. Muito safada.

Pegando o cinto dos meus dedos nervosos, ele o coloca de volta na calça e sai andando com seus cachorros, deixando-me parada ali, boquiaberta.

— Você acredita naquele cara? — Wally pergunta em algum lugar distante, seu tom indignado.

Não. Eu não acredito.

Eu não posso acreditar no que acabou de acontecer, ponto final.

Tudo o que sei é que não era isso que eu tinha em mente quando pensei em armar para aquele cara.

Capítulo Dois

O resto do passeio com Wally acontece em um nevoeiro. Tenho certeza de que ele passa pelo menos 20 minutos falando das coisas do estranho – literal e figurativamente – mas eu apenas escuto pela metade. Assim que é socialmente aceitável, dou uma desculpa para sair e corro para casa para ligar para minha irmã gêmea.

Já que o cara misterioso a conhece, ela deve saber quem ele é também.

Entrando em meu quarto, procuro um lugar para colocar meu telefone onde minha irmã não veja a parafernália mágica espalhada por toda parte. Eu não quero que ela venha aqui pessoalmente e dê uma de Marie Kondo pra cima de mim.

Pronto.

Aproximo-me de Manny, o manequim com quem pratico meus truques – da variedade mágica, é claro.

Tirando a cabeça inexpressiva de Manny, coloco meu telefone em seu pescoço e ligo para Holly.

Sem resposta.

Porcaria.

Eu ligo para ela sem o vídeo. Mesmo resultado.

Mudando para mensagem, peço a ela que me ligue assim que estiver disponível e espero.

E espero mais um pouco.

Cansada de esperar, decido me distrair. Mas com o quê?

Normalmente, eu uso todos os momentos livres da minha vida para praticar mágica, mas o pau do cara misterioso me lembrou de um projeto em que tenho trabalhado de vez em quando – um tipo de terapia de exposição que um dia permitiria que eu me tornasse íntima com um homem.

Certo. Eu admito. Posso ter um pequeno problema. Eu não apenas tenho problemas para apertar as mãos sem luvas. Também tenho um problema com toques mais íntimos, sem falar nas trocas de fluidos corporais de qualquer tipo.

Isso não é bom para um mágico ou humano. Se eu quisesse ser um detetive à la *Adrian Monk*, no entanto, seria ótimo.

Pelo lado positivo, minhas chances de desenvolver disenteria são quase nulas.

Tudo começou na minha infância quando testemunhei algo horrível, um incidente que venho chamando de Massacre dos Chapins-Zumbis.

Meus pais são donos de uma fazenda onde resgatam todos os tipos de animais e tiveram a brilhante ideia de abrigar um pássaro que atende pelo nome científico de *Parus major*, mais conhecido como Chapim-real, Tit em inglês. Este pássaro também tem outro nome – Chapim-Zumbi. A razão para o último é o que você esperava. Na natureza, esses pássaros têm sede de cérebros – cérebros de morcegos, para ser exato. Mas, ao que parece, eles não são muito exigentes e comem o cérebro de outros pássaros também, incluindo galinhas, que é o que eu encontrei naquele dia fatídico.

Galinhas sangrentas com seus cérebros viciosamente bicados.

Sangue e cérebros por toda parte.

Um Zumbi satisfeito.

Quase perdi minha voz de tanto gritar.

Na verdade, fomos duas de nós traumatizadas naquele dia. Minha irmã Blue, uma das sêxtuplas e, portanto, mais jovem e mais impressionável, apareceu primeiro na cena sangrenta. Ela tem medo de pássaros até hoje. Talvez também dos Tits, que em inglês também querem dizer 'seios'. Eu nunca perguntei se sua fobia entrava nessa área.

Eu estou bem com pássaros. E seios. Mas tenho nojo de sangue e cérebro, e essa aversão, desde então, se transferiu para todos os fluidos corporais e, por extensão, germes.

Então, sim. Se o conceito de beijo é insondável para mim, vários atos sexuais são ainda mais difíceis.

Com um suspiro alto, pego meu laptop e abro o primeiro site pornô que encontro.

Estou pronta para isso?

Eu respiro fundo e lentamente solto.

O que estou prestes a fazer é chamado de dessensibilização sistemática, e a ideia por trás disso é como o termo implica: se eu vir atos que me assustam em um ambiente calmo e controlado, posso ser capaz de criar coragem para lidar com a coisa real.

Ei, isso funciona para fobias de aranha e cobra.

Começo com vídeos de pessoas se beijando.

Fique calma. Não pense na microbiota salivar. Ou a microbiota da língua.

O problema é que ninguém apenas beija no pornô. Eles sugam o rosto um do outro de uma forma que lembra os monstros do *Alien*. Em geral, assistir pornografia faz em mim o que os filmes de terror devem fazer nas outras pessoas.

Falando em horror, é hora de aumentar a aposta.

Eu começo com uma cena de sexo papai-mamãe. A história aqui é que ele é um entregador de pizza e ela não pode deixar de seduzi-lo.

Sim. Certo. Isso é provável.

Assisti-los se despirem está tudo bem. Eles não se beijam, o que é bom – não por seu relacionamento fictício, mas por meu enjoo fácil. No entanto, enquanto vejo um pau sem camisinha entrar na abertura da atriz, minha frequência cardíaca dispara novamente, e não devido à excitação sexual.

Caralho. Estou hiperventilando?

Respire. Dentro. Fora. Isso não está acontecendo comigo. As pessoas no vídeo são adultos e é consensual. Além disso, as estrelas pornôs são testadas regularmente. Qual é a pior coisa que pode acontecer?

Meus mantras não estão funcionando. Posso pensar em um punhado de DSTs que têm um período de incubação extremamente curto, mas, de acordo com minha pesquisa, as estrelas pornôs se testam apenas duas vezes por mês. A matemática simples diz que se eles filmarem cenas suficientes, podem se infectar.

De alguma forma, consigo equilibrar minha respiração.

Bom. Estou pronta para mais.

Eu clico em um vídeo com uma pegada que é particularmente perturbadora para mim: uma chuva dourada.

A história aqui é que ela é uma MILF e ele é o melhor amigo do filho dela. O que não faz sentido. Ela não deveria ser sua urologista ou algo assim? Além disso, MILF significa "mãe que eu gostaria de foder", então, neste caso, ela não deveria ser uma MILPO, como em "mãe que eu gostaria de fazer pipi"? Ou MILPOM – "mãe que eu gostaria que fizesse pipi em mim"?

Em qualquer caso, isso realmente aumenta o valor terapêutico desta sessão. Assim que puder tolerar assistir a algo assim, posso estar pronta para a primeira fase no mundo real.

Tenho esperanças. Quem sabe.

Assim que o vídeo começa, a sensação de que estou assistindo a um filme de terror se intensifica.

Algumas pessoas acreditam que a urina é estéril, mas isso não faz sentido. Quando alguém tem uma infecção do trato urinário, o que os médicos procuram em sua amostra de urina? Bactérias. Isso funcionaria se o material fosse realmente estéril? Não.

Eu chego na metade do vídeo antes de desligá-lo. Acho que ainda não cheguei lá.

Eu mordo meu lábio, debatendo-me em terminar a sessão de terapia aqui, mas decido enfrentar mais uma coisa.

Bukkake.

É uma palavra japonesa que se traduz como "herpes dos olhos". Pelo menos é o que presumo, porque bukkake é um ato em que um grande número de homens ejacula coletivamente sobre alguém – uma mulher, na versão que estou prestes a assistir.

A história neste vídeo é que ela é a meia-irmã safada – um tema pornô muito popular neste site.

Mas espere. Esquecendo o fato de que alguns dos caras são muito velhos para ainda morar em casa, como essa família fictícia acabou com cinquenta enteados e uma enteada?

Depois que o bukkake real começa, acho difícil de assistir.

Talvez se eu avançar um pouco?

Não.

Piora.

Eles estão mantendo uma contagem digital no

canto do vídeo que informa ao espectador quantas vezes os caras gozam, bem como o número de vezes que a atriz engole – e chegamos a dezesseis jorros de porra e dez engolidas.

Isso não deveria parecer um filme de terror para qualquer um? Ao contrário de um tratamento facial normal, o rosto da mulher é completamente coberto por um líquido cremoso, criando um efeito grotesco.

Estranhamente, não tenho a sensação de que a atriz está sendo explorada, embora possa muito bem estar. Talvez seja porque ela parece que está se divertindo, enquanto os homens sem rosto apenas se aliviam mecanicamente e sem qualquer entusiasmo – como se fosse uma tarefa árdua.

Eu me pergunto quanto custaria contratar tantos caras se você quisesse fazer isso em particular em sua casa. Além disso, isso é realmente divertido para homens heterossexuais assistirem? Eu não sou uma especialista, mas parece que paus e porra são o prato principal aqui, com uma garota quase como uma coadjuvante. Além disso, a atriz pula uma refeição após essa cena? Quão nutritivo é esse negócio? Um vegano pode consumir?

Nota importante: nenhum desses paus é tão bonito quanto aquele que o estranho misterioso carrega. Na verdade, nenhum dos paus pornôs que eu já vi pode se comparar.

Espere. Eu estou trapaceando. Eu me desassociei do vídeo. Tenho que prestar muita atenção à tela e trabalhar para me acalmar para obter quaisquer efeitos terapêuticos.

Abro os olhos no estilo *Laranja Mecânica* e fico boquiaberta com a farra de gozar e beber.

Agora, o pânico se instala.

Assim como com a urina, se um homem tiver uma ITU, o sêmen pode estar contaminado com bactérias. Com tantos caras, as chances de um resultado ruim aumentam proporcionalmente.

Eu desligo o vídeo e equilibro minha respiração.

Estou pronta para a parte mais difícil da terapia?

Eu vou para a categoria desejada e dou uma segunda olhada. Há um vídeo chamado *Analysis*. As pessoas gostam de analisar as coisas?

Não. Na verdade, é *Anally Sis*, outra situação envolvendo meia-irmã e anal.

Certo. Pelo menos isso tem uma proporção de meio-irmão mais realista. Eu começo a assistir e me forço a olhar para o orifício aberto na tela.

Sim. Aí está. Boca no cu – uma prática que acho mais assustadora do que Freddy Krueger, Michael Myers, O Babadook e até mesmo Pee Wee Herman.

A respiração lenta não está me ajudando em nada agora. É assim que alguém com fobia de palhaço deve se sentir enquanto assiste *It*.

O receptor deve estar super limpo.

Não. Não está ajudando.

O doador deve ter um sistema imunológico extremamente bem desenvolvido.

Não.

Eu desligo o vídeo.

Não consigo assistir. Não estou pronta.

Ei, pelo menos eu não gritei. Ou tive um ataque cardíaco. A primeira vez que aprendi o que significava "jogar a salada", parei de comer todas as saladas por cerca de um ano.

Fechando meu laptop, trabalho para me acalmar.

Talvez tenha sido uma má ideia. Talvez eu não queira que minha gêmea me diga quem é o cara. Qual é o ponto? Não é como se eu pudesse fazer algo com ele. Pode ser frustrante...

Meu telefone toca.

Quando quase tropeço indo até o meu manequim, admito para mim mesma que *quero* saber quem ele é.

É por isso que é um grande alívio que seja minha irmã gêmea, Holly, quem está ligando.

Capítulo Três

Quase saltando de ansiedade, aceito a videochamada.

— Oi — Holly diz, um sorriso caloroso iluminando o rosto que compartilhamos.

Hmm. Isso é um olhar de êxtase pós-coito? Isso explicaria por que ela demorou tanto para me ligar de volta.

Como costuma acontecer, ela está segurando uma xícara de chá fumegante, com o dedo mindinho de pé. A grande sala atrás dela é desconhecida. Ela provavelmente está na casa do namorado – apoiando ainda mais minha teoria do coito.

— Ei — digo, olhando para o topo de sua cabeça. — Você pintou o cabelo?

Normalmente, tudo o que se destaca quando olho para minha irmã gêmea são nossas semelhanças. Desta vez, porém, concentro-me nas diferenças sutis, especialmente em nossos rostos, e isso me leva a pensar que o estranho misterioso pode estar certo, afinal. Comparado com a sinceridade gravada nas feições inocentes de Holly, eu só posso parecer um pouco safada.

Então, novamente, uma freira também pode.

Minha irmã gêmea pega uma mecha de seu cabelo e franze a testa.

— É a mesma cor de sempre. Por que você pergunta?

Eu roubo a carteira do bolso de trás de Manny com um movimento suave que um humano normal, espero, não notaria. — Parece mais vermelho para mim por algum motivo.

Ela balança a cabeça.

Eu sorrio. — Talvez você finalmente tenha lavado?

Ela sopra o chá exasperadamente, e posso ver que ela está louca para revirar os olhos.

— Por acaso você esqueceu qual é a cor natural do nosso cabelo, a essa altura?

— Eu tenho meu púbis para me lembrar. — Eu coloco a carteira de volta no bolso de Manny, uma técnica chamada 'devolução'. — E não há nenhum indício de vermelho aqui.

Ela perde a luta contra o revirar de olhos.

— Eu, isto é, *nós*, só temos essa tonalidade vermelha na cabeça, e apenas em certa luz, que pode ser por que você não percebeu.

Eu encolho os ombros. — Isso faz você parecer Cate Blanchett no início de *Elizabeth*.

Ela parece não ter certeza se foi insultada ou não, o

que é estranho, dado o quanto ela gosta de qualquer coisa britânica. Seus olhos ligeiramente estreitos parecem indicar que ela ficou ofendida, afinal. — Bem, *você* se parece com Cate Blanchett como Hela em *Thor: Ragnarok*.

— Eu vou aceitar isso como um elogio. Aquela mulher parece mais incrível quanto mais velha ela fica, e aquela personagem em particular era totalmente foda.

Ela balança a cabeça. — Ela não era má?

Meu sorriso se torna tortuoso. — Era? Ela era a primogênita, então, isso a tornava a herdeira legítima do trono. Você está dizendo que ela não merecia governar Asgard porque era mulher?

— Uma mulher sanguinária.

Eu roubo a carteira novamente. — Seu pai a criou para ser uma conquistadora, mas depois mudou de idéia na política externa antes de banir a pobre mulher. Por quê? Ela não é pior do que Loki, mas ele foi autorizado a ficar.

O sopro de Holly no chá é quase violento agora. — Você me ligou porque queria iniciar um debate aleatório?

Como já fiz isso no passado, não me sinto muito insultada. — Não. — Eu olho para a minha porta para ter certeza de que está fechada, já que não quero que uma das minhas colegas de quarto ouça a próxima parte. — Encontrei alguém que você conhece e queria perguntar sobre ele.

Ela pousa a xícara e aproxima o telefone do rosto.
— *Ele?*

Huh. A expressão sorrateira que distorce seus traços faz com que pareça que estou olhando para um espelho em forma de telefone.

Coloco a carteira no bolso. — Sim. Um macho da espécie *Homo sapiens.*

Eu o descrevo e os detalhes de nosso encontro, e quando chego à parte em que vi sua enorme varinha mágica, ela cospe seu chá.

— Então — digo quando ela fica sob controle. — Ele conhecia o seu namorado, então, é alguém que você...

— Eu sei exatamente quem ele é.

Uma expressão francamente travessa está em seu rosto agora. É assim que eu pareço na maioria das vezes? Se for assim, é melhor eu manter isso sob controle durante minhas apresentações de mágica.

Ela pega a xícara novamente, sopra o líquido de forma exageradamente lenta e toma um gole vagaroso.

Eu suspiro. — Você vai me fazer implorar?

Ela engole o chá com gosto. — Por que você quer saber?

É a minha vez de revirar os olhos. — Parafraseando Leonardo DiCaprio em *Django*: quando o vi pela primeira vez, ele teve minha curiosidade. Mas depois que vi seu pau totalmente ereto, ele teve minha atenção.

— Certo. Era o Tigger. — Ela me olha atentamente por cima da xícara. — Lembra?

Eu fico olhando de volta sem compreender. — Lembrar o quê? Ele é um grande fã do *Ursinho Pooh*?

Ela ri. — Eu pensei algo parecido quando ouvi esse apelido pela primeira vez. Eu suspeito que ele foi apelidado assim porque pulava muito quando era criança.

Oh. Bem, ele pode pular – ou quicar – em mim sempre que quiser.

— O que é que eu devo lembrar?

O chá recebe outro golpe que soa exasperado. — Que eu me ofereci para te arranjar um encontro com ele.

— Foi?

— Sim. — Ela toma um gole delicado. — Você recusou. Disse que parecia um *galinha*.

— Oh. — No piloto automático puro, eu roubo o relógio de Manny enquanto forço minha memória. — Você quer dizer o primo do irmão do namorado de sua nova melhor amiga?

Até recentemente, eu estava preocupada com o fato de minha irmã gêmea ser anti-social. Por anos, tenho sido sua melhor e única amiga, enquanto ela tem sido uma das minhas muitas. Fiquei agradavelmente surpresa quando ela conheceu um cara e se tornou próxima da irmã dele – e eu não tenho ciúmes da amizade delas. Nem mesmo quando ela fica extasiada com o quão bonita, inteligente e inspiradora é a nova melhor amiga, e como é legal seu negócio de fabricação de vibradores. Minha irmã até recebeu algo como uma pulseira da amizade de sua nova amiga – exceto que era um vibrador.

Ela olha com saudade para seu chá diminuindo.

— Ele não é um primo, mas sim, é o cara.

Enfio o relógio no bolso esquerdo da calça de Manny. — Esse é o cara que tentou dançar com você?

— De fato. Acho que isso significa que ele acha nosso rosto atraente.

Eu estreito meus olhos. — Não foi ele também quem deu uma conferida na mãe do seu namorado?

Ela bufa, e é uma maravilha que o chá não saia de seu nariz. — Eles apenas dançaram, e *ela* quem deu uma conferida *nele*.

Parece plausível. Se eu fosse uma mulher de meia-idade, ele faria de mim uma *cougar* em um piscar de olhos. Então, novamente, eu o acharia delicioso em qualquer idade, até...

— Então. — Agora Holly se parece tanto com nossa mãe que quase espero que ela dê dicas sobre como conseguir um orgasmo adequado. — Você quer ser apresentada?

Quero?

A memória do desastre da pornografia está de volta com força total. Para me acalmar, roubo a carteira novamente. O mais casualmente que posso, digo: — Não, obrigada.

A decepção em seu rosto é puramente Octomãe. — Por que não?

— Porque ele ainda é um *galinha*?

A verdade completa é obviamente mais sutil do que

isso. Holly não sabe sobre meus problemas de intimidade. Nos tempos do colégio, criei uma de minhas melhores ilusões: fiz todas as minhas sete irmãs acreditarem que eu era sexualmente ativa quando era tudo, menos isso. Se eu tivesse contado a elas a verdade – que minha prevenção perfeitamente razoável de germes me impediu de beijar um cara – elas teriam zombado de mim até que nossos pais me colocassem em terapia. A troca de fluidos é sagrada para nossa Octomãe, assim como para Octopai. Certo, Holly não teria zombado de mim, mas ela não pode manter um segredo para salvar sua vida, então, eu a enganei junto com as sêxtuplas.

Agora que crescemos, tenho vergonha de admitir até para ela que ainda não beijei ninguém. Ninguém sabe que sou virgem, que rompi o hímen com um vibrador muitos anos atrás, mas mesmo assim.

— Se você está atrás de um fuco-fuco casual, você não vai encontrar uma combinação melhor. — Ela pousa a xícara de chá.

— Fuco-fuco? Essa é outra versão de 'transar'?

Holly frequentou a faculdade no Reino Unido e voltou parecendo uma personagem de um romance de Jane Austen, proporcionando-me a alegria de tirar sarro dela por um tempo. Agora, ela perdeu o sotaque, mas ainda solta um britanismo ocasional (e geralmente charmoso), então, não posso mexer com ela tanto quanto gostaria.

Ela faz um círculo com o dedo indicador e o polegar direitos, depois o perfura com o dedo médio esquerdo. — Assar a batata, colocar o pão no forno, plantar a pastinaca, um pepino...

— Pare — digo severamente. — Minhas escolhas alimentares são limitadas já.

Ela parece presunçosa. — Aposto que ele gostaria de ter um caso de uma noite.

Certo. Boa ideia. Perder a virgindade com um deus do sexo e ser arruinada para qualquer outro homem pelo resto da minha vida. Não que ele quisesse ser usado dessa forma, para não mencionar...

— Se isso ajudar — minha irmã sussurra conspiratoriamente —, ele é um príncipe.

— Como é? — Enfio a carteira no bolso de Manny sem qualquer discrição e aumento o volume do meu telefone. — O que você acabou de dizer?

— É chamado *velikiy knyaz* em sua terra natal — diz ela. — O que se traduz em algo como um *Grand Príncipe.*

Seu rosto está sério. Ou ela de repente dominou a arte de mentir ou está dizendo a verdade. Ou talvez ela finalmente tenha assistido a muitos episódios de *Downton Abbey.*

— Ele é um príncipe? — Eu digo incrédula. — Um príncipe de verdade?

— De fato. — Ela entrega a xícara para alguém fora do campo de visão da câmera e diz algo (provavelmente em russo) que parece "chai". Olhando para mim, ela diz: — Se você se casasse com ele, seria uma princesa.

Enquanto ela diz isso, vejo uma montagem estilo

Disney acontecendo. Eu explodindo em uma música sobre o quanto eu quero me tornar uma ilusionista renomada. Eu conversando com meu companheiro (provavelmente animal), que vai soar como um comediante famoso. Eu tendo o único beijo verdadeiro com o príncipe...

— Aqui — uma voz masculina diz com um leve sotaque russo enquanto uma mão gigante segurando uma xícara de chá fumegante aparece no vídeo.

Eu tinha razão. Ela está na casa do namorado.

— *Spasibo* — ela diz com um sorriso adorável.

Então, ela pode falar russo agora. Legal. Se eu tiver sorte, ela desenvolverá um sotaque russo também, e vou provocá-la sobre isso.

Segurando seu chá, ela olha para a câmera. — Você não me ouviu? Você poderia ser uma maldita princesa.

Eu aperto a ponta do meu nariz, distraída demais com o assunto em questão para zombar daquele "maldita".

— Isso não faz sentido. Quem é da realeza hoje em dia? E se ele realmente é um príncipe, por que seu apelido faz referência a um tigre? Um leão não faria mais sentido? Como rei da selva?

— Talvez em Ruskovia, eles pensem que os tigres são os reis da selva.— Ela dá um sopro de aparência perturbadoramente sedutora em sua nova xícara.

Ela está dando um show para seu namorado?

Então eu registro o país que ela mencionou, e minha sobrancelha direita levanta.

— Ele é um príncipe de Ruskovia?

Isso faz sentido, tanto quanto conhecer um príncipe da vida real pode fazer algum sentido. Isso explica a língua do Leste Europeu que ele falava com seus cães e o desenho da fivela de seu cinto – que provavelmente era um brasão de família. Pode até explicar a atitude arrogante.

Ela acena com a cabeça. — Você já ouviu falar da Ruskovia?

Isso é uma crítica à minha falta de diploma universitário?

Eu roubo a carteira de Manny, um feito para o qual nenhuma faculdade pode preparar você. — Claro. Minha ilusionista favorita mora lá. Rasputina. Você já ouviu falar dela?

— De você, eu acho. — Ela olha diretamente para o meu cabelo. — Não foi dela que você roubou esse disfarce de vampiro?

— Não — digo indignada.

Eu não roubei. Eu me inspirei. Em geral, adoro Rasputina. Se eu tivesse que dormir com uma mulher – só em caso de uma arma na cabeça – seria com ela.

Coloco a carteira no bolso mais uma vez. — Minha persona de palco é mais próxima da de Criss Angel, com um pouco de Winona Ryder de *Os Fantasmas se Divertem* incluída.

— Claro — diz Holly. — Em qualquer caso, você e Tigger formariam um casal fofo.

Eu bufo. — Por que ele precisaria de mim? Ele ficou sem mulheres em sua terra natal?

— Eu não tenho ideia, mas se você decidir fazer

algo mais do que apenas dormir com ele, você deve saber que ele é um audacioso. — Ela começa a me contar sobre suas acrobacias malucas – sendo *BASE jumping* a coisa mais mansa da lista.

— Não se preocupe — digo quando ela termina. — Eu não vou fazer nada com ele.

Dito isso, se o objetivo de minha irmã gêmea era me assustar para não querer o homem, a lista de atividades que ele pratica teve o efeito oposto. Agora, estou imaginando Tigger como o homem mais interessante do mundo, à la os comerciais de cerveja Dos Equis. Posso praticamente ouvir o locutor dizendo: *Seu único arrependimento é não saber como é o arrependimento. Ele ganhou o prêmio pelo conjunto da obra... duas vezes.*

— Você sabe — diz Holly. — Se você saísse com ele, tornaria seu próximo encontro com nossos pais muito mais fácil.

Houdini me ajude. Eu me esqueci totalmente disso. Não faz muito tempo, Holly me devia um favor e eu pedi a ela para almoçar com nossos pais em meu lugar – uma tarefa que ela conseguiu estragar muito. Agora, além de afastar as inquietantes preocupações das unidades parentais sobre minha vida amorosa, tenho que ouvir as lamentações de Octomãe sobre esse engano (bastante manso).

Ah, e isso me lembra: Holly ainda me deve uma. Eu terei que ter certeza de cobrar.

— Você *vai* encontrá-los, certo? — ela pergunta com culpa. Sem dúvida, seus pensamentos foram na mesma direção que os meus.

Eu suspiro. — Claro. Mas não vou contar nada sobre Tigger. A última coisa que quero é que Octomãe tente me acasalar.

Minha gêmea se encolhe.

Ah. Certo. Ela não gosta quando eu chamo nossa mãe de Octomãe, e não por causa da imprecisão – mamãe deu à luz a nós duas e, em seguida, nossas irmãs sêxtuplas, não óctuplas. Não, Holly simplesmente não gosta do número oito. Ou nove. Ou seis. Ela prefere números primos, como cinco. Aposto que se ela tivesse tido visão quando nós duas estávamos no útero da mamãe juntas, ela teria me sufocado com seu cordão umbilical para ter certeza de que o número total de irmãs Hyman acabaria sendo sete. Ela também é a única de nós que não teria se importado em mamãe gerar mais três irmãos para completar onze.

7-Onze deve ser um lugar celestial para ela.

— Quando você vai vê-los? — ela pergunta.

— Em alguns dias.

Ela ri. — Boa sorte.

— Obrigada. — tiro a carteira de Manny de seu bolso mais uma vez. — Eu vou precisar.

Ela acena para alguém fora da minha vista, sem dúvida, seu namorado. — É melhor eu ir.

— Uma última coisa — digo. — O idioma Ruskoviano é semelhante ao russo?

— Eu penso que sim. Por quê?

Eu coço minha nuca. — Eu gostaria de saber o que significa *me-dick* ou *me-o-dick*.

Ela sorri. — Você quer dizer *myodik*?

— Acho que sim.

— Em russo, significa *melzinho* — diz ela em tom professoral. — Provavelmente o mesmo em Ruskoviano.

Uau. Ou ela aprendeu todas as palavras relacionadas à hora do chá ou seu vocabulário russo já é considerável. De qualquer forma, o sotaque está cada vez mais perto.

Uma voz masculina diz algo em sua extremidade que eu não consigo entender.

— Ah. Disseram-me que você não chama uma mulher de *myodik* na Rússia — explica ela. — Mel é um substantivo masculino.

— É?

Isso significa que pareço masculina para ele?

Ela suspira. — Nem vamos começar sobre isso. Russo é uma língua difícil de aprender.

— Mas por que o mel é masculino? As abelhas que o fazem são fêmeas, então, por que suas excreções deveriam mudar de gênero?

Ela acena com entusiasmo. — Não há lógica para fluidos corporais em russo, ponto final. O sangue é feminino, o suor é masculino, o cocô é neutro. Por quê?

Ugh. Eu faço uma careta e balanço minha cabeça. — Eu ainda estou no mel. É um líquido, então, não deveria ser fluido de gênero?

Ela geme. — O que mais me incomoda são as flores. Por que elas são masculinos? Elas têm o formato de vaginas e geralmente contêm ambos os órgãos sexuais. E não é para estereotipar, mas são as mulheres que gostam de flores, não os homens. — Uma risada masculina soa atrás da câmera, então, minha irmã olha para a fonte e pergunta incisivamente: — Por que a lua é feminino, mas o sol é neutro? Por que colher e garfo são femininos, mas faca, masculino?

— Eles simplesmente são — diz ele. — Não é minha culpa, *kroshka*. Você não precisa entender.

— Aí — ela resmunga. — *Kroshka* significa *farelo de pão* e é feminino. O pão em si é masculino. Uma fatia de pão também é masculino, mas assim que você o tritura mais, o gênero muda?

— Ei, vou deixar você voltar para a linguística — digo e alcanço o telefone para encerrar a chamada.

— Espere, mana, me desculpe. — Holly olha de volta para a câmera. — Quer dizer 'oi' para meu professor de russo?

Eu assinto, e seu namorado, Alex, aparece.

Eu já o conheci antes, mas caramba. Bom para Holly. Ela tem um espécime impressionante. Aposto que é assim que Henry Cavill seria se fosse escalado para o papel de *Red Son: Entre a Foice e o Martelo* – uma versão do *Superman* cujo berço espacial caiu na Rússia Soviética em vez de no Kansas.

É estranho sentir um impulso no ego por saber que um homem como ele namoraria uma mulher com a minha cara?

— Ei — digo a ele. — Você tem alguma piada russa nova?

Ele abre um sorriso sexy. — A campainha toca. O jovem Vovochka abre e vê um homem com um buquê.

Ele o encara pensativo e diz: 'Você tem visitado minha irmã bastante ultimamente. Você não tem a sua própria?'

Depois que as risadas da piada cessam, nós nos despedimos. Ambos em russo.

Capítulo Quatro

a tentação de procurar por Tigger online
depois dessa ligação é forte, mas eu luto
contra isso. Nada de bom virá de aprender mais sobre
ele ou seu pau melhor-que-na-pornografia.

Já que ele é um príncipe, estou aqui apelidando-o de
Sua Dureza Real.

Pegando meu telefone do pescoço de Manny, eu
recoloco sua cabeça. Para me distrair dos pensamentos
de Tigger e seus apêndices reais, coloco a versão em
CGI do filme *O Rei Leão*. Todas aquelas coisas sobre a
Disney e os gatos gigantes despertaram o desejo de
assisti-lo.

No meio do caminho, paro e procuro uma pergunta
importante: quem venceria uma luta, um leão ou um
tigre?

Minha pesquisa revela que os tigres são mais fortes
e maiores do que os leões. No entanto, os leões caçam

em bando, enquanto os tigres são criaturas solitárias, então, se eles se encontrassem na natureza, a luta não seria justa. Se isso for verdade, por que o leão é considerado o rei? Não deveria ser o tigre? Na verdade, se a força é o fator decisivo, deveria ser o elefante, ou melhor, a baleia assassina.

Os leões devem conhecer as pessoas certas, como o pessoal da *Disney*.

Eu continuo com o filme, mas logo percebo que assisti-lo foi um erro. Uma música agora está presa na minha cabeça, apenas na minha versão é Tigger que dorme na poderosa selva esta noite. Comigo, de preferência.

Não. Não devo pensar nele.

Devo pensar em outra coisa.

Algo mais.

Oh, eu sei. Talvez seja a piada russa que me deu a ideia, mas parece que há travessuras incestuosas em *O Rei Leão*. Veja Simba e Nala. Ela pode ser sua irmã ou prima. Afinal, os únicos machos do filme são Mufasa e Scar, e eles são irmãos. Sem mencionar que as fêmeas em um bando de leões estão geralmente relacionadas. Afinal, como é o casamento do leão da *Disney*? Na natureza, o leão macho dorme com todas as fêmeas do clã. Eles também têm um casamento aberto em *O Rei Leão*?

Pensar na realeza felina permite que um certo príncipe volte à minha consciência, junto com Sua Dureza Real.

Ugh. Parece que pensar em sexo com leões só me deixou mais excitada.

É hora de uma distração maior no filme: *O Ilusionista*, *O Grande Truque* ou *Truque de Mestre*.

Eu coloco *O Ilusionista*, mas isso é mais um erro. Há um príncipe e, embora ele seja um vilão, sua presença me lembra Tigger – sem mencionar que o nome do príncipe malvado é Leopold. Ele é provavelmente Leo para seus amigos, e Leo significa leão em latim, então, não muito longe de tigre.

Desistindo de filmes, pratico alguns truques de prestidigitação.

Não. Me faz pensar nele. Ou, pelo menos, minha mão em Sua Dureza Real.

Desesperada, eu ligo meu computador – o maior dispositivo sugador de tempo conhecido pela humanidade – e abro um aplicativo criado para mim por minha irmã Blue, a outra vítima de trauma do Massacre do Tit Zumbi. Eu uso o aplicativo para modificar algumas imagens de caras sem camisa em plataformas populares de internet, substituindo os mamilos masculinos por mamilos de mulheres estrelas pornôs.

Por quê? Porque é engraçado para mim, além disso, eu apoio o movimento Liberte o Mamilo, embora não o suficiente para colocar meus mamilos para fora e fazer topless em um lugar público.

Talvez um dia. Talvez se eu tiver a chance de fazer uma grande apresentação no palco, eu possa fazer meus mamilos "desaparecerem".

Porcaria. Agora, estou me perguntando como são os mamilos de Tigger e com quais mamilos de estrela pornô eles se parecem mais, se houver.

Meu telefone apita com uma mensagem.

Serendipidade.

Eu estava usando o aplicativo de Blue e aqui está ela, pedindo para almoçar em um futuro próximo.

Isso é ótimo. Blue é uma das minhas sêxtuplas favoritas. Além de ter vivido comigo o Massacre do Tit Zumbi, ela tem uma paixão por espionagem, que é surpreendentemente semelhante à mágica.

Eu digo a ela que estou pronta para comer, e ela me diz onde – um restaurante que não tem aves no menu – e quando.

Falando em comida, estou morrendo de fome.

Entrando na cozinha, pego um pouco de leite de aveia da geladeira e uma caixa de Frosted Flakes da despensa. Este será um dia de café da manhã no jantar, uma ocorrência comum para mim e para o resto das minhas companheiras de quarto artistas famintas.

Eu me jogo na mesa e começo a mexer na comida, apenas para fazer uma pausa quando noto a frente da minha caixa de cereal.

Isso é óóóótimo. Tony, o Tigre, também me lembra Tigger.

Preciso distrair meus pensamentos agora.

Por que um tigre é um porta-voz dos carboidratos? Em vez disso, ele não deveria trabalhar para uma rede de churrascarias? Além disso, *grrr* não seria uma expressão de raiva de tigre? Tony parece feliz, então, ele não deveria estar ronronando?

Os tigres ronronam?

Não. De acordo com uma rápida pesquisa no Google, quando felizes, os tigres soltam grunhidos, o que soa como um bufo e é feito soprando pelas narinas.

— Ei. — Uma voz familiar me arrasta para longe do fascínio da tela do meu telefone.

— Olá de volta. — Eu sorrio para minha colega de quarto e amiga, que é conhecida no mundo mágico como La Profesora. Isso porque seu pai era um famoso mágico espanhol conhecido como El Profesor, e também porque quando se trata de mágica com cartas, ela poderia dar um curso de pós-graduação.

O nome em sua certidão de nascimento é Clarisa, mas ela prefere ser mais conhecida como Clarice – talvez porque ouça cordeiros abatidos gritando à noite à la a heroína homônima de *Silêncio dos Inocentes*.

Por que mais ela chamaria seu gato de Hannibal?

Apesar do nome, ela não se parece com Jodie Foster, a Clarice original, ou Julianne Moore, a outra atriz. A atriz que ela mais me lembra é Penelope Cruz, especificamente sua personagem em *Piratas do Caribe*, até a camisa estilo pirata, colete e chapéu de pena que faz todos pensarem que ela está a caminho de uma convenção steampunk.

Conhecendo meus problemas, Clarice me sopra um beijo no ar e eu retribuo. Ela, então, se junta a mim na refeição de cereal para o jantar, apenas no caso dela é o

Capitão Crunch – sem dúvida porque ela tem um senso de moda semelhante ao do mascote.

— Quer ver algo em que estou trabalhando? — ela pergunta.

Ela me deixou praticar com ela por uma hora ontem, então, é justo deixá-la praticar comigo. — Claro. Contanto que eu não tenha que tocar em nada até terminar de comer.

Ela pega um deck de baralho e o embaralha de verdade. — Pense em uma carta.

Uau. Apenas os melhores dos melhores magos de cartas começam um truque pedindo que você simplesmente *pense* em uma carta. A maioria dos outros pede que você escolha um.

— Eu tenho uma em mente — digo enquanto penso no Três de Espadas.

— Agora, pense em um número — diz ela.

Sinto calafrios correndo pelo meu corpo. Se isso está indo para onde eu acho que está indo, minha mente vai explodir.

— Pensei — digo com grande hesitação enquanto mantenho o dezessete.

— Vou colocar as cartas viradas para baixo na mesa — diz ela. — Quando chegarmos ao seu número, diga para parar.

Não pode ser.

Ela começa a colocar as cartas na mesa, uma de cada vez.

Eu conto até chegarmos ao meu número e digo: — Pare.

Como poderia ser essa a carta em que acabei de pensar? Sem chance. Ela está prestes a complicar as coisas ou algo assim.

Mas não.

Ela vira a carta e é a porra do Três de Espadas!

Sinto uma sensação de admiração avassaladora. Isso me leva de volta à minha infância, quando fui enganada por um truque de mágica e fiquei viciada para o resto da vida.

No momento seguinte, no entanto, maneiras possíveis de ela ter feito isso pipocam na minha cabeça, arruinando o momento. Talvez ela tenha me preparado para pensar naquela carta e número? Ou usou algum tipo de mensagem subliminar para, de alguma forma, introduzi-las em meu cérebro?

Mas quando? Como?

Voltei a não ter ideia e, embora ela provavelmente me contasse como fez isso se eu perguntasse, não quero fazer isso, em parte porque eu teria que revelar algum grande segredo meu em reciprocidade , mas também, porque é mais divertido não saber.

Às vezes.

— Isso foi incrível — digo. — Você realmente é La Profesora.

Ela sorri e amorosamente reúne as cartas antes de escondê-las no bolso.

O boato entre nós, suas colegas de quarto, é que ela dorme com um baralho na mão e outro embaixo do travesseiro. Se ela tivesse um vibrador em forma de baralho, eu também não ficaria surpresa. Se existe algo do tipo tara por cartas, é ela.

— Então — Clarice diz, parecendo extremamente desconfortável. — Este mês é a minha vez de recolher o dinheiro do aluguel.

E simplesmente assim, qualquer resquício quente depois de seu milagre se foi.

Já faz um tempo que eu não tenho nada parecido com um show pago.

— Quão ruim está este mês? — Eu pergunto timidamente.

Ela suspira. — Sem a sua parte, não faremos o pagamento dentro do prazo e o senhorio vai nos despejar com certeza. Já nos atrasamos cinco vezes.

Sim. Tão ruim quanto eu temia. Meu cereal de repente fica com o gosto da caixa em que veio.

— Vou ligar para meus contatos de TV — digo. — Talvez alguém precise de algo?

Mesmo que o que eu mais queira seja me apresentar, tenho ganhado algum dinheiro com a consultoria de mágicos de sucesso que estão ocupados demais para inventar novos truques para seu repertório.

— Obrigada. — Ela se levanta. — Eu realmente gosto de morar com todas vocês.

Eu assinto solenemente. Minhas colegas de quarto são em sua maioria mágicas, mas também temos uma mentalista – o que é praticamente a mesma coisa – uma malabarista, uma contorcionista e até uma comediante. Todas são mulheres de quem gosto muito e não quero ver ficarem sem-teto, especialmente por causa dos *meus* problemas de dinheiro.

Ela sai e eu esvazio minha tigela. Então, eu coloco na máquina de lavar e corro de volta para o meu quarto para fazer ligações e enviar e-mails.

Horas depois, tenho que admitir uma sensação de desgraça iminente.

Não parece haver trabalho para um mágico não tão famoso.

Talvez eu deva conseguir um trabalho comum, afinal? Algo como uma aeromoça, um caixa de banco ou um criador de pandas? São difíceis de conseguir?

Uma coisa é certa: dado o andamento da minha terapia de exposição, a profissão mais antiga do mundo está fora da minha lista. Striptease também não funcionaria. Os postes de metal que essas mulheres corajosas escalam parecem ter mais germes do que os corrimãos do metrô de Nova York, e *aqueles* piolhos estão prestes a se tornar sencientes.

Eu suspiro alto.

Se formos despejadas, não vou apenas ferrar comigo, mas também com as pessoas mais próximas a mim fora da minha família.

Falando em família, talvez eu pudesse implorar a minhas irmãs ou pais por dinheiro?

De jeito nenhum. Eu fui amaldiçoada com muito orgulho. Além disso, o dinheiro da família vem com muitas condições. Octomãe, por exemplo, exigiria que eu pagasse a ela com um ou dois netos.

Pois é, não, obrigada. Vou encontrar algum trabalho, mesmo que isso signifique ensinar a meninos adolescentes os princípios básicos da magia ou vender baralhos em uma loja de mágica.

Espere um segundo. Nunca verifiquei para ter certeza de que o deck de Clarice estava regular. Ela sempre afirma usar cartas normais, mas não era isso que ela dizia mesmo assim?

Em qualquer caso, com o ensino em mente, eu navego para o meu canal no YouTube e vejo os comentários abaixo do meu vídeo mais popular, aquele em que "prendi a respiração" debaixo d'água por vinte minutos.

Como seria de esperar na internet, noventa e nove por cento dos comentários são extremamente rudes, com o tópico mais popular sendo o quão fodível eu pareço no maiô que usei para a acrobacia.

Sim, é isso que é interessante. Meus seios, não minha capacidade de ficar sem oxigênio. Não que eu estivesse sem oxigênio de verdade, mas mesmo assim.

A boa notícia é que ainda existe um por cento dos adolescentes querendo saber como eu fiz o que fiz. Para o bem deles, eu gravo um vídeo onde ofereço meus serviços de tutoria de magia e o posto na esperança de que os pais de alguém sejam ricos.

Hora de dormir. Exceto, quando vou para a cama, tenho dificuldade em descansar – pensamentos de despejo são intercalados com as memórias dos olhos de Tigger... e outras partes. Como Sua Dureza Real.

Hmm. Devo brincar comigo mesma para tirar isso da minha mente?

Para entrar no clima, coloco uma música sexy – *The Final Countdown*, de Europe. Embora essa música tenha sido usada em *Caindo na Real* para zombar de mágicos, eu a amo de qualquer maneira.

Em seguida, tiro meu vibrador de confiança da mesa de cabeceira e olho para ele com os olhos estreitos. *Você é muito pequeno. E muito simples. De repente, estou com vontade de algo muito maior... e mais real.*

Ei, posso imaginar o pobre vibrador respondendo. *Não é o tamanho do oceano que importa, mas as vibrações das ondas.*

Não.

Pego meu laptop e envio um e-mail para minha irmã gêmea, pedindo um link para o site onde sua nova melhor amiga vende seus brinquedos. Eu quero comprar o maior vibrador que ela tem.

Depois de clicar em "enviar", percebo meu erro. Preciso do dinheiro do aluguel, e comprar frivolidades – junto com a falta de shows de mágica – é o motivo pelo qual estou com problemas nesse departamento.

Ah, bem. Meu pequeno vibrador terá que servir.

Me chame de pequeno mais uma vez, e eu causarei um curto-circuito.

Eu ligo a vibração e penso sobre os traços de Tigger.

Bum. Gozo em tempo recorde.

Viu? Pequeno, mas poderoso.

Aproveitando o resquício do orgasmo, adormeço rapidamente, mas meus sonhos são estranhos. Um me lembra *Donnie Darko*, exceto que em vez de um coelho gigante, há o Coringa do *Batman*. Depois disso, sonho com Jake Gyllenhaal dando à luz um bebê de Heath Ledger.

Capítulo Cinco

A primeira coisa que faço na manhã seguinte é levar meu laptop para a cafeteria do outro dia.

Não é um estratagema para esbarrar em Tigger novamente. A internet aqui é mais rápida do que na minha casa, só isso.

Infelizmente, nenhuma perspectiva de emprego apareceu, apesar de todas as ligações e e-mails que enviei.

Além disso, nada de Sua Dureza Real – não que eu esteja aqui por esse motivo.

Já que não devo gastar meu dinheiro escasso comendo fora, vou para casa para um almoço rápido e procuro emprego pelo resto do dia.

No dia seguinte, vou ao Café mais uma vez – novamente, não na esperança de encontrar Tigger.

Estou procurando emprego. Isso é tudo.

Infelizmente, nenhuma pista sobre os trabalhos mencionados novamente. Com o coração pesado, candidato-me a um emprego de garçonete no Café e em alguns outros restaurantes próximos, apenas para ser rejeitada no local por falta de experiência.

Maldito seja meu eu adolescente por passar todos os meus verões praticando mágica em vez de conseguir empregos normais.

Estou prestes a voltar para casa quando recebo uma mensagem de minha irmã gêmea:

Bella e eu estaremos na área. Podemos passar por aí?

Eu digo a ela que elas podem e corro para casa.

Quando termino o jantar, esqueci a mensagem da minha irmã, isto é, até que alguém bate na porta do meu quarto.

— Sim? — Abro a porta e vejo Harry parada ali.

Uma de minhas colegas de quarto favoritas, Harry me lembra Meg Ryan em *Harry e Sally – Feitos um para o Outro*, apenas com óculos redondos. Infelizmente, ela se recusa violentamente a responder como Sally. Nascida Harriet, ela afirma que é chamada de Harry por causa dos famosos mágicos Harry Houdini e Harry Blackstone, mas com seus óculos, eu suspeito fortemente que seja realmente por causa de Harry Potter.

Até eu conhecê-la, o nome Harry me trazia à mente Octopai – já que Harry é seu primeiro nome – mas combina melhor com minha colega de quarto. Não pela primeira vez, eu me pergunto se meus avós perceberam que nomear seu filho Harry com o sobrenome de Hyman o fazia soar como a membrana virginal de um yeti. Então, novamente, ele merece por nomear minha pobre irmã gêmea Holly, já que Holly Hyman também soa como a membrana virginal, apenas a de uma deusa solteira. E nem me fale sobre Blue e algumas das outras sêxtuplas.

Se elas já não estivessem ferradas por lutarem por espaço em um útero, seus nomes certamente resolveriam.

— Alguém está aqui para vê-la. — Harry parece irritada por ter que bancar o mordomo, então, me asseguro de agradecê-la antes de correr para a porta.

Lá, esperando por mim, está Holly, e com ela está uma mulher que parece ter saído de uma revista de moda.

Esta deve ser Bella, a nova melhor amiga da minha irmã gêmea.

Droga. Ela *é* tão linda quanto minha irmã disse. Me lembra Angelina Jolie em *Malévola*. Na verdade, já que ela é russa, ela não deveria me lembrar de Angelina Jolie em – alerta de spoiler – *Salt*?

— Vocês são totalmente gêmeas — Bella diz, seu olhar disparando do meu rosto para o da minha irmã.

Hmm. Sotaque zero.

— Sim — diz Holly. — Exceto que ela foi criada por vampiros.

Eu rolo meus olhos. — Pelo menos não fui criada em *Downton Abbey*... por *Mary Poppins*.

Bella sorri para mim. — Sua irmã é supercalifragilisticexpialidocious.

Eu retribuo o sorriso. Posso entender a paixão de Holly por essa garota agora. Se Bella fosse uma mágica, ela se juntaria a Rasputina como uma mulher com quem eu dormiria – de novo, só com uma arma na cabeça, é claro.

— Dê a ela — sussurra Holly para sua melhor amiga.

Foi meu pensamento anterior ou isso soou vagamente sexual?

— Ah, certo. — Bella apresenta a pasta que está segurando. Parece muito com aquela que projetou um brilho dourado quando Jules o abriu em *Pulp Fiction*.

Espere. A capa é decorada com genitália desenhada à mão?

Antes que eu possa perguntar, Bella abre o estojo e eu olho para o conteúdo com fascinação mórbida.

Vibradores.

Vibradoress coloridos.

Vibradoress bulbosos.

Vibradores finos.

Vibradoress pequenos.

Vibradores grandes.

Vibradores enormes... e até mesmo alguns obscenamente gigantescos.

Vibradores de silício.

Vibradores de vidro.

Vibradores de metal.

Mesmo algo que parece ser feito de madeira, mas espero que não seja, porque estilhaços na xana não parecem nada divertidos.

Holly deve confundir minha expressão, porque ela

parece culpada quando diz: —Eu mencionei seu e-mail para Bella, e ela queria lhe dar uma boa seleção.

— Certo — digo, ainda examinando os bens fálicos em exibição.

— Todos eles vibram — Bella diz, seu tom se tornando vendedor. — Todos funcionam com o aplicativo Belka teledildônicos também, então, você pode ter seu namorado brincando remotamente.

Se eu tivesse um namorado – e uma pessoa muito específica vem à mente –, eu gostaria de desfrutar de Sua Dureza Real em vez de um vibrador, como a plebe.

— Basta escolher logo — minha irmã gêmea diz, um leve rubor tocando suas bochechas.

Oh. Ela acha que ter uma mulher que eu nunca conheci trazendo isso é constrangedor para ela?

Além disso, "escolher" faz com que tudo pareça um truque de cartas.

— *Escolha um vibrador, qualquer vibrador.*

Alguém escolhe.

— *Agora, lembre-se do seu vibrador.*

Eles memorizam o vibrador.

— *Agora, vamos esconder o vibrador em qualquer mulher na plateia.*

Eles o fazem.

Com grande seriedade, o mágico localiza a mulher e puxa o vibrador sem tirar a calcinha. — *Este é o seu vibrador?*

Minha irmã gêmea me olha preocupada. — Acho que o cérebro dela quebrou de indecisão.

Eu balanço minha cabeça e pego o vibrador que está

mais próximo de Sua Dureza Real em tamanho e forma, apenas vermelho brilhante. E, ei, essa pode ser a cor da bandeira Ruskoviana. — Este. Quanto eu te devo?

Bella fecha a pasta com um baque forte. — É um presente.

— Um presente? — Segurando o vibrador pelo eixo, eu o agito no ar. — Não é assim que você ganha a vida?

Ela pisca para mim. — Se você acha que está me devendo, pode me dizer o que acha disso. Como um testador beta.

Excelente. Deve ser uma conversa divertida.

Então, uma ideia me ocorre.

Posso pagar a ela pelo vibrador com minha arte e obter uma experiência de desempenho inestimável enquanto estou nisso.

Holly franze a testa. Acho que ela sabe para onde foi minha mente – um feito de pseudotelepatia gêmea. Eu não posso culpá-la por não estar entusiasmada. Ela estava lá quando eu estava apenas começando como mágica, então, ela praticou truques tediosos que não são nada parecidos com as divertidas obras-primas que realizo hoje em dia.

— Que tal eu te mostrar um pouco de mágica — digo a Bella em uma voz que pode ser um toque muito sedutor.

Seus olhos brilham. — Mesmo?

— Sim. — Eu as conduzo para a sala de estar. — Me dê um segundo.

Corro para o meu quarto, deixo o vibrador lá e pego alguns acessórios.

Quando eu volto, faço um show de meia hora para Bella, que acaba sendo a espectadora perfeita: *ooh* e *ahh* em todos os momentos certos e perguntando: *Como você fez isso?*, como se ela realmente quisesse saber.

Não demorou muito para que minhas colegas de quarto entrassem e começassem a fazer suas próprias coisas para ela, que Bella leva como uma criança em uma fábrica de doces no Halloween.

Até minha irmã gêmea exausta de mágica parece se divertir.

Depois que Harry termina de realizar seu truque de corda, Bella agradece a todas nós profusamente, presenteia cada uma das artistas com um vibrador e sai com minha gêmea a reboque.

— *Esse* foi o que te chamou atenção? — Eu pergunto a Clarice, acenando para o vibrador que ela escolheu – o de madeira polida.

Ela encolhe os ombros. — Combina com a minha persona de palco.

Pode haver alguma lógica aí. Os piratas têm pernas de pau que são feitas de madeira, então, acho que se eles usassem vibradores, também seriam feitos de madeira. Seus usuários sem dúvida os chamariam de amadeirados e gritariam "argh, amigo, mais rápido, mais rápido" no auge da paixão.

Eu sorrio. — Então, você vai adicionar um vibrador de madeira ao seu ato?

Ela levanta o queixo. — Você tem que *viver* sua persona de palco o tempo todo.

Com aquela lição sábia de *O Grande Truque* firmemente em nossas mentes, todas nós nos dispersamos para nossos quartos separados.

Eu sorrio enquanto tranco minha porta. Parafraseando ligeiramente a Mama de *Forrest Gump*, a vida é como uma pasta de vibradores – você nunca sabe o que vai encontrar.

Antes de testar o novo brinquedo, decido ser boazinha e verifico as perspectivas de emprego mais uma vez.

Sim! O e-mail que está em minha caixa de entrada é de um formulário em meu site, usado apenas por clientes em potencial ou pessoas da mídia, como Wally.

Eu olho para o campo "de" e vejo o nome listado como Anatolio, sem sobrenome.

Hmm. Não soa familiar.

Eu leio a primeira linha e me encolho: "Cara Incrível Hyman".

Wally estúpido.

Ele cobriu minha performance de prender a respiração para sua revista e me apelidou dessa forma em seu artigo, alegando que era meu nome artístico, o que não era até então. Até hoje, Wally afirma que não pretendia ser malvado. Hyman é meu sobrenome e muitos mágicos usam o adjetivo "incrível" em seus nomes artísticos, como o Incrível Kreskin ou o Incrível Randi.

Incrível Hyman é muito pior. Isso me faz soar como

um super-herói virgem, ou como algo que alguém poderia dizer em um infomercial vendendo virgens como escravas sexuais ou sacrifícios de dragão. O fato de eu *ser* virgem (hímen intacto ou não) só piora as coisas.

Certo. Que seja.

Eu leio o resto da curta mensagem de Anatolio. Ele diz que viu meu desempenho no YouTube, ficou impressionado e agora quer discutir uma oportunidade relacionada.

Intrigante. Principalmente por causa da última linha:

Esta é uma proposta séria. Dinheiro não é problema. Defina uma hora e um local onde possamos nos encontrar.

Ele soa como um homem que consegue o que quer.

Eu clico em "responder" e pergunto se ele poderia me encontrar no Café que frequento – um lugar público, caso ele seja estranho.

Antes de fechar meu laptop, recebo uma resposta:

Que tal amanhã de manhã às 10?

Isso é antes do meu almoço com Blue, mas duas horas devem ser suficientes para falar de negócios, então, eu concordo.

Quem é ele?

Procuro mágicos pelo nome de Anatolio, mas a pesquisa não produz nenhum resultado. Talvez ele não seja um mágico? Ei, nem todo mundo é perfeito. O importante é que eu durma bem esta noite, para que eu possa impressionar este cliente em potencial com uma grande taxa amanhã.

Já que um encontro com um vibrador me ajudou a dormir na noite anterior, decido usar a mesma estratégia esta noite. Além disso, estou morrendo de vontade de testar meu novo amigo de silicone.

Antes de tudo, esterilizo o vibrador o melhor que posso e coloco uma camisinha nele, só para garantir.

Quando volto para a cama, olho para o meu velho vibrador com culpa.

Oh, não se preocupe comigo. Apenas deixe minhas baterias acabarem e me jogue no lixo. Nunca esperei lealdade de alguém tão superficial como você.

Com um encolher de ombros, olho para o novo vibrador.

Muito agradável. Bella é uma ótima designer. Gosto tanto, na verdade, que decido dar um nome. Se vou antropomorfizar meus brinquedos, é melhor ir até o fim.

Que tal Sua Dureza Real?

Não. Já tem. Estou pensando no Regente.

Que tal Príncipe Regente?

Feito. Eu baixo o aplicativo necessário para ativar a vibração de Príncipe Regente.

Enquanto entro no clima, tento não pensar em Tigger, especialmente em seus olhos castanhos, seus ombros largos ou seus...

Esquece.

Eu me permito visualizar completamente o príncipe Ruskoviano e gozo com um estrondo antes de adormecer com um sorriso bobo no rosto.

Capítulo Seis

_E_stou no Café dez minutos adiantados, já que a última coisa que quero é que minhas colegas de quarto e eu sejamos despejadas por causa do meu atraso.

Pegando uma mesa do lado de fora, eu tomo meu latte gelado e olho para os transeuntes.

— Olá — diz uma voz masculina sexy familiar.

Eu olho para cima e quase engasgo com minha bebida.

É Tigger em toda a sua glória de Homem Mais Interessante do Mundo. Espontaneamente, as palavras dos comerciais me vêm à mente: _Certa vez, ele teve um momento estranho, só para ver como é. Nos museus, ele pode tocar na arte. Seu ato sexual foi detectado por um sismógrafo._

Na verdade, ele é ainda mais sexy do que eu me lembro, provavelmente porque ele se veste muito melhor sem seus cachorros por perto.

Seus olhos de tigre brilham tortuosamente. — Que bom encontrar você aqui.

Eu pulo de pé e executo uma reverência zombeteira. — Seu Traseiro Real. É uma honra e um privilégio.

Ele sorri. — Parece que deixei uma baita impressão em você.

Eu rolo meus olhos teatralmente. — Calma aí, *Tigger*.

— Entendo. — O sorriso se torna arrogante. — Você perguntou à sua irmã sobre mim.

Porcaria. Ele me pegou. Eu culpo os hormônios.

De repente, sentindo sede, tomo um grande gole do meu latte. Você pode ficar desidratada se suas partes femininas produzirem muito suco? Pergunta de amigo.

Ele se senta à minha mesa.

— O que você está fazendo? — Eu pergunto severamente.

— Juntando-me a você. Obviamente.

Inacreditável. — Quão grande é a porra do seu ego?

Ele olha para baixo. — Tudo é proporcional.

Excelente. Agora tenho a imagem de Sua Dureza Real em minha mente. E a boca da minha mente.

— Esse assento está ocupado.

Pronto. Estou orgulhosa de como minha voz é firme.

Sua sobrancelha levanta. — Por quem?

Eu estreito meus olhos. — Não te interessa.

— Oh, acho que me interessa.

Que audácia! — De verdade. Saia.

Ele cruza os braços sobre o peito. — Onde está Wally?

Eu não consigo ficar brava desta vez. Se alguém me desse um dólar cada vez que eu usasse essa frase exata para provocar meu amigo, o aluguel não seria um problema. Ainda assim, mantenho meu tom severo.

— Ele está em casa, não que seja da sua conta também. Onde estão seus cachorros?

— Também em casa. Eu não os levo para reuniões de negócios. — Ele me olha incisivamente.

Reunião de negócios.

Meus dedos estão gelados, apesar das luvas.

Não pode ser.

Pode?

— Ah. — Desta vez, seu sorriso é de auto-satisfação – como o de um gato que finalmente comeu um canário irritante. — Você está começando a entender.

Meus molares rangem juntos. — Qual é o seu nome verdadeiro? Não é Tigger, obviamente.

— Que rude da minha parte.— Ele estende a mão. — Anatolio Cezaroff, ao seu serviço.

Anatolio. Como no nome do e-mail do "cliente".

Em um silêncio atordoado, aperto sua mão.

Mesmo que haja uma luva entre nós, uma faísca se espalha pelo meu corpo, gira e se instala em minhas regiões inferiores.

Droga. Se uma daquelas criaturas do *Predador* olhasse para mim com sua visão de calor, eu estaria iluminada como uma árvore de Natal com tesão.

Com grande esforço, tiro minha mão. — Por que a farsa?

Ele inclina a cabeça. — O que você quer dizer?

— Por que você não disse que nos conhecemos quando me enviou um e-mail? Você ainda tem negócios para discutir ou isso é alguma piada?

— Oh, eu preciso de suas habilidades únicas, garanto a você — diz ele.

Ou sua cara de pau é a melhor que já vi, ou ele está dizendo a verdade.

— Seja o que for, é melhor que seja relacionado à mágica.

Seus olhos brilham. — É.

Hmm, tudo bem. — Vai custar... caro.

— Eu te disse, dinheiro não é problema.

Respiro fundo e solto o ar lentamente. Se não fosse por minha terrível situação financeira, eu o dispensaria imediatamente, mas do jeito que as coisas estão, preciso ver se ele pode realmente ser um caminho para evitar o despejo.

— Ok. Se vamos trabalhar juntos, como eu chamo você? Anatolio? Sua Majestade? Idi...

— Você pode me chamar do que quiser... exceto Nate.

Eu sorrio de mim mesma. — Que tal Tony? Você sabe, como o tigre?

— Se isso significa que você vai trabalhar comigo, fique à vontade, embora eu prefira simplesmente Tigger. — Ele se inclina. — É assim que as pessoas próximas a mim me chamam.

Oh, sim. Eu quero estar próxima dele. Na verdade, eu quero me jogar contra ele, de cabeça para baixo.

Não, primeiro a vagina.

Eu engulo minha baba. — Tigger serve. Agora, o que você quer?

Ele olha ansiosamente para o meu latte.

Eu suspiro. — Quer tomar um café primeiro?

Ele concorda.

— Então, vá — digo em um tom imperioso antes de perceber que posso soar como sua mãe.

— Você quer uma refil? — ele pergunta.

Quando eu balanço minha cabeça, ele se afasta.

Pego meu telefone e digito "Anatolio Cezaroff" no Google.

Uau. Minha irmã não estava brincando.

Além de ser um príncipe, ele é famoso por suas acrobacias. Há menções à corrida (moto, carro e lancha), caminhada na corda bamba, escalada (com e sem equipamento), surfe radical e snowboard.

Talvez ele seja o cara daqueles comerciais. Talvez ele "uma vez ganhou o Tour-de-France, mas foi desclassificado por andar de monociclo".

Ele está voltando com um copo, então, eu rapidamente escondo meu telefone.

Ele graciosamente dobra seu corpo musculoso em sua cadeira e toma um gole enquanto eu observo seus lábios com fome.

— Acredite ou não, encontrei você online antes de nos conhecermos — diz ele. — Eu estava pesquisando 'como prender a respiração por muito tempo' e vi seu vídeo no YouTube. Eu não estava te perseguindo pela internet, especificamente.

Vou continuar *sem* acreditar nisso, mas o deixo continuar falando.

— Não tenho certeza se sua irmã mencionou isso, mas gosto de fazer excursões divertidas de vez em quando, e minha próxima é um mergulho livre em Dyrka — diz ele. — Você ouviu falar?

Eu balanço minha cabeça.

Excursão divertida? É como nos anúncios: *Ele jogou uma partida de Roleta Russa com uma magnum totalmente carregada, e ganhou.*

— Dyrka é um famoso lago subterrâneo na minha terra natal — explica ele. — O equipamento de mergulho é proibido lá. Isso te lembra alguma coisa?

Eu balanço minha cabeça novamente.

— Eu só sei duas coisas sobre Ruskovia: minha mágica favorita mora lá e um de seus príncipes é cheio de si.

Seu sorriso está de volta. — Você conheceu meu irmão Kaz?

— Não. Por quê? Ele é ainda mais cheio de si do que você?

Ele bebe seu café enquanto tento ser sutil sobre minha fixação em seus lábios.

— Kaz é a abreviação de Kazimir — diz ele —, o que significa 'um grande e poderoso destruidor da paz'. Agora, acrescente o fato de que ele possui a maior rede de hotéis do mundo e que é um príncipe.

— O que significa o nome Anatolio? — Eu pergunto

no tom mais sarcástico que consigo. — Aposto que é 'Rosas param para *cheirá-lo*'.

— Não — ele diz, e se ele percebe que acabei de citar um anúncio da Dos Equis, ele não o mostra. — Meu nome significa 'aquele que vem do Oriente'.

— Foi assim que você ganhou o seu apelido – Tigger? Muitos tigres no Oriente.

— Que tal voltarmos ao negócio em questão — diz ele. — Caso não seja óbvio, quero mergulhar livremente no Dyrka.

— Mergulho livre. Como em 'mergulhar sem equipamento respiratório'.

— Exatamente — diz ele. — Para que você possa entender por que vim procurá-la.

Não. — Sim — minto. Não tenho ideia de como devo ajudá-lo com algo assim.

Então, eu percebo.

Meu vídeo. Ele me viu prender a respiração por vinte minutos e acha que posso ensiná-lo a fazer isso no mergulho livre.

— Quero prender a respiração por dez minutos — diz ele, confirmando minha suspeita. — Eu quero que você seja minha treinadora de respiração.

Eu tomo um grande gole do meu latte para me dar a chance de organizar meus pensamentos.

Há um problema.

Um grande.

Não tenho ideia de como realmente prender a respiração, pelo menos por mais de noventa segundos. Esse vídeo não era real. Quer dizer, eu estava na água e tudo mais, mas estava apenas criando a ilusão de não respirar por vinte minutos. Eu não era hardcore o suficiente para fazer isso de verdade, como David Blaine afirma ter feito.

Minha metodologia era semelhante à que o Mister M fazia em seu programa de TV: um tubo de respiração escondido na água, um tanque de oxigênio escondido e muita atuação. O que tornou minha versão melhor foi que não exigia que eu usasse uma máscara assustadora e eu estava usando meu próprio corpo vestido com maiô como uma orientação errada em vez de objetificar uma assistente.

Foi uma manobra para impressionar a revista de Wally, nada mais. Tive a ideia enquanto assistia *Truque de Mestre* – especificamente, a cena em que Isla Fisher foi "comida pelas piranhas".

Eu não queria nem pensar em fazer aquela manobra de verdade por causa do quão perigosa é. Realizar uma façanha de verdade foi como a esposa do personagem de Hugh Jackman morreu em *O Grande Truque*. Ok, isso é ficção, mas muitos mágicos de verdade morreram fazendo fugas de água. E eu não quero morrer ainda.

É muito triste se afogar virgem.

— Então — ele diz. — Você vai fazer?

Eu engulo minha bebida audivelmente enquanto meu mágico interior desperta.

Quem se importa se você fingiu? Deixe-o pensar que você fez isso de verdade. Isso o enganará duas vezes. Você precisa do dinheiro do aluguel e poderá se gabar de que um príncipe é seu cliente.

Ele me dá um sorriso incinerador de calcinhas. — Apenas diga sim.

— Sim — repito, embora não tenha certeza com o que estou concordando – ensiná-lo ou me tornar a Sra. Tigger. Não, *Princesa Tiggress*.

— Ótimo —. ele diz. — Que tal termos nossa primeira aula no Chelsea Piers Fitness? Vou te dar acesso.

— Por quê? — pergunto.

Ele franze a testa. — Eles têm uma piscina.

Eu estremeço. — Uma piscina pública? Por que não economizamos tempo e simplesmente enterramos nossas cabeças no banheiro mais próximo?

Sua carranca se aprofunda. — Você tem um problema com piscinas?

— Não piscinas. Meu problema é com criptosporídio, giardíase, norovírus, shigelose, legionela, e...

— Eu entendi — ele diz, e eu tenho que dar crédito a ele. Ele parece totalmente sério, enquanto normalmente as pessoas parecem zombar depois que eu (razoavelmente) lhes explico tais perigos. — Que tal se a piscina fosse privada?

Eu encolho os ombros. — Contanto que tivesse água doce e cloração adequada, acho que ficaria confortável em deixar *você* entrar.

Seu sorriso reaparece. — Então, você está preocupada com *meu* bem-estar?

— Não deixe isso subir à sua cabeça. Preciso mantê-lo vivo até receber o pagamento.

— Sim. Certo. E parece que você não vai entrar na água comigo?

É possível desejar e temer exatamente o mesmo cenário? Uma parte de mim me imagina nadando nua com ele, e essa parte está a segundos de distância de se tocar embaixo da mesa. Outra parte, muito mais sã, me imagina pegando todas as bactérias e vírus que vivem em piscinas conhecidos pela ciência, e estremece.

— Sem chance — digo. — Você teria que encher uma piscina com água esterilizada para que eu considerasse entrar. Assim que alguém – não importa quão real seja seu sangue – entra na mesma água, ela não é mais estéril.

Ele concorda. — Vou falar com meu irmão sobre isso.

Minhas sobrancelhas franzem. — O que seu irmão tem a ver com alguma coisa?

— Estou hospedado no hotel de Kaz. Há uma cobertura ao lado da minha com uma pequena piscina. Tenho certeza de que ele vai me deixar mudar para lá e vai mudar a água para nós conforme necessário.

Uma cobertura em um hotel? Mas, claro, ele é um maldito príncipe.

Minhas perspectivas financeiras parecem cada vez melhores.

— O que você diz? — ele pergunta, os olhos castanhos brilhando. — Deveríamos fazer isso?

Capítulo Sete

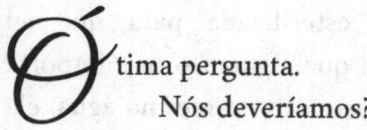timá pergunta.

Nós deveríamos?

Eu devo?

Por um lado, preciso desesperadamente do dinheiro. Além disso, treiná-lo parece meio excitante. Seria como domar um tigre, então, eu basicamente seria como Siegfried e Roy. Bem, espero que não *exatamente* como eles. As coisas não correram muito bem para Roy no final.

Infelizmente, também há aquela parte sobre eu não saber o que diabos estou fazendo. E se eu ensinar errado e ele acabar se afogando?

— Eu entendo — diz ele. — Você não pode se comprometer sem falar sobre compensação.

Para me dar mais tempo para pensar, tomo um grande gole do meu latte.

— Que tal agora? — Ele pega um cartão de visita e escreve algo nele.

Quando vejo a quantia, cuspo o conteúdo de minha boca – não é uma das melhores técnicas de negociação.

Com um sorriso, ele enxuga as gotas do latte que joguei em sua bochecha.

— Entendo. Era um número insultuoso. Que tal eu dobrar?

Graças a Deus não tenho mais latte para engasgar. Dinheiro à parte, eu não posso acreditar como ele está sendo legal com aquelas gotas em seu rosto. Se nossos papéis tivessem sido invertidos, eu provavelmente seria culpada de assassinato agora. Ou é homicídio voluntário quando é um crime passional?

— Isso é em dólares americanos? — Eu consigo perguntar.

Ele concorda.

Eu resisto à vontade de me abanar.

— Ok — diz ele. — Vou triplicar.

Meus olhos se arregalam.

— Tudo bem, quadruplico, mas essa é minha oferta final — diz ele, completamente inexpressivo.

Está bem, então. Meu dilema moral anterior parece tão distante quanto um casal divorciado depois de uma batalha amarga pela custódia. A maioria das pessoas socaria a avó por esse dinheiro, faria sexo anal com o inimigo e talvez até lambesse corrimãos no metrô de Nova York.

Ele franze a testa. — Quero dizer. Quadruplicar é o máximo que eu vou conseguir, mas já que você está jogando duro, que tal um bônus ao concluir o treinamento? Totalmente a meu critério, é claro.

— Tudo bem — digo com uma confiança que não sinto. — Eu faço.

— Excelente. — Lá se vai outra expressão/sorriso de felino-comendo-um-canário (ou FECC para abreviar). — Você pode dar algum treinamento aqui e agora?

Porcaria. Na verdade, vou ter que criar algum tipo de currículo para ele.

Mas o quê?

Eu vou lidar com isso mais tarde. Por enquanto, decido blefar ensinando-lhe a respiração calmante que faço durante os exercícios de dessensibilização – uma habilidade muito útil.

Eu me lanço, explicando como ele deve inspirar com o nariz e deixar o ar entrar em sua barriga em vez de no peito. No meio do caminho, ele levanta a mão, como um aluno zeloso.

Paradoxalmente, minha própria respiração fica mais superficial. — Sim?

— Desculpe interromper — diz ele, e parece que está falando sério. — Já sei tudo o que há para saber sobre a respiração diafragmática.

— Sabe?

É estranho imaginá-lo usando um exercício para combater o estresse e a ansiedade. Ele não parece o tipo que se incomoda muito.

— Sim — diz ele. — Aprendi como parte do treinamento de mergulho.

Oh. Eu não sabia que isso poderia ajudar no mergulho. Mas, ei, pelo menos eu acidentalmente

soo como se eu soubesse do que estou falando.
Isso aí.

Essa pode ser minha maior ilusão até hoje.

— Você pode me ensinar mais alguma coisa agora?
— ele pergunta.

Porcaria. Estou sem truques. Acho que vou ter que
fingir antes de fazer isso.

— Deixe-me ver sua respiração abdominal, antes de
mais nada — digo com toda a pose de alguém que sabe
do que está falando.

— Certo. — Ele se recosta na cadeira, fecha os olhos
e começa a respirar lenta e deliberadamente.

Eu me abano e resisto a vários impulsos
assustadores, como chegar perto de seu pescoço e dar
uma boa cheirada.

Uma expressão deliciosamente serena se instala nas
feições de Tigger, uma expressão da qual Buda se
orgulharia... a menos que Buda tenha sido despertado
por ela, como eu.

Hmm.

Quando aprendi essa técnica sozinha, uma dica
importante foi colocar a mão no peito e na barriga e,
em seguida, fazer com que apenas a que estava na
barriga se movesse.

Eu acho que se eu tivesse aprendido com uma
treinadora, *ela* teria feito isso com *suas* mãos.

Sim. Este não é um desejo assustador de tocá-lo. De
jeito nenhum.

— Vou colocar minhas mãos em você — sussurro.
— Ok?

Sua mandíbula fica tensa e sua respiração falha quando ele acena com a cabeça.

— Segure — digo severamente. — Você está apenas respirando pelo peito. Fique com a respiração abdominal, não importa o que aconteça.

Posso vê-lo lutando para recuperar a expressão serena, que é quando coloco minha mão esquerda em seu peito e a direita em sua barriga.

Puta merda de músculos.

Seus peitorais são duros como uma rocha sob a palma da minha mão esquerda, e há seis gominhos sob a minha direita.

Não tenho vergonha de admitir que este momento terá um lugar de destaque quando eu me tocar com o Príncipe Regente esta noite.

Porcaria.

Devo me concentrar.

Ele está respirando em seu peito novamente – tipo, superficialmente – e eu me deleito com o conhecimento de que meu toque o impactou.

— Eu deveria estar sentindo *isso* subir — digo enquanto basicamente acaricio seu abdômen.

Ele engole algumas respirações forçadas e sua serenidade anterior retorna.

— Tente contar até dois ao inspirar e até quatro ao expirar.

Ele faz isso habilmente.

Eu peço a ele para fazer uma proporção diferente, principalmente porque eu não quero puxar minhas mãos.

Ele faz todas as versões de diferentes contagens como um campeão, e muito melhor do que eu.

Eu o deixo apenas respirar por mais alguns minutos. Então, relutantemente, eu removo minhas mãos. — Você é muito bom nisso.

Ele abre os olhos e se senta mais ereto. — Obrigado.

— Mesmo assim — digo. — Eu quero que você pratique isso todos os dias por quarenta minutos. Não pode doer, pode?

— Vou fazer — diz ele. — Algo mais?

— Não — digo. — Não quero sobrecarregá-lo no primeiro dia.

E eu não tenho ideia do que mais ensinar a ele, então é isso.

— Não quero que você seja mole comigo — diz ele.

Eu olho para sua virilha, e meus olhos saltam para a protuberância que vejo lá.

— Se eu dissesse isso a você, você ficaria insultado.

Seus olhos brilham. — Oh, não se preocupe, *myodik*, nós nunca amoleceríamos com você.

Era o "nós" da realeza ou "Tigger e Sua Dureza Real" tipo de "nós"? Em vez de perguntar isso, pergunto: — O mel é um substantivo masculino Ruskoviano?

— Não. Você está pensando em russo. — Ele faz uma careta. — É uma lingua bárbara.

— Bom — digo. — Por um segundo, pensei que você estava insinuando que eu pareço masculinizada.

Ele arrasta seu olhar ao longo de cada curva minha e sua voz fica rouca.

— Masculinizada é uma coisa que você não é.

Estou ficando suicidamente excitada – prestes a pular em seus ossos aqui e agora, os germes que se danem.

A luxúria pode conquistar tudo?

Não. Mesmo se puder – e esse é um "se" do tamanho de Sua Dureza Real – eu não deveria agir assim, e não apenas porque estamos em um local público. Estou prestes a ganhar uma grana muito necessária, e introduzir o sexo nessa equação pode arruinar tudo.

— Ei. — Ele faz contato visual magnético comigo, minando ainda mais minha determinação. — Eu não queria te deixar desconfortável.

Eu balanço minha cabeça na esperança de limpar meus hormônios estúpidos.

— Não se preocupe. Você não deixou.

Seus lábios se curvam naquele sorriso malicioso. — Bom. Agora, estive pensando muito sobre como você roubou meu cinto e acho que descobri.

Eu levanto uma sobrancelha. — Me esclareça.

— Distração — ele diz em um tom de auto-satisfação.

Eu zombo. — Essa é a sua resposta genial? Isso é como dizer 'você fez isso sendo sorrateira'.

— Sim. Isso também. Sorrateira. Exatamente.

— Isso não é uma explicação.

— Então, o que é? — ele pergunta muito rápido.

Eu sorrio maliciosamente. — Boa tentativa.

Ele reajusta o cinto. — Aposto que você não pode fazer isso de novo.

— Outra boa tentativa. Fazer um truque uma vez é entretenimento, fazer duas vezes é educar.

Dito isso, decido aqui e agora que vou roubar seu cinto novamente de qualquer maneira – apenas em um momento mais oportuno para mim.

— Isso é conveniente — diz ele.

Eu encolho os ombros.

— Aposto que você não pode me enganar de novo, com outro truque, claro.

Eu resisto à vontade de pedir a ele em casamento. Um desafio como esse é para o que eu vivo.

— O que acontece quando eu te enganar?

Ele se inclina. — Eu farei o que você quiser.

Se a ideia fosse tornar mais difícil para mim me concentrar na mágica – ou na respiração – missão cumprida. Eu o estou imaginando fazendo todos os tipos de coisas agradavelmente perversas comigo, a mais moderada, das quais é uma massagem nos pés (ele pode usar luvas), a um vídeo dele se masturbando para o meu prazer visual, eu o usando como meu assistente sexual...

Não. Ele é um cliente.

Tem que ser algo profissional.

— Que tal você usar uma camisa que diz 'Eu quero ser uma sereia'? — Eu esfrego minhas mãos como uma supervilã. — E jeans e roupas íntimas bordadas com imagens de sereias.

— Combinado — diz ele e lança seu olhar sobre

mim novamente. — O que você fará por mim se eu adivinhar como esse truque funciona?

Caralho. Agora estou corando como uma donzela.

Bem, estritamente falando, *sou* uma donzela.

Ele está sorrindo de novo?

Grr.

Se eu fosse realmente mágica, usaria meu poder para tornar minhas bochechas normais novamente.

Não. Apague isso. Se eu fosse realmente mágica, apagaria todos os germes da existência e faria do meu jeito com Tigger, aqui e agora.

Seria consensual se eu usasse mágica para transformá-lo nisso?

— O gato comeu sua língua? — ele pergunta.

— Não — digo. — Outro felino. Grande. De listras. Rima com Geiger.

— Você está dizendo que um tigre comeu sua língua? Ou Tigger? Tipo, eu? Além disso, o que é um Geiger?

Eu baixo meu olhar nele. — Um Geiger contra-mede a radiação. Leia um livro de vez em quando.

Ele estala a língua, tsk-tsk. — Você nunca respondeu. O que eu ganho se eu vir através do seu truque?

— A mesma coisa caso você não veja – entretenimento grátis. É pegar ou largar.

— Tudo bem — diz ele. — Me engane.

O que devo fazer?

Eu tenho algumas coisas comigo. Todos os mágicos

têm. Mas eu quero fazer algo maior, algo que realmente exploda seu cérebro.

Hmm, isso soou vagamente sexual?

Em qualquer caso, tenho inveja de algumas das minhas colegas de quarto. Clarice puxaria um baralho agora mesmo, e Harry sempre tem corda suficiente para um truque ou uma cena BDSM espontânea, enquanto eu tenho que improvisar.

Posso fazer um dos copos desaparecer? Mudar o café por outra bebida? Uma moeda desaparece e, depois, ela reaparece em um pacote de açúcar?

Não. Não é bom o suficiente.

Um pacote de açúcar dentro das calças?

Não, isso é muito semelhante a roubar o cinto.

Já sei.

Um clássico.

Deixando minha persona de palco se estabelecer em minhas feições, falo com o máximo de seriedade que consigo reunir.

— Vá até a cafeteria e pegue uma colher. De metal, não de plástico.

Parecendo intrigado, ele faz o que eu digo e volta com uma colher na mão.

— Aqui. — Ele a entrega para mim.

Eu expulso as imagens nossas com uma colher e pego o utensílio.

Colocando a colher no nível dos meus olhos, eu o instruo a observar.

Ele me encara sem piscar, como se estivesse tentando ver minha alma através dos meus olhos. Isso, ou ele pode estar canalizando outro comercial do Dos Equis, aquele em que ele *uma vez ganhou um concurso de encarar com seu próprio reflexo.*

Quando eu sinto que construí tensão misteriosa o suficiente, deixo a ilusão se desenrolar – e ele vê a colher entortar.

— Uau — ele murmura enquanto um olhar de total e absoluta admiração aparece em seu rosto, dando-lhe uma aparência quase infantil.

O orgulho cresce dentro de mim. Levei um tempo para fazer essa ilusão parecer exatamente como aquela cena em *Matrix.*

— Como você fez isso? — ele pergunta, seus olhos hipnotizados na colher, agora, torta.

Eu entrego a ele a colher para examinar. — Isso significa que eu ganhei?

— Sim — ele diz. —Você ganhou. Agora me diga.

— É muito simples. — Eu me inclino mais perto. — Não existe colher.

Ele solta um suspiro. — Certo. Você me pegou duas vezes. Eu sinto que as roupas de sereia não são mais o suficiente. Você tem que me deixar pagar o seu almoço hoje.

— Vou almoçar com minha irmã — digo, quase no piloto automático.

— Oh — ele diz. — Claro.

Isso é decepção no rosto dele?

Eu limpo minha garganta. — Falando naquele almoço, preciso ir.

— Eu entendo — ele diz, e desta vez, seu rosto está

sem expressão. — Podemos trocar os números antes de você ir?

Pego o cartão de visita em que ele escreveu sua primeira oferta. — Este é o seu celular?

Ele concorda.

Eu insiro seus dígitos e o salvo em meus contatos como "Seu Traseiro Real", em seguida, mando uma mensagem para que ele tenha meu número.

Seu telefone apita.

Como de costume nesta situação, presto muita atenção em suas mãos. Sendo mágica, faço questão de observar e guardar na memória as senhas de todas as pessoas que conheço. Dessa forma, se eu tiver a chance de roubar o telefone delas em algum momento, posso mostrar meu "poder" para desbloqueá-lo "magicamente". Também me permite fazer truques de mentalismo, como "pense em uma pessoa com quem você falou recentemente" e, em seguida, anunciar o nome da pessoa que vi em seu histórico de chamadas recentes. Esse último quase deu a Wally um aneurisma quando fiz isso com ele algumas semanas atrás.

Tigger digita os números bem rápido, mas acho que consegui mesmo assim.

Ele desliza pela tela, deixando meu clitóris com ciúme.

— Recebido. Obrigado. Avisarei quando estiver disponível para a próxima lição.

— Fique à vontade — digo e falo sério. Se ele procrastinar, vai me dar tempo para elaborar algum tipo de plano de aula.

Ele se levanta.

Eu também.

Ele parece prestes a dizer algo.

Eu debato se deveria me aproximar como se fosse abraçá-lo e, depois, roubar seu cinto novamente, mas ele não me dá a oportunidade. Com uma reverência cortês, ele se vira e sai.

————

Enquanto entro em um táxi, não posso deixar de me perguntar se ele saiu um pouco abruptamente.

Se sim, por quê? Ele ficou chateado por eu não poder almoçar?

Espere um segundo. Era ele me convidando para um encontro?

Não. Não pode ser. Ele é um príncipe sexy e eu sou ninguém. Por que ele iria querer sair comigo?

Não que isso importe. Se, por algum milagre, ele me convidou para sair, é uma boa coisa que eu – embora acidentalmente – tenha recusado.

Ele é um cliente e eu preciso do dinheiro.

Mesmo que ele não estivesse, tenho evitado relacionamentos para me concentrar na minha carreira. O que, se tudo correr bem, envolverá viagens para meus shows, e viajar não é propício para um relacionamento. Além disso, não gosto de germes, e ele é um conquistador que provavelmente está cheio deles.

E, ele é um príncipe. Isso significa que ele está – como os personagens favoritos de *Downton Abbey* da minha irmã diriam – *acima da minha posição*. Ele pode até não ser capaz de namorar uma plebeia além de uma aventura curta devido a seus deveres reais. E ele provavelmente está sob os holofotes do público, perseguido por paparazzi e tudo mais.

Espere, na verdade, esse último seria bom para mim. A publicidade pode ser útil para minha carreira de ilusionista.

Mas não. Namorar é uma má ideia para mim em geral e, com Tigger, seria quase certo um desastre. Todas as razões que acabei de listar à parte, tenho uma leve suspeita de que, se eu seguir por esse caminho, posso pegar uma das doenças mais assustadoras que posso imaginar.

Sentimentos.

O táxi para e eu corro para o restaurante que Blue escolheu.

Oh, infernos não.

A placa ao lado da porta gelou meu sangue.

Tirando meu telefone da bolsa, digito uma mensagem para a minha irmã:

Onde você está? De jeito nenhum eu vou comer, ou mesmo entrar, neste restaurante.

Capítulo Oito

*Q*uase lá, responde Blue. *Qual é o problema?*

Eu fico olhando para a placa novamente, lutando contra a náusea antes de enviar uma mensagem furiosamente: *Você está brincando comigo? Se eu quisesse me matar, teria uma overdose de pílulas para dormir.*

Um táxi amarelo para no meio-fio e minha irmã pula para fora dele, com uma expressão exasperada no rosto.

Como minhas irmãs sêxtuplas são monozigóticas, elas parecem tão idênticas entre si quanto Holly e eu, ou seja, os mesmos rostos, mas penteados diferentes, distribuição de gordura corporal e coisas do gênero. Também há um pouco de semelhança entre minha gêmea e eu e as sêxtuplas. Pela sorte dos dados genéticos, nós nos parecemos mais do que a maioria das irmãs. O que pode explicar por que Blue também me lembra Cate Blanchett, apenas em seu papel em *Paraíso*, onde ela usa esse corte de cabelo.

— O que há de errado com este lugar? — Blue pergunta.

Eu aponto para a placa. — Isso.

Ela suspira. — Sim. Isso é um 'B'.

O Departamento de Saúde de Nova York inspeciona restaurantes e dá a eles uma nota entre "A" e "C". "A" significa que o lugar recebeu entre zero e treze pontos por violações sanitárias, enquanto "B" significa quatorze a vinte e sete violações. Em termos reais, um "B" se traduz em ratos engasgando com baratas e macacos do zoológico aparecendo para jogar fezes nos clientes. Uma nota "C" significa vinte e oito violações ou mais, então, imagino o interior desses restaurantes como uma paisagem pós-apocalíptica com ratos mutantes infestados de peste comendo a equipe, os clientes canibalizando uns aos outros e a comida que volta à vida como zumbi.

Eu estreito meus olhos para ela. — Como você se sentiria se eu te arrastasse para Chick-fil-a?

Ela estremece.

— E o KFC?

Ela empalidece.

— Popeyes. Church's Chicken. Zax...

— Chega — ela diz. — Vamos encontrar um restaurante com "A".

Sim. O medo de Blue de pássaros se estende à variedade frita.

Pego meu telefone. — Me dê um momento.

Eu não confio nem mesmo em lugares com nota "A", e é por isso que implorei a Blue para criar um aplicativo para mim que analisa os dados de inspeção brutos que a cidade de Nova York fornece a todos gratuitamente. Dou minha localização ao aplicativo e ele me dá um restaurante próximo com pontuação zero.

Aha. Um lugar chamado Planet of the Creps.

Promissor.

Eu verifico para ter certeza de que eles não servem qualquer coisa de pássaros e descubro que não. Eles até fazem os crepes sem ovos.

— O que você acha? — Mostro o cardápio para minha irmã.

Ela suspira teatralmente. — Vamos lá.

Depois de uma rápida corrida de táxi, entramos no Planet of the Creps e eu olho em volta com aprovação. Os crepes são feitos na frente de todos, e o cara lava onde faz o crepe a cada rodada e calça luvas novas.

Este pode ser o almoço mais seguro que eu já tive há muito tempo.

Blue pede primeiro, escolhendo um crepe saboroso com tudo.

Eu me encolho internamente. Sempre que assisto ao noticiário, fico atenta a alimentos que causam doenças transmitidas por alimentos às pessoas, para que possa eliminá-los de minha dieta. E pelo menos alguns dos recheios no crepe de Blue estão nessa lista de "nunca comer". Eu não digo isso a ela, porque ela me proibiu explicitamente de fazer isso.

Que eu entendo. Foi ruim o suficiente eu ter dito a minhas irmãs que Papai Noel não existe – os mágicos são céticos por natureza, então, eu descobri essa teoria da conspiração muito cedo na vida. Eu também arruinei a fada do dente para elas. Falando nisso, que tipo de mente distorcida criou essa história? Um voador sobrenatural interessado em dentes? Desculpe, dentes de *crianças*, porque isso o torna muito melhor. Ele os mantém em uma pilha grotesca em algum lugar ou os come? E se for o último, quão duros são os dentes da fada dos dentes?

De qualquer forma, tenho medo de que, se estragar o presunto e outros alimentos reconfortantes para minhas irmãs, elas finalmente me linchem – como quase fizeram depois, no lance do Papai Noel.

Quando é minha vez de pedir, pego o crepe doce com recheios que saem direto de uma jarra, como Nutella e mel.

— Você quer açúcar de baunilha? — o cara pergunta.

Quase grito: "Porra, não!" antes de gerenciar um mais moderado: — Não, obrigada.

Existe um tipo de aroma de baunilha que vem das excreções anais dos castores. É por isso que sou muito diligente quando se trata de pesquisar produtos com sabor de baunilha antes de colocá-los em qualquer lugar perto da minha boca. E por que eu nunca bebo aguardente sueca.

Quando nossa comida está pronta, Blue insiste em pagar por nós duas. Carregando nossos crepes, pegamos uma mesa no canto.

Eu corto meu crepe e olho para ela com expectativa.

— O quê? — ela diz, parecendo na defensiva.

— Você sabe. — Eu garfo o pedaço de crepe em minha boca e resisto a gemer quando o sabor rico e doce explode em minhas papilas gustativas.

— Sei o quê?

Eu abaixo meu garfo. — Você pagou. — Eu dobro um dedo. — Você queria compartilhar uma refeição em vez de fazer a videochamada de costume. — Eu dobro um segundo dedo. —Ou você está prestes a compartilhar um grande segredo ou precisa de um favor.

— Certo. — Ela apunhala o crepe com um garfo. — Preciso da tua ajuda.

Eu não posso evitar um sorriso vilão. — Com o quê?

Ela corta o crepe ao meio. — Quero aprender a jogar, e trapacear, pôquer.

Uau. Isso não é exatamente me pedir para ensiná-la a abrir fechaduras ou entortar colheres, mas é quase.

— É um grande pedido — digo. — Você sabe como me sinto sobre quebrar o código dos mágicos.

Ela suspira. — Achei que você diria isso.

— Exijo saber por quê.

Ela suspira mais teatralmente. — Achei que você também diria isso. — Ela pega seu telefone chique, abre uma imagem e mostra para mim.

Eu assobio enquanto olho para a tela.

A imagem parece uma configuração para algum

tipo de pornografia. Um tipo de pornô raro, feito exclusivamente para mulheres.

Um grupo de homens muito atraentes está sentado ao redor de uma mesa em algum tipo de sauna, usando apenas toalhas e – no caso de um – óculos escuros de aviador. O suor está pingando em seus rostos bonitos e seus músculos firmes estão flexionando, claramente tensos de concentração.

Os níveis de testosterona naquela sala matariam um cavalo.

Talvez a parte mais estranha do quadro é que eles estão segurando cartas de jogar. Isso, combinado com as fichas na mesa e o desejo da minha irmã de aprender sobre pôquer, me sugerem que esse é o jogo que eles estão jogando.

Eu me pergunto o que Clarice pensaria dessa imagem? Poderia a visão de tantos homens lindos segurando cartas ser uma porta de entrada para sua sexualidade com cartas?

Pode ser. Ou pode acontecer de outra maneira. Se uma mulher ficar olhando para essa imagem por tempo suficiente, ela pode querer comprar um baralho. Pode até já estar acontecendo comigo. Por que mais eu desejaria tão desesperadamente ver Tigger nu e segurando cartas naquela sala?

Minha irmã puxa o telefone de volta.

Eu olho para cima. — Já ouvi falar de hot ioga, mas nunca de pôquer Bikram.

Ela sorri. — É engraçado você dizer isso. Isso é conhecido como Hot Poker Club.

Eu rio. — Os caras são gostosos. Eu deixaria qualquer um deles me cutucar. — Obviamente, isso é mentira, mas mantenho o fingimento desde que me fiz parecer uma deusa do sexo para minhas irmãs, no colégio. — Na verdade, a única maneira dessa imagem ficar mais quente é se seus cutucadores não estivessem escondidos por aquelas toalhas sortudas.

Ela franze a testa. — Um desses jogadores está fora dos limites.

— Entendi — digo. — A primeira regra do Hot Poker Club é 'mantenha suas mãos sujas longe do brinquedo da sua irmã'.

Isso também é uma espécie de lema de família entre nós oito.

Sua carranca desaparece. — E a segunda regra é — Em uníssono, dizemos: — 'Mantenha suas mãos sujas longe do brinquedo da sua irmã'.

Eu sorrio para ela. — Qual deles?

Ela aponta para o cara de óculos escuros.

— Nada mal — eu digo, olhando para o doce prêmio. Ele me lembra vagamente Ryan Reynolds, mas com algumas características eslavas. — Então qual é o plano? Você aprende a trapacear e, depois, a vencê-lo em um jogo de strip pôquer?

Ela revira os olhos. — Você vai me ajudar?

Eu mordo meu lábio. — Eu posso, mas não da maneira que você pensa.

A carranca está de volta. — Explique.

Eu levanto minhas palmas mostrando minhas luvas.

— A manipulação de cartas é difícil quando você

usa isso o tempo todo. Para piorar as coisas, as pessoas sempre querem tocar nas cartas do mágico, então – e tenho vergonha de admitir isso – não sou tão boa nesse ramo da mágica.

— O quê? — Ela me olha como se o Ás de Espadas tivesse acabado de aparecer na minha testa. — E aqueles milhões de truques com cartas que você me fez assistir?

Eu encolho os ombros. — Um mágico famoso disse uma vez que 'truques com cartas são a poesia da magia'. Eu obviamente conheço alguns. Todos nós fazemos, mas eu não sou uma especialista – especialmente quando se trata de trapaça de cartas.

Ela estreita os olhos. — Você fez parecer que iria ajudar.

— E eu vou. — É a minha vez de pegar meu telefone. — Eu conheço alguém que pode ser um dos melhores do mundo no que você precisa. — Pego um vídeo de Clarice fazendo uma de suas demonstrações de trapaça no pôquer. — Vê?

Enquanto minha irmã observa, seu olhar se torna calculista.

— Coloque-me em contato com ela — ela diz quando o vídeo acaba.

— Vou precisar de um favor em troca — digo.

Ela zomba. — Um favor por apenas me colocar em contato com alguém?

— Uma corretora de imóveis não merece sua taxa por conectar um comprador e um vendedor? Será que um agente de viagens não merece...

— Você sabe que eu poderia encontrá-la sozinha se eu quisesse, certo? Eu vi o rosto dela e sei que ela está em seu círculo íntimo.

Isso é verdade. Minha irmã trabalha para uma agência governamental que gosta de ouvir as conversas de todos no celular – ou, como ela diz, Agência Nenhuma – para que ela possa localizar alguém com ainda menos dados e provavelmente ouvir todas as suas ligações depois disso.

— Confie em mim — digo com tanta confiança quanto posso reunir. — Você vai querer cair nas boas graças.

Na verdade, porém, ela teria a atenção de Clarice assim que dissesse a palavra "pôquer".

— Certo. — Blue enfia um pedaço de seu crepe na boca. — O que você quer?

Dou a ela meu sorriso mais tortuoso. — Quero que você desenvolva outro aplicativo para mim.

Outra olhada. — Eu não posso acreditar que você precisa da minha ajuda com isso. Você tem o QI mais alto da família. Por que você simplesmente não aprende a programar?

Sim, esse é outro truque que usei nelas. Cientistas têm estudado minhas irmãs sextuplas desde que nasceram, procurando semelhanças e diferenças em todos os tipos de métricas, e minha irmã gêmea e eu ocasionalmente fomos incluídas nessa pesquisa, que envolveu testes de QI e coisas assim. Então, eu colei em um desses testes. Bem, não trapaceei exatamente – eu apenas estudei para o teste, enquanto minhas irmãs não. Então, eu pontuei muito mais alto do que eu teria de outra forma. Embora todos pensem que esses testes medem apenas a aptidão, isso não é verdade.

— Você pode nem mesmo precisar de codificação para este — digo apaziguadoramente. — Eu quero mexer com a autocorreção das pessoas.

Seu sorriso nos deixa ainda mais parecidas. — Por 'pessoas', você quer dizer criaturas com o sobrenome Hyman.

—Sim. E minhas colegas de quarto.

Ela coça o queixo.

— Você não pode invadir seus telefones e criar alguns atalhos? — pergunto. —Transformar *pular* em *pulsar, conferência* em *cunilíngua,* e assim por diante?

— Tudo bem — diz ela. — Fechado. Mas só porque posso gostar desse projeto em particular.

— Excelente. Espero que isso signifique que você vai me ajudar em mais uma coisa.

Ela levanta uma sobrancelha. — Dois favores agora?

— Este é trivial para alguém com seus recursos — digo. — Quero saber tudo o que há para saber sobre um cara.

Suas sobrancelhas sobem. — Um cara?

— Sim, e sem perguntas sobre ele também. — Tigger é minha propriedade e não estou pronta para compartilhá-lo com ninguém ainda, verbalmente ou não.

— Certo. Envie-me uma mensagem com o nome dele e verei o que descubro no caminho de volta. — Ela dá uma mordida gigante em seu crepe e eu sigo seu exemplo.

— Então — digo quando engulo. — Há alguma mulher no Hot Poker Club?

Ela encolhe os ombros. — Não que eu saiba.

—Não permitido? Ou são raras?

Este é um tópico um pouco sensível para mim. Mágica é um campo dominado por homens, e eu me sentia sozinha e indesejável até conhecer minhas maravilhosas companheiras de quarto.

Blue é muito atenciosa ou mastiga a comida com cuidado. — Acho que os rapazes gostam mais de pôquer.

— Isso é péssimo. Uma mulher naquela sala de vapor é exatamente o que o movimento sufragista estava lutando. É hora de quebrar o teto de vapor.

Ela levanta o garfo como um copo. — Total. Eu me ofereço de bom grado como tributo.

Seria mais comum usar uma virgem – digamos, eu – como tributo, mas não mencionei isso. Em vez disso, direciono a conversa para fofocas sobre o resto da nossa família.

Eventualmente, chegamos ao tópico de Octopais estarem na cidade e exigirem um encontro.

— Eu levaria um cara se fosse você — diz Blue sabiamente. — Mesmo que ele seja seu amigo gay. Vai tornar as coisas muito mais fáceis. É isso que espero fazer.

Ela está certa. Minha irmã gêmea levou seu novo namorado no almoço dela (na verdade, meu) e afirma que ajudou muito, embora ela tenha acabado *me* jogando sob o ônibus no processo.

Quem posso levar?

Wally?

Eles acreditariam em nós como um casal?

Eu sei quem eu *quero* levar... para o encontro com meus pais e em qualquer outro lugar, até mesmo uma consulta com o ginecologista.

Tigger.

Hmm. É tarde demais para agregar a um favor como uma taxa extra para meus serviços de tutoria?

Não. Levá-lo é uma má ideia. Octomãe não é mais uma mulher jovem, e a exposição a essa gostosura masculina não diluída pode apenas fazer seu pobre coração desistir.

Blue acena com conhecimento de causa. — Você está pensando no cara que você me pediu para procurar?

— Sim.

Ela termina a comida, limpa as mãos e tira o laptop da bolsa. — Qual o nome dele? Vou fazer uma pesquisa rápida para você agora.

— Anatolio Cezaroff — digo.

Ela digita e suas sobrancelhas franzem.

Oh, droga. Eu realmente espero que ela não vá me dizer que ela o hackeou e descobriu que ele tem uma doença venérea.

Ou pior... uma esposa.

Capítulo Nove

Ela levanta os olhos da tela, os olhos arregalados. — Ele é um príncipe.

Uau. Foi isso que a irritou?

— Bem, sim.

— Um príncipe de verdade? — Ela passa a mão em seu corte de cabelo.

— Não. Irreal. Ele é, na verdade, uma versão não violenta do *Exterminador do Futuro*, enviado de volta no tempo para colocar pílulas anticoncepcionais esmagadas na comida de Sarah Connor.

Com uma bufada, ela olha de volta para a tela e começa a digitar. Depois de alguns minutos, ela olha para cima. — Você procurou por ele no Google?

— Um pouco.

Ela aponta para a tela. — Não tenho certeza se devo dar a você algo além disso, especialmente porque há tantas informações públicas disponíveis. Seus dados mais privados parecem estar protegidos por seu governo, e não quero criar um incidente internacional bisbilhotando. Agora, se Ruskovia abrigar um grupo terrorista, *então*, podemos conversar.

— Certo. Ótimo plano. Vamos torcer para que os terroristas se infiltrem em seu país, apenas para que você possa persegui-lo.

Ela fecha o laptop e o coloca de volta na bolsa. — É você quem quer persegui-lo.

Eu corto meu crepe com um pouco mais de força. — Pelo menos eu não carrego uma foto dele nu no meu telefone.

Ela apunhala o que sobrou de sua comida com ainda mais força, mas não diz nada.

— Podemos mudar de assunto? — pergunto.

Ela concorda com prazer, e voltamos a fofocar sobre a família. Com oito irmãs, quase chegamos a uma forma de arte.

Quando o almoço acaba, pego um táxi para casa e procuro no Google "Tigger", no caminho de volta.

Na maioria das vezes, os artigos apenas aumentam a lista cada vez maior de suas aventuras, das quais acho a escalada do Monte Everest mais impressionante. Eu nunca escalei uma montanha na minha vida, mas está na minha lista de desejos – junto com escalar a Dureza Real de Tigger.

Alguns dos links são para vídeos dele fazendo suas acrobacias, então, eu assisto cobiçosamente.

Interessante. Muitas vezes há uma expressão de espanto em seu rosto, a mesma que vi durante o truque de entortar a colher.

Eu leio mais artigos até que tropeço em um que faz meu coração apertar dolorosamente no meu peito.

Tigger se machucou durante um salto não muito tempo atrás. Na verdade, ele esteve em coma e demorou semanas para sair dela.

Preocupação e culpa reviram meu estômago.

O pobre homem quase morreu, agora, eu vou fazer parte de mais uma de suas acrobacias – e fornecer treinamento falso nisso.

Se ele se afogar, nunca vou me perdoar.

Então, novamente, quem disse que meu treinamento tem que ser falso? Eu poderia aprender tudo o que há para saber sobre como prender a respiração e treiná-lo da melhor maneira que puder. Além disso, sempre posso dizer que é minha opinião profissional que ele não deve mergulhar livremente.

Sim, é isso.

A culpa está diminuída agora e fácil de suprimir. Em geral, a culpa é uma ocorrência comum para mim, pelo menos um tipo específico que chamamos de "culpa do mágico" na minha indústria. Isso é o que sentimos quando dizemos coisas como "Vou pedir que você escolha uma carta deste baralho completamente *comum*", mas o baralho em questão secretamente consiste em apenas ases.

A culpa suprimida, eu retomo minha perseguição e me deparo com algumas imagens indesejáveis, incluindo uma foto em que Tigger está com algum tipo de modelo em um tapete vermelho e outra em que ele está beijando a mão de uma famosa atleta.

Então, novamente, o que eu esperava?

Afinal, ele é um devasso.

Masoquisticamente, procuro mais imagens desse tipo até notar algo interessante.

A revista de Wally publicou muitas histórias sobre a família real Ruskoviana.

Antes que eu tenha a chance de ligar para Wally e perguntar sobre isso, o táxi para. Eu pago, corro para o apartamento e aviso Clarice que ela pode ter notícias de minha irmã.

— Obrigada por pensar em mim — diz ela. — Adoraria ter uma apresentação.

Eu pisco para ela. — Espero que você ainda seja grata depois de lidar com Blue. Ela pode ser difícil.

Clarice tira seu chapéu de pirata. — Como você?

Sem dignificar isso com uma resposta, eu faço meu caminho para o meu quarto, decapito Manny e coloco meu telefone em seu pescoço.

É hora de fazer uma videoconferência com Wally.

Enquanto a chamada soa, eu me preparo para deixar uma mensagem de voz com vídeo do tipo: "Hmm. Onde está Wally?", mas eu não tenho chance porque ele atende.

— E aí, como vai?

— Ei. — Eu aperto os olhos enquanto tento dar sentido à sua mudança de cenário.

— Onde está Wally?

Ele revira os olhos. — Ha ha. Atrás de mim fica o Central Park. — Ele vira o telefone para que eu possa ver a verdade de sua declaração. — Eu estava almoçando com um amigo do trabalho e estou prestes a entrevistar um dono de hotel famoso.

— Entendido. Eu tenho uma pergunta relacionada a trabalho para você, se você tiver um tempo?

— Eu tenho alguns minutos. Manda.

— O quanto você sabe sobre a realeza Ruskoviana?

— Ah — ele diz. — Parece que você também descobriu quem era aquele idiota rude do outro dia.

— Anatolio Cezaroff.

— Isso mesmo — diz ele. — Eu perguntei a alguns de meus colegas da revista sobre ele. Um sujeito realmente desagradável.

Eu franzo a testa. — Desagradável?

Ele concorda. — Um playboy total. Dizem que ele tem uma garota diferente todas as noites, e nunca mais liga para elas. Além disso, ele faz essas acrobacias malucas e não se importa se machuca a si mesmo ou a qualquer outra pessoa no processo. — Ele olha incisivamente para a câmera de seu telefone. — Se *eu* fosse mulher, ficaria longe dele.

Porra. Não quero que ele veja o impacto que suas palavras estão tendo, então, adiciono leveza à minha voz. — Se você fosse mulher, seu nome seria Wenda. Ou Wilma.

Wally bufa, entrando em seu modo de homem simples. — Wenda e Wilma são amigas gêmeas do personagem fictício em questão.

— Não diga? — Decido fingir que ele não fez esse discurso retórico muitas vezes antes.

— Seu nome verdadeiro é Wally — ele continua

com uma dose decente de amargura em sua voz. — Por alguma razão insondável, é chamado de Waldo na América do Norte. Não de Charlie como na França, ou Willy como na Noruega, ou Walter como na Alemanha...

— Ou Wang como na China — digo, combinando com seu tom. — Ou Weiner, como em Israel. Ou Wacko, como em...

— Quer saber, estou muito ocupado, então, vou me mandar.

Com isso, ele desliga e, de repente, me sinto como uma péssima amiga.

É possível que eu o estivesse provocando mais do que o normal, como forma de 'atire no mensageiro'. Não gostei de ouvi-lo dizer essas coisas sobre Tigger, embora suas palavras apoiem minhas próprias suspeitas.

Meu telefone apita com uma mensagem.

Falando no diabo. É Tigger.

Você tem mais algum treinamento que não exija piscina? ele pergunta. *Meu irmão disse que pode arrumar um quarto com a piscina disponível para mim, mas vai demorar dois dias para limpá-la e encher a piscina com água nova.*

Sim, eu respondo.

A verdade é que *espero* que sim, depois de fazer algumas pesquisas.

Ótimo, ele diz. *Que tal amanhã?*

Amanhã? Isso não me dá muito tempo para me preparar. Além disso, minha culpa anterior ressurge.

Então, uma ideia me ocorre, uma que deveria me dar mais tempo e amenizar a culpa.

Preciso que um médico libere você para mergulho livre.

Pronto. Se um profissional médico disser que ele pode prender a respiração com segurança por longos períodos, pelo menos não correrei o risco de afogá-lo durante nosso treinamento.

Falando nisso, aqui está uma ideia divertida: eu poderia afogá-lo. Dessa forma, ele obtém todas as partes divertidas do afogamento, mas com risco mínimo.

Mas não. É possível que eu apenas queira fazer isso com ele por causa da conversa com Wally.

Claro, ele responde. *Devo estar pronto às 3 da tarde. Isso funcionaria para você?*

Tanto esforço por mais tempo.

Sim, eu respondo. Lembrando-me do aluguel, acrescento: *Posso receber uma parte do pagamento adiantado? Preciso cobrir algumas despesas.*

Não tem problema, ele responde, e trabalhamos sobre a transferência para mim.

Espero alguns minutos antes de verificar minha conta.

Sim.

O aluguel deste mês não é mais uma preocupação.

Envio o dinheiro para Clarice e reflito sobre uma questão que supera a do aluguel: por tudo que agora sei sobre meu cliente, terei que ficar extremamente vigilante para não desenvolver nenhum sentimento por ele.

Posso fazer isso?

Melhor que sim. O dinheiro que vou ganhar vai me deixar mais perto do meu maior desejo: meu próprio show de mágica.

Assim, devidamente motivada, mergulho na pesquisa sobre mergulho livre.

Começo com a palestra TED de David Blaine sobre prender a respiração, na TV, supostamente de verdade.

É interessante. Ele diz que considerou esconder um dispositivo de respiração dentro de seu corpo, um modus operandi que considero atraente. É um caso raro em que, como mulher, eu realmente tenho uma vantagem – um lugar extra para esconder coisas.

Eu sorrio enquanto me imagino pedindo um vibrador mágico especializado para a nova amiga da minha irmã gêmea. Dada minha breve interação com ela, ela adoraria esse projeto.

Blaine também menciona o perflubron, um líquido que você realmente pode respirar.

Não. Não é útil para mergulho livre, a menos que você possa drenar a massa de água em que planeja mergulhar e reabastecê-la com esta substância fresca. Mesmo um príncipe não é *tão* rico assim.

Finalmente, Blaine vai para o mergulho livre, explicando que o movimento esgota o oxigênio. Mas o maior problema em prender a respiração é o acúmulo de CO_2 no sangue.

Faço uma nota para pesquisar mais isso.

Ele continua mencionando uma habilidade importante, um tipo de respiração chamada purgação –

que não é tão nojento quanto parece e pode ser útil se eu for corajosa o suficiente para tentar fazer uma acrobacia subaquática de verdade, ou um boquete.

Em seguida, ele diz que perder peso pode ajudar a prender a respiração.

Isso. Eu tenho uma desculpa para examinar o corpo de Tigger. Uma parte em mim estava um pouco chateada porque a piscina – e, portanto, a falta de roupas relacionada à piscina – não estará na agenda amanhã.

Espere, do que estou falando? Estou tentando não ter sentimentos.

Eu assisto o resto da palestra TED. Em seguida, mando uma mensagem para Tigger perguntando se ele possui algo que Blaine mencionou – uma tenda hipóxica.

Não, mas usei uma ao me preparar para o Everest, ele responde.

Ótimo, eu escrevo de volta. *Quando estiver pronto, vou querer que durma nela para aumentar seus glóbulos vermelhos.*

Bum. Pareço totalmente que sei do que estou falando.

Farei, ele diz. *Mal posso esperar para ver você.*

Eu não respondo.

Ele não está ansioso para me ver. Ele está ansioso para começar seu treinamento. Há uma diferença – embora eu não deva me importar, em qualquer caso.

Eu continuo minha pesquisa pelo resto do dia e na manhã seguinte.

Quando chega a hora do almoço, tenho um plano de aula pronto. Vou ensinar a Tigger maneiras de desacelerar sua frequência cardíaca enquanto prende a respiração, e então algo chamado "compressão de pulmão" – uma maneira de empurrar o volume máximo possível de ar para os pulmões.

Uma hora antes de ter que sair, eu faço minha maquiagem, pesando mais que o normal no olho esfumado, e aliso meu cabelo até que ele escorra pelas minhas costas como seda preta. Então, eu coloco um vestido preto apertado, calço meus pés em meus saltos matadores favoritos e minhas luvas pretas mais extravagantes antes de me examinar no espelho.

Nada mal. Minha gêmea provavelmente ainda diria que eu pareço um vampiro, mas ninguém pode negar que vampiros bem vestidos são sexies.

Não que eu esteja tentando ser sexy. Ao menos não com o objetivo de seduzi-lo. É que estou indo para um hotel chique e não quero parecer plebe.

Esse é meu argumento, e vou me prender a ele.

Meu telefone me notifica que o carro está lá embaixo. Eu me olho no espelho pela última vez antes de sair.

Lembre-se, Gia:

Não.

Se.

Envolva.

Emocionalmente.

Capítulo Dez

Quando o táxi me deixa, eu olho para o meu destino sem acreditar.

O Palace Hotel é exatamente como você esperava – como um palácio. Uma mistura de diferentes estilos arquitetônicos europeus claramente influenciou seu design, com um pouco de tudo, do Kremlin ao Palácio de Buckingham. No interior, o lobby gigante é consistente com o motivo "híbrido de todos os palácios": ícones russos dividem espaço com afrescos italianos e as pessoas – provavelmente carregadores – estão vestidas com capas, bicórnios e pantalonas berrantes.

Clarice adoraria isso, especialmente todos os papagaios coloridos pendurados em gaiolas decorativas. Se não fosse por Hannibal, seu gato, Clarice provavelmente teria um papagaio e o treinaria para sentar em seu ombro.

Minha irmã Blue, por outro lado, teria um ataque

de pânico se acabasse aqui. Os papagaios para ela são o que os palhaços de Stephen King são para o resto de nós. Ah, e se Blue pudesse de alguma forma sobreviver vendo os papagaios, os pavões que vagavam pelo saguão acabariam com ela.

Os pavões não são um clichê dos ricos?

Quando eu era pequena, eu erroneamente pensava como, no inglês, o nome desse pássaro soasse tão estranho, de *peacock* para *pee-cock*, uma união de xixi e pênis. Quando fiquei mais velha, achei irônico que esses pássaros (como todos os pássaros) não urinem. Em vez disso, eles expelem um híbrido de urina e cocô de um órgão chamado cloaca. Eles também não têm pênis – novamente, apenas a mencionada cloaca.

Minhas reflexões etimológicas/ornitológicas são interrompidas por Tigger, que sai do elevador e vem na minha direção.

Huh.

Ele realmente pagou a aposta.

Ele está vestindo uma camisa que diz com orgulho "Eu quero ser uma sereia", e seu jeans está bordado com fotos de Ariel antes de ela ter pernas. Como ele conseguiu isso tão rápido? Não consigo imaginar que jeans para homens sejam vendidos dessa forma. A menos que eles sejam, e eu esteja desinformada?

Ele também está usando cueca de sereia?

Não, duvido. Porque, como eu saberia se ele estivesse? Além disso, ele estava sem cueca da última vez.

O que é surpreendente é que, apesar dessa roupa,

ele parece sexy como o pecado. Isso me lembra outro anúncio: *Mesmo quando ele segura a bolsa de uma mulher, ele parece viril.*

Ajuda o fato de a camisa ser justa e a calça mostrar suas pernas musculosas.

— Oi — diz ele, arrastando um olhar aquecido sobre mim.

Eu acho que ele aprecia a aparência de vampiro bem-vestido. Como qualquer um.

Eu executo uma reverência.

— Vosso Traseiro Real. Eu me deleito com sua luz majestosa.

Ele responde com uma reverência cortês que não ficaria fora do lugar em um dos shows favoritos de minha gêmea, Masterpiece Theatre. — Você me honra, Vossa Melada.

— Não, a honra é minha... Vosso Hediondo. — Eu sorrio. — Belas sereias, a propósito.

Ele sorri. — Eu nunca fugi de uma aposta.

Eu agarro minhas pérolas inexistentes.

— Essa expressão não é ofensiva para os galeses?

— Agora, você parece meus pais.— Ele aponta para o elevador. — Minha cobertura está a apenas um elevador de distância.

Ele vai na frente, permitindo-me desfrutar de sua bunda vestida de jeans.

Assim que entramos no elevador, apesar de ser espaçoso, não posso deixar de sentir que ele está ocupando todo o espaço.

Não ajuda que ele cheire tão deliciosamente quanto

da última vez: notas de ondas do mar misturadas com algo muito lambível.

Pare com isso, Gia. Assim, terá sentimentos... e sífilis.

Felizmente, a subida é rápida.

Saímos para um corredor espaçoso e viramos à direita.

Um carregador com pantalona vem em nossa direção, segurando coleiras presas a dois cães conhecidos: codinomes Panda e Coala.

Ao nos ver, as feras ficam excitadas.

Eu dou um passo para trás. — Por favor, não os deixe babar por todo o meu rosto.

O carregador puxa as coleiras e os cães simplesmente abanam o rabo com grande entusiasmo.

— Medo de cães? — Pergunta Tigger.

— Eu não deixo ninguém lamber meu rosto, mas especialmente criaturas que gostam de comer cocô.

Os olhos de Tigger percorrem meu rosto com grande interesse. Ele está triste porque lamber agora está fora de cogitação?

Os cães passam com grande alvoroço e, uma vez que eles vão embora, Tigger desliza a chave do quarto pelo leitor em uma porta próxima. — Aqui.

Eu entro em sua morada não tão humilde e faço o meu melhor para não ficar boquiaberta.

É uma suíte completa, com sua própria cozinha completa. A vista do Central Park da janela próxima do chão ao teto é espetacular, e a mobília é surpreendentemente moderna considerando o tema do hotel. O mais estranho, porém, é a variedade de arranjos de flores espalhados por toda a sala de estar.

Uma dúzia de suas conquistas femininas deixaram os buquês do dia dos namorados para trás?

— Você gosta? — Tigger pergunta, seguindo meu olhar.

— Eles são lindos.— Aproximo-me do arranjo mais próximo e sinto o cheiro de uma das margaridas. — É assim que seu irmão decora todos os cômodos?

— Claro que não. — Ele habilmente ajeita o buquê que eu acabei de cheirar, suas mãos se movendo em um padrão praticado que me lembra uma dança. — Eu mesmo faço isso.

Eu fico boquiaberta com o arranjo reajustado. Parece ainda mais bonito do que antes, e já era de nível profissional.

Eu examino todos os buquês novamente. — Você fez esses arranjos de flores?

Ele concorda. — Eu pratico uma forma de arte Ruskoviana chamada *kandelabr*. Foi inspirada no *ikebana*.

Eu odeio sua maldita cara de blefe. Eu não tenho ideia se ele está brincando comigo. Ikebana é uma arte japonesa de arranjo de flores – algo que posso facilmente imaginar uma gueixa fazendo, não esse príncipe destemido e viril.

Então, novamente, por que não? Como isso é tão diferente de algo como jardinagem? E isso é unissex.

— Deve ser uma arte relaxante para praticar —

digo, examinando os padrões simétricos e combinações de cores com interesse renovado.

Ele sorri. — É exatamente isso. Minha babá me ensinou. O provérbio 'mãos ociosas são a oficina do diabo' era particularmente verdadeiro no meu caso, então o *kandelabr* foi uma dádiva de Deus para todos ao meu redor.

Eu imagino o quadro adorável do pequeno Tigger brincando com flores, e um sorriso bobo torce meus lábios.

Ele limpa a garganta. — Então... que lições você tem para mim hoje?

Certo. Esta não é uma visita social.

Eu explico as técnicas de respiração que quero que ele trabalhe, e ele não parece nem um pouco surpreso com nenhuma delas. Em geral, ele está levando isso a sério, tanto que preparou alguns aparelhos médicos para medir as respostas de seu corpo ao treinamento. Só reconheço dois deles – um monitor de oxigênio colocado em seu dedo e uma pulseira para medir seus batimentos cardíacos.

Por minha sugestão, ele se deita em um sofá próximo e pratica cada técnica conforme eu a explico.

Não sou uma especialista, mas acho que ele é um ótimo aluno. Eu não tenho que explicar nada mais do que uma vez, e ele se destaca em cada técnica imediatamente.

Pena que tudo isso me excita. Quando ele exala com os lábios franzidos, imagino como seriam no meu clitóris. Quando ele desliza o dedo no monitor de oxigênio, gostaria que ele o estivesse deslizando para dentro de mim, e assim por diante para o resto dos exercícios.

— Ótimo trabalho — digo quando fico sem itens para ensinar e sinto que estou à beira de uma explosão de libido. — Agora, há apenas mais uma coisa. Por favor, levante-se.

Ele se levanta de um salto e se espreguiça, como um gato. Ou um tigre.

Quando me aproximo dele, seus olhos se arregalam, mas ele não diz ou faz nada, apenas me observa... provavelmente por uma chance de atacar.

Agindo o mais blasé que posso, desabotoo o topo de sua camisa.

Pela primeira vez hoje, seu monitor de frequência cardíaca começa a apitar.

Enquanto trabalho no próximo botão, minha maga interior não consegue se conter. Furtivamente, pego a fivela de seu cinto com o brasão da família com a outra mão.

Seus olhos ficam franzidos e distintamente felinos.

Desabotoo o último botão da camisa. — Tire.

Enquanto ele tira a camisa, decido que ele está distraído o suficiente para perceber eu roubar o cinto, então, é isso que eu faço enquanto tento não olhar para a carne masculina lisa e musculosa revelada no meu olhar.

Quando o cinto fica escondido atrás das minhas costas, sua camisa cai no chão.

Eu engulo em seco, dando um passo para trás.

Se eu tivesse um monitor de frequência cardíaca em mim, haveria um curto-circuito.

Não consigo mais não olhar, e o que vejo envia um calor direto para o meu clitóris.

Tigger tem os músculos magros, poderosos e bem definidos de um deus grego. Aposto que ele pode me apoiar no banco – e se ele fizesse, eu não iria usar isso contra ele... embora eu possa pensar em outras coisas, como partes do corpo, que eu quero usar contra ele.

É saudável ter tão pouca gordura corporal? Pelo menos para as mulheres, menos de dez por cento é perigoso e ele provavelmente tem um dígito baixo.

Bem, bom para a saúde dele ou não, parece incrível, tanto que meus ovários ficam sobrecarregados, prontos para combustão. Ou melhor, *ováriobustão*.

Um sorriso arrogante levanta os cantos de seus lábios. — Gosta do que está vendo?

Minhas bochechas queimam quando me lembro da outra vez em que ele disse aquela frase exata: no primeiro dia em que nos conhecemos, depois que Sua Dureza Real apareceu.

Antes que eu possa fazer minha boca se mover, Tigger ataca.

Chegando mais perto, ele abaixa a cabeça.

Chocada, eu cambaleio para trás. — O que... o que você está fazendo?

O sorriso arrogante desaparece, substituído por confusão. — Eu sinto muito. Achei que houvesse uma vibração.

— Você ia me beijar? — A pergunta sai em um grito.

— Desculpa. — Ele pega sua camisa e a veste. — Eu deveria ter perguntado antes de ir em frente. Parecia... não importa. Foi mal.

Ele ia me beijar?

Me beijar.

Ele.

Eu balanço minha cabeça para limpar a névoa em meu cérebro.

— Não, foi minha culpa. Eu não tive a intenção de enviar sinais confusos.

Ele abotoa a camisa, enviando meus ovários ao luto.

— Assumo total responsabilidade.

— Não, é minha culpa. — Eu mordo meu lábio. — Eu deveria ter te avisado por que eu pedi para você tirar sua camisa.

Ele levanta uma sobrancelha. — E por quê?

Eu engulo a baba que sobrou de antes. — De acordo com minha pesquisa, perder peso pode ajudá-lo a prender a respiração por mais tempo. Mais espaço de acordo com sua capacidade pulmonar.

— E? — O sorriso está de volta.

— Você não tem muito a perder. Aqui.— Eu puxo seu cinto atrás das minhas costas sem qualquer floreio. Eu gostaria de não ter roubado, em primeiro lugar. — Lembra como você queria ver este truque mais uma vez? Aqui.

Ele parece impressionado ao pegar o cinto. Então, uma expressão tortuosa se estabelece em seu rosto.

— Como já tirou o cinto, quer ver se minhas pernas têm alguma gordura que eu possa perder? Tenho certeza de que é por isso que você roubou o cinto, em primeiro lugar, e não porque você esperava que as coisas fossem como da última vez.

O calor sobe pelas minhas bochechas. — Você está sem cueca de novo?

Seu sorriso se alarga. — Eu não renego as apostas. Eu devia a você roupas íntimas de sereia, lembra?

Oh, sim. Graças à sobrecarga hormonal, quase esqueci.

— Acho que tenho que verificar agora.— Eu gostaria de me sentir tão confiante quanto pareço. — Mas sem beijos.

Ele parece divertido enquanto abaixa a calça.

Santo pau de Houdini!

Uma parte distante de mim reconhece que sua cueca é realmente decorada com sereias, mas o resto de mim está focado em quanto Sua Dureza Real está protegendo essas cuecas. Uma das sereias parece estar descansando em um canhão de batalha.

Eu arrasto meus olhos para longe e examino suas pernas.

Má ideia, presumindo que o objetivo fosse diminuir meu tesão, quero dizer.

Suas pernas são tão sexies e musculosas quanto a parte superior de seu corpo e quase me fazem querer mencionar o beijo de volta.

— Um centavo pelos seus pensamentos? — ele fala arrastado.

— Sereias legais — consigo dizer, voltando meu olhar para seu rosto. — Sem gordura, no entanto.

Parece que perder peso não fará parte do seu currículo. Por favor, coloque sua calça de volta.

Enquanto ele se veste, sua expressão é sombriamente divertida.

— Então — digo, fazendo o meu melhor para esconder qualquer decepção da minha voz. — Vejo você na próxima vez?

— Não — ele diz com a arrogância condizente com sua posição. — Você deve me deixar levá-la para jantar.

Capítulo Onze

*E*u pisco para ele. — Jantar? Como em um encontro?

Seus olhos brilham. — Apenas um pequeno símbolo do meu apreço por um trabalho bem executado.

Eu dou um passo para trás. — Não tenho certeza...

Ele inclina a cabeça. — Pensei que você acreditasse que um homem e uma mulher podiam ser apenas amigos. Ou Wally já estourou essa bolha para você?

Eu coloco minhas mãos nos quadris. — Nós *podemos* ser amigos.

— Então, não deve haver nenhum problema se jantarmos — ele diz suavemente. —Agora, diga-me, você quer que eu use o traje de sereia no restaurante?

Eu desisto. — Não se eu for ser vista com você.

Ele assente e se dirige para um cômodo adjacente, provavelmente o quarto.

A tentação de me esgueirar atrás dele e vê-lo se

trocar é forte, mas isso seria totalmente assustador, considerando todas as coisas.

Grrr. Por que eu simplesmente não o deixei continuar usando as roupas que estava usando? Se ele for todo elegante, será mais parecido com um encontro.

Além disso, por que estou tão aliviada por estar vestida com esmero?

Antes que eu possa levar essa lógica adiante, ele volta vestindo um terno feito sob medida.

Eu suspiro interiormente. Se eu queria acalmar minha luxúria, pedir a ele para se trocar foi definitivamente um erro de cálculo. — Como você se vestiu tão rápido?

Ele encolhe os ombros. — Eu frequentei alguns anos de escola militar em Ruskovia. Naquela época, eu poderia ter me vestido e feito minha cama com o tempo que levei para colocar este terno.

— Uma escola militar?

Ele acena bruscamente. — Meus pais me mandaram fazer isso. O equivalente de hoje provavelmente seria me dar Ritalina.

Eu mudo de um pé para o outro. Vê-lo chateado é estranhamente desconfortável.

— Eu gostaria de poder trocar de roupa tão rápido — digo para distraí-lo. — Uma das ilusões de palco que quero fazer para o meu futuro show envolve um vestido que muda de estilo e cor em um piscar de olhos.

Sua carranca suaviza. Pontuando minhas artimanhas femininas. — Seu show? Conte-me sobre isso.

— Não há muito para contar. — Eu sorrio com tristeza. — É algo que eu gostaria de fazer um dia.

— Eu adoraria ver isso.

Eu gostaria de poder beijá-lo por dizer isso, mas me contento em piscar meus cílios.

— Se o meu sonho se tornar realidade, vou convidá-lo.

Ele parece pensativo. — Você deveria conhecer meu irmão.

Eu levanto uma sobrancelha. — O grande e poderoso destruidor da paz?

Ele bufa. — Sim. É o hotel de Sua Majestade, então, seria apenas educado.

Enquanto ele desbloqueia seu telefone, eu verifico se eu peguei sua senha corretamente antes. Sim, claro que sim. Ele envia uma mensagem, vai até uma minibar e vasculha dentro.

— O que é isso? — Aponto para a caixa de plástico transparente em sua mão.

Ele se aproxima e me mostra.

— O que é? — Eu examino a estranha coisa branca na caixa com desgosto.

— Queijo. — Tigger traz a caixa para mais perto do meu rosto e eu dou um passo para trás. Ele puxa a caixa. — Meu irmão é fanático por queijo.

— Ah — eu digo evasivamente.

Algumas pessoas gostam de chuvas douradas e outras comem queijo. Quem sou eu para julgar?

— Meu irmão tem sido muito complacente no que diz respeito ao quarto com piscina — diz ele. — Achei melhor dar a ele um presentinho.

Não consigo me segurar. — Vamos torcer para que o queijo seja pasteurizado para matar a salmonela, ou então esse presente pode se transformar em uma viagem ao hospital.

Ele encolhe os ombros. — Considerando o quanto custou, imagino que seja seguro.

— Também esperemos que o queijo não tenha desenvolvido nenhum fungo com micotoxinas. Isso pode ser mortal.

Seu telefone vibra com uma mensagem e ele olha para ela.

— Se alguém sabe como consumir queijo com segurança, é Kaz.

Já que estou acostumada com as visões negligentes das pessoas sobre segurança alimentar, eu mentalmente concordo em discordar.

Ele caminha até a porta e a mantém aberta para mim.

— Ele está na suíte para a qual estou me mudando.

Atravessamos o corredor e entramos na suíte em questão.

Uau.

Esta cobertura é ainda mais chique do que a que deixamos, mas não é o que eu acho mais interessante.

Um homem está esperando por nós lá dentro, e ele

parece ainda mais produto de um romance de *Brokeback Mountain* do que Tigger, talvez devido à sua expressão taciturna.

Eu me pergunto se é porque já faz muito tempo desde sua última dose de queijo. O queijo contém casomorfinas, compostos semelhantes à morfina que se ligam aos receptores opiáceos do cérebro. Depois de ler a notícia que me fez parar de fumar, tive desejos por um ano. A propósito, quando parei de comer peru – resfriado ou não – só tive desejos por um dia naquele ano, no Dia de Ação de Graças.

Ah, e eu mencionei que há um urso pardo ao lado do Sr. Sombrio e Assustador?

Sim. Um urso surpreendentemente bem comportado que pode ser apenas um cachorro.

Então, até agora eu vi um cachorro panda, um cachorro coala e um cachorro talvez pardo. Onde está o cão urso polar para completar o conjunto?

— Irmão — Kaz diz, sua voz sem emoção.

— Irmão — responde Tigger, combinando com o tom de Kaz. — O quarto está limpo e arrumado o suficiente para você?

A expressão no rosto de Kaz parece dizer: "Não estamos satisfeitos", com um "nós" da realeza.

— Não — ele diz em voz alta. — Mas pode estar amanhã.

Eu olho em volta. Até minha irmã gêmea, que poderia dar uma de Marie Kondo em troca de seu dinheiro, consideraria *este* quarto arrumado.

— Isto é para você. — Tigger entrega a caixa para seu irmão.

Kaz abre a caixa e um cheiro estranhamente familiar – e bastante desagradável – permeia a sala.

Enquanto Kaz fareja o ar, uma emoção calorosa passa por seu rosto taciturno, embora talvez eu esteja imaginando.

— *Pule?* — ele pergunta, fechando a caixa.

Estamos brincando de a Palavra do Dia? *Acho* que foi assim que aprendi que "pule" significa chorar queixosamente ou fracamente.

— De fato — Tigger diz com orgulho. — Eu mandei vir da Sérvia para você.

— Muito obrigado — diz Kaz, fechando a caixa.

Eu limpo minha garganta. — Um queijo da Sérvia?

— Onde estão minhas maneiras? — Tigger diz. — Kazimir, por favor, conheça Gia. Gia, este é meu irmão, Kaz.

— É um prazer — diz Kaz com tanta altivez que fico tentada a fazer uma reverência sarcástica. — Você nunca ouviu falar de queijo Pule?

Excelente. Um queijo que te faz chorar de maneira queixosa ou fraca.

O que vem a seguir, queijo histérico?

— É sessenta por cento de leite de burra dos Balcãs e quarenta por cento de leite de cabra — continua Kaz.

Ok, isso explica o cheiro. Meus pais têm burros e cabras em sua fazenda e, agora que tenho o contexto, o queijo tem o mesmo cheiro.

Hm. Tô dentro. Talvez jogue um pouco de leite de gambá lá também? E alguns besouros de esterco.

De quem foi a ideia de ordenhar uma burra? Ou uma cabra? Aliás, quem teve a ideia de ordenhar uma vaca, um bovino com chifres? O que as vacas pensam quando isso acontece? Sem dúvida, a mesma coisa que eu pensaria se estivesse amamentando e um elefante valsasse até mim e usasse sua tromba para *me* ordenhar. Além disso, a pessoa que teve a ideia da ordenha também pensou: "Oba, agora que terminei aquele ato estranho, que tal beber este fluido corporal branco". Qual foi a inspiração lá? Bukkake? Falando nisso, alguma cultura consome sêmen de um touro ou de qualquer outro animal? Eu sei que alguns comem os testículos, que está na mesma área, sem trocadilhos.

Nota para mim mesma: fazer algumas pesquisas antropológicas.

— Gia não é apenas uma treinadora de respiração — diz Tigger. — Ela é uma ilusionista.

— Oh? — Kaz me olha com um novo interesse. — Onde você se apresenta?

— Ela está procurando um local — diz Tigger. — Ela é incrível. Você deveria ver o que ela faz com uma colher.

Kaz levanta uma sobrancelha. — Há utensílios na cozinha.

— Pegue uma — Tigger diz a ele. — Você não vai se arrepender.

Kaz vai para a cozinha da suíte, e seu cachorro continua sentado lá como uma estátua.

Eu olho para Tigger com os olhos estreitos. — Você se acha tão sorrateiro? Eu sei que você só quer me ver repetir um truque.

Ele pisca. — Você vai conseguir resistir a se exibir na frente de um novo espectador?

Droga. Como ele já me conhece tão bem?

Kaz retorna segurando um garfo e parecendo mais taciturno do que antes.

— Eles não prepararam colheres na cozinha. — Isso é dito com o mesmo tom que eu esperava que alguém dissesse algo como: "O cirurgião deixou seu bisturi dentro de você antes de costurá-lo."

— Um garfo funcionará ainda melhor — digo.

Com um olhar duvidoso, Kaz me entrega o garfo, e eu o seguro dramaticamente antes de começar. Então, eu observo suas expressões enquanto testemunham o dente do meio dobrar na frente de seus olhos.

Como antes, uma expressão de admiração está no rosto de Tigger. Em contraste, Kaz é completamente ilegível.

— Uau — murmura Tigger enquanto o próximo dente se curva.

Kaz ainda mantém uma expressão impassível.

Quando a haste do garfo se curva ao meio, no entanto, os olhos de Kaz se arregalam e Tigger engasga.

Eu entrego a eles o garfo torcido. — Eles usaram CGI para fazer algo assim em *Matrix*.

Tigger o examina cuidadosamente e Kaz faz o mesmo.

— Obrigado — Kaz diz, embolsando o garfo. —

Entre o queijo e o entretenimento, quase posso perdoar meu irmão por trocar de quarto mais uma vez.

— Esta é apenas a minha terceira vez — diz Tigger.

— Exatamente — retruca Kaz.

— Posso ver a piscina? — Peço para dissipar quaisquer potenciais hostilidades. Se esses dois forem como minhas irmãs, isso poderia se transformar em uma arrancada de cabelo em um piscar de olhos.

— Por aqui — Kaz diz e nos leva a uma varanda com outra vista deslumbrante. A piscina está lá, com a água pingando lentamente.

— Estou filtrando por osmose reversa — diz Kaz em meu olhar questionador. — Tigger disse que precisa estar limpa o suficiente para beber.

Eu olho para a água com inveja. Sou muito covarde para entrar na maioria das piscinas, mas este é um caso raro que eu nadaria – e não faço isso desde que era criança.

— Você gostaria de dar um mergulho antes do meu treino amanhã? — Pergunta Tigger.

A realeza Ruskoviana é telepática? Eu quero desesperadamente dizer sim, mas não posso. Depois da minha natação, a água ficará contaminada para ele.

— Na verdade, eu insisto que você faça — diz ele. — Quaisquer técnicas que você queira que eu execute, quero ver você aplicá-las primeiro.

Eu mordo meu lábio. — Bem, se você insiste...

— Insisto. — Tigger cruza os braços sobre o peito, sua expressão severa o fazendo parecer o gêmeo de Kaz.

Eu respiro fundo. — Vou tomar um banho extremamente completo amanhã. E eu tenho um atestado de saúde limpo.

Kaz lança um olhar questionador para o irmão e Tigger faz um gesto de "não pergunte".

Acho que ele já entende muito sobre minha atitude em relação aos germes.

O telefone de Tigger vibra mais uma vez e ele o olha.

— Ah. Nossas reservas para o jantar estão prontas. É melhor sairmos.

Meu estômago ronca traiçoeiramente.

Acho que posso comer.

— Foi um prazer conhecê-lo, Kazimir. — Eu aceno para ele. — Seu hotel é impecável.

Isso é uma sugestão de sorriso nos olhos de Kaz?

— Foi um prazer conhecê-la também. Você tem um verdadeiro talento. — Ele dá um tapinha no bolso com o garfo dobrado.

Brilhando com o elogio, deixo Tigger me levar para fora.

O urso ainda está sentado onde Kaz o deixou. Deve ter um PhD honorário de Harvard em "quem é o cachorro bonzinho?"

Quando entramos no elevador, no entanto, o brilho desaparece e a preocupação se insinua. Apesar do que Tigger disse sobre jantar como amigo, esta saída vai parecer um encontro. Qualquer refeição com um príncipe tão lindo quanto este seria, mesmo um drive-through de fast-food.

Sou forte o suficiente para não me deixar levar por sentimentos esta noite?

Posso ser.

Esperançosamente.

Quando se trata de Tigger, minha carne não é a única parte em mim traiçoeiramente fraca.

Capítulo Doze

𝒰m Lamborghini preto nos espera na entrada do hotel.

Huh. Eu me pergunto se, como no anúncio, *Quando ele sai do estacionamento, o preço dele aumenta.*

Tigger se adianta ao manobrista para abrir minha porta.

Droga. Ele também é um cavalheiro? Meus pobres ovários.

Ao afivelar o cinto de segurança, sinto uma pontada de um tipo diferente de preocupação. O cinto de segurança tem o estilo de um carro de corrida, lembrando-me que Tigger é .famoso por quebrar recordes de velocidade.

Ele desliza para trás do volante e afivela-se também.

— Você não vai rápido, né? — Eu pergunto com cautela.

Ele me abre um sorriso. — Aqui é Manhattan. Existem limites de velocidade.

Solto um suspiro de alívio, mas o ar fica preso na minha traqueia quando Tigger pisa fundo no acelerador.

Os pneus cantam e o cheiro de borracha atinge minhas narinas enquanto o Lamborghini ruge para a estrada dez vezes mais que o limite de velocidade.

Ele acha que aqueles comerciais de cerveja são verdadeiros?

Os carros olham para os dois lados antes de dirigir por uma rua.

Certa vez, ele foi parado por excesso de velocidade e o policial recebeu a multa.

— Está tudo bem ou devo ir mais devagar? — Pergunta Tigger. No tempo que o som leva para atingir meus tímpanos, avançamos por pelo menos cinco quarteirões da cidade.

Porra. O que há de errado com ele? Certa vez, li sobre a doença de Urbach-Wiethe, um distúrbio genético incomum que faz com que uma pessoa perca todo o senso de medo. Poderia Tigger ter isso? Talvez seja algo da família real Ruskoviana, um pouco como a hemofilia nos descendentes da rainha Vitória?

— Gia? — ele diz. — Você está bem?

Eu resmungo algo negativo.

Ele me lança um olhar preocupado – e se eu achei que sua direção era assustadora quando ele estava olhando para a estrada, agora, estamos atingindo níveis de terror equivalentes a visitar um banheiro público. Em Staten Island. Naquele aterro que virou parque.

Meu rosto deve estar mais pálido do que o normal

porque Tigger olha para a estrada e diminui a velocidade do carro até quase o dobro do limite de velocidade.

— Desculpa. E agora?

Minhas palavras saem em um suspiro. — Ainda muito rápido.

Ele diminui a velocidade do carro até que não estejamos mais deixando os outros veículos na poeira.

Eu finalmente recupero o fôlego. — Obrigada. O lugar é longe?

— Na verdade, estamos aqui. — Ele suavemente para ao lado de uma loja que tem algo escrito em cirílico.

Uau. Feito peça única. Além disso, para meu alívio, a nota de inspeção de saúde ao lado da janela é um orgulhoso "A". Caso contrário, teríamos que ter uma conversa séria.

— Isso é russo? — Eu pergunto, acenando com a cabeça para a placa.

— Não. Ruskoviano. Mas o nome significaria a mesma coisa se você o lesse em russo.

— São línguas semelhantes, certo? — Eu pergunto depois que ele abre a porta para mim.

Ele esfrega o queixo. — Eu diria que são tão semelhantes quanto o francês e o espanhol.

— Não tenho ideia do quão semelhantes são. — Eu olho para a placa novamente como se ela pudesse me ajudar.

— Você não fala espanhol? Achei que a maioria dos americanos conhecesse um pouco.

Eu balanço minha cabeça. — Eu fiz na escola, mas me lembro muito pouco. E nunca estudei francês. E você? Quais línguas você fala?

— Russo, francês e espanhol, obviamente — ele diz e começa a listar metade das línguas faladas na Europa. — Sou menos fluente em algumas do que em outras. Tudo depende de quanto tempo passei naquele país.

Mais uma vez, ele me lembra daquele cara do Dos Equis que pode *falar russo... em francês*. Talvez também, *Ele é considerado um tesouro nacional em países que nunca visitou.*

Dois caras corpulentos estão do lado de fora do restaurante, segurando as portas para nós. Eles estão vestidos com roupas de pantalona dos carregadores do hotel de Kaz.

Deve ser alguma coisa Ruskoviana.

Quando estamos na metade do caminho para a entrada, um homem estranho em uma jaqueta de tweed me cega com o flash de sua câmera de aparência profissional.

Que diabos?

Com uma carranca raivosa, Tigger grita algo para os caras de segurança.

Eles correm para o estranho que está tirando fotos como um par de zagueiros.

— Ei — o homem grita quando o maior dos caras agarra sua câmera. — Não pode pegar isso.

O homão nem mesmo responde. Ele simplesmente entra no restaurante, câmera na mão. O outro volta para a ombreira da porta como se nada tivesse acontecido.

— O que foi isso? — Pergunto a Tigger quando entramos.

— Paparazzi. — Tigger diz a palavra com tanto desgosto quanto eu diria: "E. coli".

— Ah. — Eu olho para trás. — Isso faz sentido. Por um segundo, esqueci o quão importante é o Seu Traseiro Real.

Ele me leva a uma mesa aconchegante à luz de velas e puxa uma cadeira para mim.

— Desculpe por isso. Eu geralmente sou bom em me esquivar daqueles abutres, mas aquele foi inteligente o suficiente para ficar de tocaia neste lugar. Deve ter percebido que era apenas uma questão de tempo antes que eu ou um dos meus irmãos desejasse a cozinha ruskoviana.

— Nada para se desculpar. — Pela primeira vez, olho em volta do lugar. Há fotos de cogumelos por toda parte. O tema aqui deve ter algo a ver com *Alice no País das Maravilhas* ou, relacionado, psicodélicos.

As sobrancelhas do Tigger se franzem.

— Não. Eu realmente sinto muito. Qualquer pessoa vista comigo inevitavelmente consegue sua foto nos tablóides, geralmente em um artigo cheio de mentiras.

"Como aquelas mulheres de quem você era amigo?", é o que eu não tenho coragem – ou ovários – para perguntar. Em vez disso, eu digo: — Não estou nem um pouco preocupada.

— Não? — Ele morde a parte interna do lábio, um movimento que me distrai.

Eu faço o meu melhor para me concentrar.

— Qualquer publicidade seria ótima para minha carreira de ilusionista, não importa o quão escandalosa seja.

Ele me dá um sorriso caloroso e pega seu menu. — Isso é um alívio.

Eu pego o menu também, mas está em Ruskoviano.

— Que tipo de restaurante é esse? — pergunto.

— Chama-se Crispy Mushroom, ou Cogumelo Crocante. Eles são especializados em todos os tipos de pratos de cogumelos, que são muito populares em Ruskovia. Você gosta de cogumelos?

Eu encolho os ombros. — Eles estão na minha lista de alimentos seguros, mas sempre pensei neles como um acompanhamento.

— Você terá uma surpresa, então — diz ele e acena para um garçom com pantalonas.

Quando eles começam a conversar em Ruskoviano, pego meu telefone e verifico a pontuação exata de violação sanitária para este lugar.

Eles marcaram zero, o que é incrível.

O garçom para de falar e Tigger se vira na minha direção.

— Dos dois pratos especiais, você pode gostar do bife Juba de Leão.

— Leão, não tigre? — Eu pergunto com um sorriso.

Ele sorri de volta. — Os cogumelos Juba de Leão são famosos por seus benefícios à saúde. Eles ajudam a memória e a cognição e têm sido usados por monges budistas por milhares de anos para ajudá-los a se concentrar durante a meditação.

Eu olho para o garçom. — Esse homem está trabalhando com vocês por comissão?

O garçom dá um passo para trás. — Este restaurante pertence a Sua Alteza Real, Andrej Cezaroff.

Eu me movo para a ponta do meu assento e volto minha atenção para Tigger.

— Seu pai?

Ele balança a cabeça. — Irmão.

Eu o observo com curiosidade. — Quão grande é a sua família?

— Eu tenho nove irmãos — disse Tigger sem pestanejar. — Então, o que você diria do bife de Juba de Leão?

Nove? Parece que nossas famílias são bem parecidas – embora eu aposte que ter todos os irmãos meninos é muito diferente de crescer com um bando de meninas, sem falar morar em um castelo em vez de em uma fazenda de animais maluca.

Eu me viro para o garçom. — O cogumelo está bem cozido?

— Sim, madame — ele diz.

Madame? E eu nem estou usando minhas calças de couro hoje.

— Ok. Vou tentar.

O garçom faz uma reverência e sai correndo.

— O que você vai querer? — Eu pergunto a Tigger.

Ele diz uma palavra que soa como Paganini, mas tenho certeza de que ele não está comendo um famoso violinista morto, embora nunca se saiba com a realeza. Eles sempre poderiam ter conservado alguns.

— Excelente. Isso explica tudo — digo.

Ele ri. — É um cogumelo. Eu acredito que na sua língua se chama agaric mosca, ou talvez amanita.

Eu franzo a testa. — Copa vermelha, manchas brancas?

Ele concorda.

— Aquele em que a lagarta sentou em *Alice no País das Maravilhas*?

Ele coloca um guardanapo no colo. — Não exatamente esse, mas sim.

— Eles não são venenosos?

— Não se você ferver duas vezes e trocar a água a cada vez.

Eu fico boquiaberta com ele. — Isso parece perigoso.

Ele abre as mãos. — Já comi pior. Fugu, fruta Ackee, Sannakji, Hákarl, você escolhe, eu provei.

Eu levanto meu telefone incisivamente até o meu rosto e olho para os pratos que acabou de mencionar.

Sim. Como pensei, ele deve ter a doença de Urbach-Wiethe.

Fugu é duplamente louco: é sashimi, carne crua, além de ser feito de um peixe-balão letalmente venenoso. Ackee, a fruta, não é tão mortal, mas ainda pode levar ao coma e morte se você comê-la mal madura. Sannakji são tentáculos de polvo vivos, que têm o perigo de asfixia, e Hákarl é tubarão curado da Groenlândia, um peixe que usa um composto tóxico em seu corpo como um anticongelante natural e, se não curado, pode levar a todos os tipos de diversão mortal.

Preocupada agora, procuro o cogumelo Juba de Leão.

Não. Não é tóxico e os benefícios para o cérebro parecem ser verdadeiros.

Eu coloco meu telefone de lado e dou a Tigger um olhar de desaprovação.

— Não se preocupe, o amanita é muito bem cozido — diz ele, aparentemente discernindo meus pensamentos.

— E se o chef cometer um erro?

Ele acena com desdém. — Na verdade, já comi amanita cru uma vez, sob a supervisão de um xamã. Você apenas tem que vomitar na hora certa, e então, você embarca em uma bela viagem alucinógena.

Eu estreito meus olhos para ele. — Quando você diz, 'na hora certa', o que você quer dizer é 'antes que isso te mate', certo?

Ele sorri. — Se você está preocupada, não comerei cru nunca mais. Cogumelos que contêm psilocibina são muito melhores.

Antes que eu possa responder, a comida chega.

O dele não tem os bonés vermelhos reconhecíveis e o meu parece algum tipo de carne de um animal pequeno. Quais são as chances de que o bife de Juba de

Leão seja realmente feito de gatinhos ou filhotes de leão?

Corto uma pequena fatia e coloco na boca.

Pelas papilas gustativas de Houdini, esta é a coisa mais gostosa que eu já comi. É doce, rico, terroso e carnudo, com uma textura semelhante à cauda de uma lagosta.

Tigger está me olhando com fome. Devo ter gemido de prazer culinário.

Eu faço o meu melhor para ser mais discreta na próxima mordida, e ele come sua comida também.

— Então — digo, tentando não vê-lo comer sua escolha venenosa. — O que tantos membros da realeza Ruskoviana estão fazendo na cidade de Nova York?

Ele engole a mordida que estava mastigando. — A resposta está dentro da sua pergunta. Somos tantos que nem todos temos as responsabilidades reais que você está pensando. Falando por mim, estou aqui para fisioterapia.

Meu próximo pedaço de cogumelo é insípido. — Eu li sobre o seu coma. Algo sobre um acidente de jumping?

Ele concorda. — Era o arranha-céu mais alto de Moscou. Tudo foi incrível no início, então... acordei em um hospital em Ruskovia.

A expressão sombria em seu rosto atinge algo em meu peito. Eu não sou de abraço, mas eu quero desesperadamente abraçá-lo até que aquela melancolia incomum nele vá embora.

— Sua família deve ter ficado devastada — digo suavemente.

Ele pega o garfo. — Meus irmãos me apoiaram muito. Meus pais tinham uma atitude mais de 'eu avisei'.

Eu franzo a testa. — Sério?

Ele ri, mas definitivamente há algo por trás disso.

— Meus pais me deserdaram muito antes desse evento. 'Comportamento impróprio' é o que eles pensam sobre o que escolhi fazer da minha vida.

Coloco minha mão enluvada sobre a dele.

— Eu sei que não é a mesma coisa, mas poucos na minha família levam minha carreira mágica a sério. Eles acham que, se você não tiver um diploma universitário, nunca ganhará dinheiro.

Seu olhar se concentra em mim, e a intensidade em seus olhos castanhos me faz sentir como uma corça na mira de um tigre.

— Você tem mais talento do que qualquer um que já entreteve em nosso castelo. Estou confiante de que você tem uma carreira incrível pela frente.

Eu sorrio como uma idiota. Se seu plano maligno é usar lisonja para entrar em minhas calças, está funcionando.

Olá? Sem envolvimento emocional, lembra?

Minha euforia desaparecendo, eu puxo minha mão. Para torná-lo menos estranho, pego o saleiro e salpico um pouco no meu prato. — Falando em carreiras, você monetiza suas aventuras de alguma forma ou ganha a vida fazendo outra coisa?

Porcaria. Por que acabei de lembrá-lo de que ele está cortado da riqueza de sua família?

— Ambos — diz ele, e para meu alívio, não parece chateado. — Tenho patrocínios de inúmeras marcas, mas minha receita mais substancial vem do meu parque temático.

Minhas sobrancelhas se erguem. — Um parque temático?

Seus olhos estão brilhantes quando ele balança a cabeça. — Antes de meus pais me cortarem, aproveitei as conexões de minha família para formar uma coalizão de investidores para construir um parque de aventura com o tema Ruskovia em minha terra natal. Tem de tudo, desde montanhas-russas e passeios emocionantes em 3D até experiências do tipo 'seja da realeza por um dia'.

— Oh, uau. O que fez você decidir fazer isso?

— Eu queria que o público em geral experimentasse a adrenalina e a sensação de admiração que recebo de minhas várias atividades — Ele sorri. — Eu ficaria feliz em equilibrar as contas, mas o empreendimento foi bem-sucedido além de todas as expectativas. As pessoas vêm a Ruskovia para visitá-lo, um pouco como os turistas que vão a Orlando para a Disney World.

Huh. Então ele é um empresário de sucesso, não apenas um playboy em busca de emoção. Eu acho que faz sentido. De que outra forma ele seria capaz de me pagar tão bem quando foi deserdado?

Além disso, eu estava certa quando pensei ter visto admiração em seu rosto durante suas acrobacias.

O interessante é que percebi essa mesma expressão quando ele assistiu minha mágica. Ele não estava apenas me bajulando quando elogiou minhas habilidades.

Incapaz de me conter, tento arrancar outro elogio.

— Eu também tento dar às pessoas um sentimento de admiração com minha mágica. Menos uma descarga de adrenalina.

— E você faz — ele diz seriamente. — Eu acho que sua mágica vai fazer muito bem ao mundo. As pessoas tendem a perder o senso de admiração à medida que crescem, o que é uma pena.

Uau. Nunca pensei nas artes mágicas como algo mais do que fornecer entretenimento. Ele está certo, no entanto. Se feita corretamente, a mágica *pode* dar a um adulto o maravilhamento de uma criança, mesmo que apenas por um momento.

Ele espetou um pedaço de eu-não-quero-pensar-nisso em seu garfo.

— É por isso que você decidiu se tornar uma ilusionista?

Eu corto outro pedaço do meu bife de cogumelo enquanto pondero sobre isso.

— Fiquei interessada depois de ver uma performance mágica. Quando tentei fazer um truque sozinha, descobri que gostava da atenção. Mais tarde, tudo se resumiu a fazer as pessoas sentirem reverência, admiração, espanto e surpresa. Também é importante para mim me tornar uma famosa *mágica*.

Ele arqueia uma sobrancelha. — Por quê?

— Para entender melhor, geralmente peço às pessoas que façam um pequeno experimento mental. Quer experimentar?

Ele concorda.

— Passo um, imagine-se como uma garotinha — digo com um sorriso.

Ele fecha os olhos e uma expressão de profunda concentração surge em seu rosto. Em voz estridente, ele diz: — Pronto.

Eu seguro uma risada. Ele está imaginando ter tranças? Pulando corda? Roubando algo do valentão da porta ao lado?

— Agora, responda minhas perguntas rapidamente, sem pensar muito — digo. — Comece nomeando um cientista do sexo masculino.

— Einstein — diz ele, ainda com aquela voz de menina.

— Agora, diga o nome de uma cientista.

— Madame Curie — ele responde, permanecendo no personagem.

— Um mágico masculino.

— David Blaine — ele responde sem hesitação.

— Uma mágica.

Ele abre a boca e depois fecha. Suas sobrancelhas franzem. Finalmente, ele abre os olhos e me olha frustrado.

— Rasputina — digo, imaginando que ele a conhecesse como alguém que mora em sua terra natal.

Ele dá um tapa na própria testa. — Você está certa — diz ele em sua voz normal.

— A dificuldade que você teve é o que quero dizer — digo. — Não há nomes familiares ainda.

— Entendo. E você quer ser esse nome familiar para inspirar as meninas a se tornarem mágicas?

— Exatamente. Assim como Rasputina e os outros pioneiros que *me* inspiraram. É hora de quebrar as barreiras no mundo mágico.

Ele acena com aprovação. — Aposto tudo que você terá sucesso em seu nobre objetivo.

— Eu certamente espero que sim. — Um enxame de borboletas vasculha minha barriga, embora eu provavelmente devesse dizer "um punhado de pombas", já que os mágicos são conhecidos por fazer pombas aparecerem do nada.

Pessoalmente, eu não faria truques de pomba – ou coelho – por razões de higiene. Se colheres pudessem fazer cocô, eu também não as dobraria. Então, novamente, mesmo se alguém tivesse geneticamente modificado pombos sem cocô, eu não seria capaz de usá-los. Blue nunca me visitaria, além disso, seria apenas uma questão de tempo antes que o gato de Clarice, Hannibal, jantasse meus pobres ajudantes... com um bom Chianti.

A expressão de Tigger se torna astuta. — Falando em suas habilidades, você pode fazer outro truque esta noite? — Ele olha um garfo próximo.

— Sem repetições e sem adereços durante uma refeição — digo.

Ele parece uma criança a quem foi negada a sobremesa.

— Eu posso fazer um pouco de mentalismo com você. Esse é um tipo de magia que lida com a mente.

Seus olhos brilham de excitação. — Por favor.

— Ok. Pense em duas formas simples – uma dentro da outra, como um coração dentro de um quadrado. — Eu desenho o exemplo no ar.

— Feito — diz ele.

— Agora, imagine qualquer carta de jogo dentro da forma interna.

— Certo — diz ele, parecendo inquieto, uma reação comum para um espectador neste momento.

Estendo uma das mãos dramaticamente e coloco a outra na têmpora, canalizando o Professor X. Ser mágico (ou mentalista) é muito parecido com ser um ator que assumiu o papel de mágico ou mentalista, ou assim disse o famoso Robert-Houdin.

Agindo como se tivesse capturado o pensamento de Tigger, anuncio solenemente: —Você está pensando na Rainha de Copas dentro de um triângulo dentro de um círculo.

Tigger deixa cair o garfo.

Meu sorriso é mau.

— Como? — ele sussurra.

— Muito bem — digo.

Ele pega o garfo novamente. — Você é uma mulher perigosa.

— E não se esqueça disso.

Antes que ele possa me implorar para lhe contar meus segredos, mudo de assunto perguntando sobre seus irmãos.

Ele avidamente compartilha anedotas de seu passado, como a época em que seus irmãos e um primo formaram um time de futebol juntos.

— E você? — ele pergunta. — Algum irmão além de Holly?

Conto a ele sobre as sêxtuplas e como as coisas às vezes ficavam malucas com oito garotas em uma fazenda cheia de todos os tipos de animais exóticos de resgate.

Nós seguimos compartilhando histórias – que são surpreendentemente semelhantes, apesar de termos crescido em diferentes países e com diferentes origens socioeconômicas.

— Acho que uma manada de irmãos pode proporcionar o mesmo tipo de caos, não importa o sexo — diz ele.

— É um rebanho o substantivo coletivo certo nesse caso? — Eu pergunto a ele enquanto como o último pedaço do meu prato.

— Talvez seja uma travessura? — Ele acena para o garçom.

— São ratos e irmãos. — Eu sorrio. — Com irmãs, é um assassinato, como com corvos.

O garçom se aproxima e conversa com Tigger em Ruskoviano.

— Sobremesa? — Tigger me pergunta.

Concordo com a cabeça, principalmente porque estou curiosa para saber se tem cogumelos nele. O único ingrediente estranho seria o alho.

Sim. A sobremesa é um brûlée de cogumelos

porcini caramelo com gelado de chá verde. Para minha surpresa, é cremoso, tostado e me faz sentir quente e aconchegante.

Poderia ser pior. Certa vez, minha gêmea anglófila me serviu um pudim chamado Pau Pintado, e nem tinha o formato de um vibrador.

A bebida semelhante ao café servida aqui é, não surpreendentemente, também à base de cogumelos, e eu gosto dela. Se eu falasse Ruskoviano, poderia até voltar a este lugar, supondo que tivesse dinheiro para isso.

Enquanto saboreamos a sobremesa e a mistura de cogumelos, Tigger me conta histórias sobre as tradições Ruskovianas. Acontece que eles têm um feriado que lembra La Tomatina na Espanha, mas em vez de tomates, eles jogam uvas maduras uns nos outros.

— Por quê? — pergunto.

Ele encolhe os ombros. — Por que temos um festival de ursos?

— Deixe-me adivinhar. As pessoas se vestem como ursos?

Ele sorri. — E comem comida de urso, como *myodik*.

O olhar devorador que ele me dá quase me faz engasgar com um pedaço de cogumelo porcini, embora quando eu o imagine lambendo meu pote de mel, ele é mais felino do que um urso.

Eu limpo minha garganta. — É por isso que seus cachorros parecem ursos?

Ele come o último pedaço de sua sobremesa. — Nunca pensei nisso, mas talvez. O cachorro de Kaz tem a aparência típica de uma raça Ruskoviana chamada *Misha*, originalmente criada para a família real.

— Então, como você acabou com um panda e um coala? — Eu pergunto.

Ele sorri. — Caradog é o nome daquele que tem que usar óculos corretivos, e ele é um Misha normal. Acontece que ele tem uma coloração incomum. Mefistófeles, por outro lado, tem a aparência que tem porque não é de raça pura.

— Você chamou um cachorro de Mefistófeles? Isso não é apenas pedir a ele para ser um encrenqueiro?

Ele ri. — Ele não precisa de incentivo nesse departamento. Por ser meu bebê de pelo, ele estava destinado a causar problemas.

Acabei de ovular? Devem ser as imagens indesejadas de um criador de problemas meio Gia, meio Tigger correndo por aí, causando todo tipo de travessura.

Isto é ridículo. Deve haver algum tipo de vacina contra emoções.

Determinada a me controlar, empurro meu prato vazio e bebo o resto do meu "café" de cogumelo intencionalmente.

— Pronta para ir para casa? — ele pergunta, pegando minha deixa.

Eu finjo um bocejo. — Sim. Estou muito cansada.

Cansada de suspirar por causa dele.

Dou meu endereço a ele assim que recebemos a

conta. Ele rejeita minha oferta de dividir a conta e me coloca de volta em seu carro suicida em um piscar de olhos.

Para minha surpresa, ele mantém o limite de velocidade desde o início. Apesar disso, minha frequência cardíaca está tão alta quanto quando Tigger dirigia como um figurante em *Velozes e Furiosos*.

O que está acontecendo? Fui condicionada a temer o carro dele naquela única viagem?

Não demoro muito para entender o que realmente está acontecendo.

Embora minha mente esteja firme em todo o mantra "nosso jantar não foi um encontro", meu coração – e outros órgãos vitais e não tão vitais – claramente não entenderam o memorando. Em minha defesa, o jantar foi muito parecido com um encontro. Mais parecido com um encontro do que a maioria dos encontros reais em que já estive. O ponto crucial da minha sobrecarga de adrenalina é simples de decifrar agora.

Estamos chegando ao fim de um encontro em que as coisas sempre deram errado para mim no passado.

O beijo de despedida. Ou falta de um.

Este é o ponto em que todos os meus acompanhantes perceberam que eu não valia a pena se dar ao trabalho e acabavam me dispensando.

Eu engulo e executo uma técnica de respiração que recentemente ensinei ao meu aluno tão gostoso.

Não. Não está funcionando. Nem lembra meu

coração – e outros órgãos – que isso não foi um encontro.

— Você está bem? — Pergunta Tigger.

Porra. Não estamos mais dirigindo.

Eu olho pela janela.

Sim. Lar Doce Lar. Nós teletransportamos aqui?

— Tudo bem — digo tardiamente.

Soltando o cinto de segurança de última geração, eu pego seu olhar felino, e um revoar de pombas lança um motim na minha barriga.

Ele desafivela o cinto de segurança sem desviar o olhar. — Me diverti muito.

Maldição. Essa é a frase mais típica de pós-encontro e pré-beijo.

— Eu também — digo, um eufemismo da minha vida.

Ele aperta um botão e destrava o carro.

Nenhum de nós se move.

Saia.

Abra a porta.

Pare de encarar.

Eu fico presa ao meu assento, como se estivesse hipnotizada – e eu saberia como é isso, já que uma das minhas colegas de quarto é uma hipnotizadora.

Lentamente, muito lentamente, uma força semelhante à da gravidade me puxa em direção a ele.

Que porra é essa?

Ele também se inclina na minha direção. Ele não é imune a qualquer física, química ou insanidade em massa que esteja em jogo aqui.

Isso finalmente vai acontecer? Por um segundo, eu me permito ter esperança.

Se houvesse um momento em que a luxúria pudesse vencer meus medos, seria agora. Desde que vi aquilo dele para fora, sou uma máquina ambulante, falante e produtora de hormônios que está pronta para explodir a qualquer provocação, em mais de uma maneira.

Nossos lábios estão agora separados por uma polegada.

Pelas bolas de Houdini... vamos mesmo nos beijar?

Capítulo Treze

uas coisas acontecem ao mesmo tempo.

Ele começa a murmurar algo, mas não ouço o quê, porque meu instinto de evitar germes entra em ação e eu me afasto, e bato a cabeça na janela lateral.

O olhar em seu rosto é um que eu não vi nesta situação antes.

Não é aborrecimento, traição ou rejeição.

É preocupação. Talvez pena também, e eu odeio isso.

— Minha cabeça está bem. — Contradizendo minhas palavras, esfrego a parte de trás do meu crânio latejante.

— Eu juro que estava prestes a perguntar se você queria me beijar — ele diz seriamente. — Eu não iria simplesmente tentar dessa vez. Me desculpe se...

— Eu é que procurei por isso — eu digo amargamente.

Ele inclina a cabeça. — Então, por que...

— Existe o risco de herpes, hepatite B, sífilis e HPV — deixo escapar. — Em geral, um único beijo pode depositar oitenta milhões de bactérias de uma língua para outra e, após um beijo, nossos microbiomas...

— Entendi — ele diz suavemente.

Eu pisco estupidamente. — Mesmo?

Ele encolhe os ombros. — Isso explica a coisa com as luvas e as preocupações com a água da piscina.

Certo.

Como eu poderia esquecer?

Eu mordo meu lábio. — Você deve achar que sou louca.

— Nunca. — Seus olhos perfuram os meus. — Acredite ou não, sempre faço uma análise de avaliação de risco antes de fazer minhas acrobacias. Às vezes, eu não arrisco porque o risco parece muito grande, mas geralmente, eu vou para ele. A maioria das pessoas pensa que sou louco porque minha tolerância ao risco é maior do que a delas. Seria hipocrisia da minha parte chamar *você* de louca por ter uma tolerância ao risco que se inclina na outra direção.

Eu suspiro. — Por que você não pode ser um idiota sobre isso? Você me faz querer beijá-lo ainda mais.

Seu olhar escurece. — Então, você quer isso? É apenas uma questão de saúde?

Eu olho para baixo — Eu penso que sim. Pode ser. Tive um evento traumático na minha infância que deu início a todo esse negócio.

— O que aconteceu? — A expressão em seu rosto é

assustadora quando eu olho para cima. — Alguém fez algo com você?

A pergunta carrega tanta ameaça que meu sangue arrepia – e isso apesar do fato de que o meu lado racional sabe que ele está furioso com o culpado hipotético de um evento que nunca aconteceu comigo.

— Ninguém me machucou — digo rapidamente. — Foi outra coisa, algo meio bobo.

Conto a ele sobre o Massacre dos Tit Zumbis e, ao fazê-lo, a expressão assustadora se transforma em uma expressão de compaixão.

— Você já procurou um terapeuta? — ele pergunta.

Eu balanço minha cabeça. — Eu fiz algumas pesquisas por conta própria. Não quero uma solução médica, que seria algo como Zoloft, e a terapia seria do tipo cognitivo-comportamental, que é algo que tenho feito por conta própria.

— Oh?

Ele parece impressionado, então, conto a ele sobre o uso da pornografia como terapia de exposição e, à medida que prossigo, uma expressão pensativa e um tanto maquiavélica se instala em seu rosto.

Eu estreito meus olhos. — O quê?

— Eu estava pensando nas muitas coisas que podemos fazer sem qualquer troca de fluidos.

Minha respiração fica presa. — O que você quer dizer?

Um sorriso sexy inclina seus lábios. — Você pode me usar para alguma terapia de exposição do mundo real.

Meu ovário entra em alta velocidade. — Usar você?

— Se você não gosta de como isso soa, pode pensar nisso como se eu estivesse treinando você. Você faz isso por mim e eu ficaria feliz em retribuir o favor.

Eu não sei o que é mais sexy – a ideia de usá-lo sexualmente ou a ideia de um treinamento safado.

— Quando? — suspiro.

Suas narinas dilatam. — Agora?

Umedeço meus lábios repentinamente secos. — Como?

— Do jeito que você quiser — ele murmura. — Eu sou seu esta noite.

Não tenho palavras. Um caleidoscópio de imagens sujas passa por meu cérebro, e é uma maravilha que eu não tenha um orgasmo aqui e agora.

— Deixe-me arrumar meu quarto — digo fracamente.

Ele concorda. — Aguardo suas instruções.

Com a mente nebulosa, saio do carro e corro para o meu apartamento.

Nenhuma colega de quarto cruzou meu caminho. Bom. Espero que continue assim quando eu trouxer Tigger aqui. Não quero perder tempo com apresentações.

Eu nem sei o que pretendo fazer com ele, mas seja o que for, a segurança deve vir em primeiro lugar, então, vasculho o armário do corredor e localizo alguns itens que usamos quando repintamos as paredes da sala de estar.

Quase tropeçando nos móveis de emoção, corro para o meu quarto e arrumo tudo.

Isso realmente vai acontecer?

Preocupada que Tigger tenha mudado de ideia, corro de volta e o encontro esperando na porta da frente. Ele deve ter me seguido.

Eu engulo em seco e o chamo sedutoramente. — Entre.

Ele avança com uma graça felina.

À medida que avançamos pelo corredor, noto que ele parou de andar.

Oh, não. Ele vai desistir?

Eu me viro para encontrá-lo olhando desconfortavelmente para algo perto da porta do quarto de Clarice.

Esperando por uma aranha gigante, sigo seu olhar.

Um rosto achatado e peludo olha para mim.

Este é Hannibal, o gato, um persa branco fofo com olhos azuis e, portanto, não é uma criatura que você olharia como Tigger está fazendo.

— E aí? — Eu murmuro para Tigger.

— Nada — ele diz, mas fica parado, os olhos na bola de pelos em seu caminho.

— Você é alérgico a gatos? — pergunto.

Ele balança a cabeça.

— Então, o quê?

Ele enrola a manga e me mostra uma cicatriz desbotada em seu antebraço.

— A avó do meu primo, a duquesa viúva, era o que você chamaria de senhora dos gatos. Ganhei isso de um de seus pupilos. Desde então, sou mais uma pessoa canina.

Eu olho de Tigger para Hannibal e vice-versa. — Você tem medo de gatos?

Essa montanha de músculos poderia realmente temer uma bola de pelo branco?

O que ele faria se soubesse o nome sinistro do gato? Ou se ele conhecesse o Machete da minha irmã Blue, um gato verdadeiramente assustador do qual até pessoas normais gostariam de ficar longe?

Um toque de cor mancha suas maçãs do rosto salientes.

— Não tenho medo. Esta é puramente uma situação de avaliação de risco. Fiquei no hospital com uma infecção por uma semana na última vez que cheguei perto de um desses. — Ele lança um olhar furioso para Hannibal, e o gato o encara de volta, o rabo se contraindo em advertência.

Eu poderia jurar que Tigger empalidece um pouco antes de quebrar o concurso de encarar.

Normalmente, é a princesa que precisa ser salva de um monstro. Hoje é o príncipe. Eu ando até a porta de Clarice e a abro muito suavemente. — Xô.

Fingir assim é o que ele queria o tempo todo, Hannibal entra na fresta da porta, o rabo erguido.

Fecho a porta com a mesma suavidade e olho para Tigger. — Pronto?

— *Não* tenho medo de gatos — ele murmura e me segue.

Eu dou um tapinha em sua manga com simpatia.

— Uma coisa que você pode querer tentar é lidar com cocô de gato.

— Por quê? — Enquanto ele estreita os olhos para mim, ele me lembra um lindo gato – oh, que ironia. Falando em ironia, o apelido Tigger foi parte de alguma zombaria irônica de seus irmãos?

— Os gatos carregam um parasita que supostamente faz as pessoas gostarem mais dos gatos. Então, no seu caso, você pode se sentir neutro em relação a eles.

— Não, obrigado — ele diz.

— Sim, talvez seja o melhor. Também se diz que um parasita de gato leva a um comportamento de risco, e você faz o suficiente disso.

Ele suspira. — Podemos, por favor, deixar de lado o assunto do gato?

Eu me sinto uma idiota. — Nunca mais vou mencionar isso — digo solenemente, e falo sério. Dado o quão compreensivo ele é sobre meus problemas, é o mínimo que posso fazer.

Além disso, estou realmente aliviada por haver algo que ele teme. Isso significa que ele não tem Urbach-Wiethe e, portanto, não pode passá-lo para nossos filhos hipotéticos.

Espere, filhos? Talvez comece beijando-o primeiro?

Abro a porta do meu quarto e gesticulo para que ele entre. Ele entra no quarto e seus olhos se arregalam.

— Sente-se aqui. — Aponto para a cadeira que preparei.

Quando ele se senta, o plástico grosso da cadeira faz um som característico.

— Me dê um segundo. — Eu visto a roupa que comprei há um tempo para o caso de ter que visitar um hospital, o que felizmente ainda não aconteceu.

É um macacão de risco biológico de corpo inteiro com uma máscara facial resistente e foi muito útil durante o projeto de pintura. Graças à máscara, eu era a única das minhas colegas de quarto que não ficou chapada do cheiro.

Tigger examina meu eu vestido da cabeça aos pés, a diversão brilhando em seus olhos.

— Estou prestes a ser assassinado?

Do que ele está falando?

Eu me examino no espelho, então, examino a sala coberta com um plástico pesado, a fita adesiva que usei para prender tudo e, finalmente, o manequim no canto.

Oh, droga.

Ele tem razão.

Meu quarto parece o covil de um assassino em série.

Capítulo Catorze

*E*u estremeço.

— Sinto muito. Provavelmente não é a decoração mais sexy. Eu só quero estar segura.

— Então, você vai dar uma de *Dexter* para cima de mim?

Meu rosto queima sob a máscara. — Eu imaginei que o que quer que façamos, você vai gozar...

A diversão em seus olhos se aprofunda. — Meu esperma não deveria ser radioativo.

Depende da definição de cada um. — Já vi pornografia o suficiente — digo na defensiva. — Essa coisa pode atirar para todo lado.

Ele sorri. — Você acha que eu libero como uma mangueira de incêndio? Acho que estou lisonjeado, mas um preservativo não resolveria?

Um preservativo. Boa ideia. Eu ando até a minha mesa de cabeceira e jogo para ele o pequeno pacote de prata.

Ele franze a testa para isso. — Por que você tem isso? Eu pensei que você não tivesse relações sexuais.

— Verdade, mas eu não sou freira. — Corando, eu abro minha gaveta da mesinha de cabeceira e tiro meus dois vibradores, Príncipe Regente e o pequeno.

Você acha que ele pode dizer que sou seu substituto?, Príncipe Regente parece alto e orgulhoso quando gesticulo com ele no ar.

Meu velho vibrador, por outro lado, parece que encolheu. *Eu sou simplesmente o 'pequeno'? Por que você simplesmente não me derrete e faz uma vagina?*

A mandíbula de Tigger flexiona e eu me pergunto se ele está me imaginando brincando com os brinquedos.

Meu rubor se espalha pelo meu peito. — Você acha que vamos precisar disso? Um pode ser controlado por meio de um aplicativo que...

— Não, *myodik*. — Sua voz está mais rouca do que o normal. — Por enquanto, eu só quero que você se toque para mim.

E assim, minha respiração fica irregular e meus mamilos enrijecem como balas. Engolindo, eu puxo meu braço da manga do macacão e deslizo pelo meu corpo até chegar ao meu sexo.

— Assim? — Eu movo minha mão em um movimento exagerado para que ele entenda o que está acontecendo.

Ele acena com a cabeça, os olhos ardendo. — Bem desse jeito.

Espere. Um momento. Esta deveria ser *minha* terapia pornográfica.

— Tire suas roupas — digo.

Um sorriso sombrio curva as bordas de seus lábios, e ele começa a se despir.

Pelo tanquinho de Houdini... Ele só tirou a camisa até agora, mas a visão daqueles abdominais duros e beijáveis dobra meu batimento cardíaco já acelerado.

No momento em que sua calça cai, estou hiperventilando.

— Sua boceta está molhada? — ele murmura.

— Como água — eu deixo escapar.

— Continue se tocando. — Ele tira a cueca, liberando Sua Dureza Real.

Caralho. Duplo.

Como ele ficou tão duro comigo parecendo um figurante de *Contágio*? Além disso, como Sua Dureza Real é ainda maior do que eu me lembro? Sem esforço, faz do Príncipe Regente anão.

Ei. Isso não parece muito bom. Príncipe Regente parece encolher como seu irmão menor.

Não é meu irmão – e isso é bem feito para ele por me fazer sentir como um clitóris.

Falando em clitóris, o meu está inchado e latejante, com uma tensão crescente por trás dele, mas há um vazio também, que apenas Sua Dureza Real pode preencher.

— Acaricie-se — consigo dizer.

Com um grunhido de aprovação, Tigger rasga o pacote de preservativos com os dentes e se envolve.

Porra, isso é sexy.

Talvez o preservativo fosse um exagero, entretanto? Eu prefiro uma visão desobstruída. Além disso, seria estranho colocar música? Normalmente faço esse tipo de coisa com *The Final Countdown*.

— Deslize um dedo para dentro — ele ordena, e começa a mover o punho para cima e para baixo em seu comprimento.

Eu faço o que me é dito, e meus músculos internos apertam o dedo avidamente. A sensação é insatisfatória. Um dedo é uma aproximação pobre do que estou vendo.

Ele acelera o movimento de seu punho. — Aperte seu mamilo.

Eu coloco minha outra mão dentro da roupa, deslizo-o sob o sutiã e torno suas palavras realidade.

Porra, isso é bom. Um raio de prazer desce pelo meu corpo, transformando meu clitóris em um farol de felicidade.

— Mais rápido — ele geme, bombeando seu pênis quase viciosamente.

Gemidos escapam dos meus lábios enquanto eu o combino com o movimento dele.

Seus músculos ficam tensos.

Meus dedos dos pés começam a enrolar.

Um som distante ameaça penetrar a névoa de prazer, mas eu o desligo.

— Gia — ele geme.

É isso. Com um grito abafado pela máscara, eu gozo.

Ele grunhe de prazer e joga sua carga na camisinha. Uau.

Parece muito líquido.

A proteção extra pode não ter sido exagerada.

— Uau. — Eu coloco meus braços de volta nas mangas do meu macacão.

Ele sorri para mim. — Isso foi inacreditável. — Com cuidado, ele remove o preservativo de seu enorme pau.

O som de antes reaparece e meu cérebro o reconhece como uma batida na porta.

Porcaria.

Estou prestes a perguntar "quem é?" quando a porta se abre.

Capítulo Quinze

 Eu ouço a voz de Clarice antes de vê-la.

—Ei. Foi você quem deixou Hannibal entrar no meu...

Ela para de repente, os olhos esbugalhados.

Eu sigo seu olhar, e uma nova onda de calor assalta meu rosto.

Sua Dureza Real ainda está a todo vapor. Acho que leva alguns segundos para as coisas acontecerem.

Eu também estou muito ciente do traje anti-perigo que estou vestindo e da sala coberta por um escudo de plástico.

Eu nem consigo imaginar em que tipo de perversão Clarice pensa que acabou de entrar. Existe algo como RPG de assassino em série? Ou talvez ela pense que estamos brincando de médico... durante o surto de *O Enigma de Andrômeda*?

— Eu sinto muito — ela murmura, recuando. — Eu pensei ter ouvido o seu filme pornô, não...

Eu não ouço o resto porque, naquele momento, Hannibal entra no quarto.

Vendo seu nêmesis, Tigger larga a camisinha que estava segurando e instintivamente agarra suas calças.

Eu meio que espero que Hannibal fique assustado com Sua Dureza Real, ou Príncipe Regente, por falar nisso. Quando uma das minhas colegas de quarto colocou um pepino atrás dele uma vez, ele enlouqueceu.

Mas não, ele está indo direto para Tigger. Acho que o objeto fálico tem que ser verde para ser um problema.

— Pare — grito para o gato.

— Hannibal! — Clarice diz severamente.

O gato na verdade acelera. Em um piscar de olhos, ele está aos pés de Tigger.

Oh, não. Sua Dureza Real ainda está declarada e orgulhosa. É isso que o gato está procurando? Ele está pensando em finalmente fazer jus ao seu nome e...

Não.

O gato não anseia por provar o sabor da carne de homem. Seu verdadeiro objetivo acaba sendo – para citar seu filme homônimo – "mil vezes mais selvagem e mais aterrorizante".

Eu fico boquiaberta de horror quando Hannibal agarra a camisinha com os dentes e corre em minha direção.

Minha máscara abafa meu grito enquanto um cenário terrível se desenrola na frente dos meus olhos:

o gato faz buracos em meu traje e, então, força o líquido humano a entrar... de alguma forma.

O grito deve perturbar Hannibal. Ele desvia de seu curso, subindo correndo a parede coberta de plástico como se tivesse sido picado por uma aranha radioativa.

A fita adesiva que usei para manter o plástico no lugar não gosta disso e desiste, mas Hannibal salta para a próxima peça antes que possa ser sufocado, e cai no chão atrás de mim e Clarice e sai correndo do meu quarto.

— Hannibal! — Clarice grita e sai atrás.

Eu corro atrás deles, apenas para descobrir que meu traje não foi feito para correr.

Ofegante enquanto corro, vejo Clarice desaparecer na cozinha.

Eu a sigo e, quando chego, ela está confusa.

— Onde ele está? — Eu pergunto sem fôlego.

Ela balança a cabeça. — Eu pensei ter visto ele correndo para cá.

Um movimento atrás de mim me dá um susto, mas é apenas Harry.

— *Eu acho que vi um gatinho* — diz ela em sua melhor personificação de PiuPiu. Em uma voz normal, ela acrescenta: — Ele estava carregando uma camisinha. Qual é a dessa?

— Onde ele está? — Clarice e eu gritamos em uníssono.

Harry me olha de cima a baixo. — O que diabos você está vestindo?

— Onde está o gato? — Eu rosno.

Harry dá um passo para trás. — Calma. Ele está no meu quarto. Eu o tranquei lá antes de vir.

Com um suspiro de alívio, Clarice vai até uma gaveta, pega uma pinça e a coloca em minhas mãos.

Eu estreito meus olhos para a coisa. — Para que é isso?

— Para pegar o preservativo — Clarice diz com um olhar revirado.

— Por que eu?

Ela me olha de cima a baixo. — Você está usando um traje anti-risco, além do preservativo ser do seu namorado.

Harry parece intrigada. — Um namorado?

— Ele não é meu...

Antes que eu possa terminar a frase, meu não-namorado entra valsando.

Harry parece impressionada, assim como Clarice, apesar do fato de que ela acabou de vê-lo sem calça.

— Deixa comigo — diz ele, pegando a pinça. Ele não parece nem um pouco envergonhado.

— Não. — Eu bravamente agarro a pinça. — Eu consigo. — A última coisa que quero é Tigger perder um daqueles lindos olhos para o gato.

Nós nos esgueiramos até o quarto de Harry e ela abre a porta.

Hannibal está lá, no meio do quarto, enrolado em uma bola de contentamento, nos ignorando como só um gato pode fazer.

O preservativo está ao lado dele.

Ui.

Eu me preparo.

Você está vestindo um macacão. Você consegue fazer isso.

Corajosamente, gingo e pego o risco biológico com a pinça... e olho para ele, girando-o de um lado para o outro.

— Qual é o problema? — Clarice pergunta.

— Está vazio. — Eu continuo examinando o látex como se pudesse conjurar o esperma de volta, o que, ei, pode ser um truque de mágica legal.

— Vazio? — Tigger pergunta, incrédulo.

— O que estava lá? — Harry pergunta, e recebe um olhar engraçado de Clarice.

Como um, olhamos para baixo para Hannibal, que estava claramente esperando apenas por aquele momento para lamber suas costelas de forma incisiva.

Pode até haver um som de engolir.

— Eca! — Harry grita. — Ele comeu?

Capítulo Dezesseis

*T*igger lança um olhar insultado para Harry. Clarice parece constipada.

— Acredito que 'engoliu' é a nomenclatura correta — diz ela com a voz embargada.

Não sei se deveria ter ciúme de Hannibal, ficar enojada ou preocupada com gatinhos meio tigre e meio persa.

Isso abre um precedente ruim. A próxima coisa que você sabe é que o gato terá fome de leite humano. Ou sangue. Além disso, os fluidos corporais podem ser a porta de entrada perfeita para a carne, especialmente para uma criatura que compartilha 95,6% de seu DNA com leões e tigres. Clarice já brinca que ela precisa alimentar Hannibal bem, ou então ele vai se deliciar com nossos olhos.

A coluna de Tigger se endireita, como se ele estivesse prestes a liderar tropas em um desfile.

— Permita-me. — Ele pega a pinça.

Eu a entrego, com cuidado para não soltar a camisinha.

— Vou me livrar disso — diz ele, depois olha para minhas colegas de quarto. Em um tom imperial, ele acrescenta: — Eu sou Tigger. E vocês são?

Elas parecem estar se esforçando para conter uma risada enquanto se apresentam.

— Foi um prazer conhecê-las, Harry e Clarice — disse Tigger com uma reverência cortês, a pinça presa firmemente em torno do preservativo.

— Da mesma forma — diz Harry timidamente.

— Apareça de novo — Clarice diz com uma risadinha.

Certifico-me de que Clarice possa ver meu olhar antes de me virar para Tigger e dizer: — Deixe-me acompanhá-lo até a porta.

Minhas amigas ficam para trás, embora eu saiba que elas estão prestando atenção em cada palavra.

Quando chegamos à porta, eu destranco para ele.

Tigger sacode a pinça, fazendo a camisinha vazia balançar como uma bandeira ao vento.

— Isso foi memorável.

Tento não olhar para isso enquanto o calor se espalha do meu rosto para as regiões recentemente estimuladas. Em vez disso, me concentro no tópico mais neutro que consigo pensar.

— Você está pronto para o seu treinamento amanhã?

Um sorriso malicioso dança em seus lábios. — Você está pronto para o seu?

O rubor me cobrindo se espalha até os dedos dos pés. — Claro — eu digo em uma voz tensa.

— Bom. — Ele abre a porta. — Te mando uma mensagem.

Ele se dirige para seu Lamborghini, sua postura totalmente digna, apesar do fardo que carrega, e eu o vejo se afastar rapidamente na velocidade do som.

— Belo carro — diz Harry atrás de mim.

— Tudo é bom. — Clarice me faz um beicinho fingido. — Você estava escondendo-o de nós.

— Oh, sim. — Harry coloca as mãos nos quadris. — Pode ir falando.

Eu suspiro. — Esperem na sala de estar. Eu preciso me trocar primeiro.

No momento em que estou livre do traje anti-risco, todas as minhas colegas de quarto estão esperando na sala de estar, não apenas Clarice e Harry.

Com outro suspiro, eu começo a história, o que é mais fácil porque, ao contrário de minhas irmãs de sangue, minhas irmãs em magia sabem tudo sobre meus problemas com intimidade.

Quando termino, todas começam a falar ao mesmo tempo, e tudo que consigo entender é: "Você não pode beijá-lo através de um filme plástico?" e "Você não pode fazer isso com um preservativo?"

— Obrigada, mas vou descobrir o que fazer — digo severamente.

Clarice cala a todas e me dá um sorriso de pena. —

Pobrezinha. Você deve se sentir como um diabético na *Fantástica Fábrica de Chocolate*.

— Você não tem ideia — digo, em seguida, desejo a todas boa-noite e vou para o meu quarto.

———

Enquanto coloco meu quarto em ordem e passo pela minha rotina noturna, uma dúzia de perguntas murmura freneticamente em minha cabeça, como um punhado de pombos se alimentando.

Por que ele se ofereceu para me treinar? O que isso significa para ele? Serei capaz de enfrentá-lo amanhã? Treiná-lo? Deixar ele me treinar? Eu tremo febrilmente com o pensamento.

Falando em treinamento, funcionou? Estou mais perto de ser capaz de ter intimidade com um cara?

É difícil dizer, mas a ideia de ser íntima de alguém hipoteticamente não me atrai mais. Tenho alguém específico em mente, alguém que me lembra comerciais de cerveja, como: *Uma vez, ele trouxe uma faca para um tiroteio... apenas para equilibrar as probabilidades.* Ou *Quando em Roma, eles fazem como ELE.*

Não. Isso é loucura. Ele é um cliente. E um príncipe playboy.

Isso me traz de volta à questão de por que ele ofereceu seus serviços. Qual é o seu objetivo?

Claramente, o jogo final do treinamento é dormirmos juntos – a menos que seja uma ilusão de minha parte. Mas por que um cara que pode ter qualquer mulher se incomodaria comigo? A dificuldade está despertando seu interesse... no momento? Sou algum Everest sexual que ele decidiu conquistar? Indo aonde nenhum homem foi antes por foder o impossível?

Incapaz de encontrar respostas satisfatórias para nada disso, vou para a cama e me viro por horas antes de cair em um sono agitado.

———

Acordo muito tarde e verifico meu telefone.

Nada do Tigger.

Espero que ele não tenha mudado de ideia sobre o treinamento adicional.

Pegando meu laptop, pesquiso o que posso ensinar a Tigger se ele aparecer. Quando fico com fome, pego um iogurte de coco no café da manhã – outro tipo secundário de terapia de exposição, de certa forma. O iogurte está repleto de bactérias, mas como é do tipo benéfico, eu o deixo entrar em meu corpo... com apenas uma pequena relutância. Realmente ajuda que, desde sua fundação nos anos 80, essa marca de iogurte nunca tenha sido a causa de uma doença de origem alimentar.

Eu só queria não ter uma sensação estranha difusa na minha língua com cada colherada, uma que parece assustadoramente como as minúsculas caudas de milhões de Lactobacillus tremendo enquanto dançam *The Final Countdown*.

Assim que termino, finalmente recebo algo de Tigger:

Vou ver um médico esta manhã. Podemos nos encontrar mais tarde hoje? Talvez às 4 da tarde?

Ah, então ele está vendo um médico para se certificar de que pode fazer mergulho livre. Estou feliz. Dessa forma, estarei menos preocupada com ele se afogando.

Vejo você no hotel, eu respondo, e as pombas idiotas vibram em minha barriga em antecipação.

Volto para minha pesquisa de mergulho livre, mas uma mensagem me distrai poucos minutos depois.

É da Blue.

Sua amiga especialista em cartas não compareceu ao brunch que programamos. Liguei e mandei uma mensagem, mas não obtive resposta. Está tudo bem?

Hmm. Clarice não é de perder uma oportunidade de negócio.

Eu caminho até o quarto dela e bato.

Sem resposta.

Quando abro a porta, tudo que vejo é Hannibal com os olhos fechados – sem dúvida dormindo depois da refeição pesada da noite anterior.

Tenho o cuidado de não acordá-lo ao fechar a porta. Tenho um acordo tácito com o gato. Eu não o incomodo e ele não me sufoca durante o sono, não come meu rosto ou se esfrega em mim.

Onde está Clarice?

Eu ligo e mando uma mensagem para ela.

Ela não responde.

Eu começo a bater na porta das minhas outras colegas de quarto, mas elas estão todas fora.

Assim que me preparo para ligar para qualquer uma ao acaso, recebo uma mensagem em grupo de Harry.

Clarice está no hospital.

Capítulo Dezessete

Eu li o resto da mensagem de Harry em pânico.
Ela explica que recebeu uma ligação arrastada de Clarice que durou apenas alguns segundos, e que ela não tem ideia do que há de errado com nossa amiga, só sabe o nome do hospital.

Com o coração acelerado, chamo um carro e corro para o meu quarto para me preparar.

Para evitar uma viagem a um hospital, consideraria lamber um corrimão do metrô, usar um banheiro público e talvez até comer em um restaurante com classificação "C".

Mas Clarice é minha amiga e devo ir visitá-la.

De alguma forma.

Com o estômago apertado, localizo o traje de risco biológico da noite anterior. Ir para o hospital foi a razão pela qual o comprei, em primeiro lugar – não para transar com um príncipe. Eu o coloco, mas ainda não coloco a máscara, já que o taxista pode fugir com a visão.

Também pego um lindo baralho que comprei para o aniversário de Clarice. Nada a anima mais do que cartas.

Cambaleando para fora, localizo o carro.

Nenhuma máscara foi uma boa escolha. A senhora motorista dá à minha roupa um olhar inquieto.

— Estou indo para o hospital — digo.

A senhora age como todos os nova-iorquinos quando se deparam com alguém que claramente pertence a uma instituição – sem contato visual e nem mesmo uma dica de que ela me ouviu.

Eu mando uma mensagem para Blue e a atualizo sobre a situação.

Qual hospital?, ela pergunta.

Eu digo a ela e volto a refletir sobre o que poderia ter acontecido.

Todos os tipos de cenários se desenrolam em minha imaginação masoquista. Clarice sofreu um acidente de carro? Ela foi assaltada? Ela está doente de uma doença de origem alimentar?

Ela é muito jovem para um ataque cardíaco ou derrame, mas nunca se sabe.

O carro para.

Eu desço o mais rápido que o traje permite, coloco minha máscara e cambaleio até a entrada do hospital.

As portas automáticas se abrem para mim, mas meus pés não se movem.

Merda.

Clarice está lá dentro. Ela pode estar lutando por sua vida. O mínimo que posso fazer é entrar lá e ficar com ela.

Meus pés ainda não se movem.

Mesmo com o macacão, tenho muito medo de entrar.

Porra.

Eu sou a pior amiga do mundo.

Dou um pequeno passo em direção à porta.

Não. Meus pés me levam de volta.

Uma mensagem apita do meu telefone me tirando do meu estupor.

É Blue.

Acabei de verificar com o hospital. Clarice teve uma reação alérgica.

Oh, não. Sinto frio por toda parte. As alergias são extremamente perigosas. Ela é alérgica a quê? Ela nunca disse.

Eu reúno toda a minha força de vontade para entrar pelas portas na minha frente, mas antes que eu possa reunir coragem, outra mensagem de Blue chega.

Ela está bem. Ela acabou de receber alta.

Uma onda de alívio lava minha ansiedade e me ocorre que a informação que Blue tem recebido parece muito particular.

Será que o pessoal do hospital contaria tudo isso a ela pelo telefone?

Felizmente, ela não invadiu o banco de dados do hospital ou, se o fez, não será pega.

— Gia?— uma voz familiar diz atrás de mim. É

Harry, seus olhos selvagens e seu cabelo loiro curto mais despenteado do que o normal. — Você a viu?

Balançando a cabeça, digo a ela o que acabei de saber com Blue.

— Vamos buscá-la — diz Harry.

Estou prestes a explicar meu problema com isso, mas as portas se abrem e Clarice sai, seu rosto apenas ligeiramente inchado.

Quando tiro minha máscara, o alívio que sinto é tingido de culpa. Tão feliz quanto estou de ver minha amiga viva e bem, uma parte de mim está quase tão aliviada por não ter que entrar no hospital.

— Você está bem?— Harry e eu perguntamos em uníssono.

— Vou chamar um carro para levá-la para casa — eu digo, pegando meu telefone.

Clarice acena com a cabeça. — Fodidas formigas.

Terminada a convocação do carro, troco um olhar preocupado com Harry.

— Suas tias te visitaram?— Harry pergunta com cuidado.

— Tenho certeza de que ela está falando sobre os insetos — digo. — Não que isso deixe nada mais claro.

Mas espere. Acho que agora entendi. O...

— O filho da puta se enfiou no meu sapato — Clarice diz indignada. — Enquanto eu tentava deixá-lo sair, ele me mordeu.

— Eles são todos mulheres — diz Harry.

Eu dou a Harry um olhar de desaprovação.

— Certo.— Clarice reajusta seu chapéu de pirata. — *Ela* me mordeu. Essa vadia.

— E você é alérgica a formigas? — Eu pergunto.

— É o que parece — diz Clarice. — Eu inchei na hora. — Ela acena para o hospital. —Eles me disseram que se eu não tivesse ligado para o 911 imediatamente, estaria morta.

— Fodidas formigas — digo em horror. Devo adicionar formigas à minha lista de criaturas minúsculas a serem evitadas?

— Devíamos comprar uma aranha viúva negra para a casa — diz Harry.

Desta vez, somos Clarice e eu que olhamos como se ela tivesse perdido o juízo.

— Aranhas viúvas negras comem formigas — diz Harry, como se fosse óbvio.

— Elas também são venenosas — digo. — E, embora não seja pertinente para nós, elas comem seus companheiros.

Clarice estremece. — Vou me arriscar com uma EpiPen.

— Hannibal deveria ser mais útil do que uma aranha, de qualquer maneira — digo — Os gatos realmente gostam de comer formigas.

Nosso carro chega e todas nós entramos. Notifico nossas outras colegas de quarto e Blue que Clarice está bem e voltando para casa conosco. Então, pesco o baralho que trouxe comigo e o entrego a Clarice.

Como eu esperava, seu ânimo melhora consideravelmente enquanto ela examina o baralho sofisticado. Durante toda a volta para casa, ela mostra truques de cartas para mim e Harry, e continua fazendo isso enquanto almoçamos juntas em nossa casa. Já que nada anima um mágico mais rápido do que atuar, eu *ooh-e-ahh* mesmo depois de me cansar da mágica das cartas, e suspeito que o mesmo seja o caso de Harry.

— Merda — digo enquanto estamos limpando depois do almoço. — Eu quase esqueci. Tenho uma reunião com Tigger.

Clarice sorri. — Não se esqueça de levar um preservativo para a 'reunião'.

— E seu traje anti-perigo — acrescenta Harry.

Eu bufo enquanto vou para o meu quarto. — Eu não farei tal coisa.

Na verdade, estou feliz que ela mencionou o traje. Isso me lembra que preciso trazer minha roupa de banho.

Demoro um pouco para localizar o maiô que comprei há muito tempo, durante aqueles dias felizes antes de aprender que a água do oceano pode ter bactérias comedoras de carne e que os lagos estão repletos de amebas comedoras de cérebro.

Hmm. O maiô é justo. Espero que minhas meninas não caiam.

Empacotando o traje e uma calcinha extra, coloco um vestido projetado para matar e escolho um truque de mágica para executar no caso de Tigger pedir um – uma variação de um clássico.

Minhas colegas de quarto assobiam enquanto eu

saio, e o motorista parece impressionado com meu decote, então, espero que Tigger também fique.

Quando estou a caminho, recebo um telefonema de Blue e a atualizo sobre o bem-estar de Clarice.

— Onde ela encontrou uma formiga nesta selva de concreto? — Blue pergunta.

Eu zombo. — Isso vindo de alguém que sempre reclama da proliferação de pássaros na dita selva de concreto?

— Touché. De qualquer forma, como vão as coisas com o príncipe Ruskoviano?

Olhando o motorista com cautela, mudo para uma forma de Pig Latin Blue que ela mesma desenvolveu quando éramos crianças. A ideia era ter conversas secretas na frente de nossos pais e colegas de escola, mas também manter o motorista do táxi no escuro.

— Fizemos coisas — digo — mas não tenho certeza de qual seria a base da metáfora do sexo no beisebol.

— O que você fez? — ela pergunta, desnecessariamente falando em Pig Latin também.

Eu ruborizo. — Masturbação na frente um do outro.

— Uau. Por quê?

Devo contar a ela sobre meus problemas de intimidade? Ao contrário de minha irmã gêmea, Blue pode guardar um segredo. Até segredos de estado.

Mas não. Eu não quero sua pena.

— Estou levando as coisas devagar — digo, e não é mentira. — Estou preocupada por ser o Everest sexual dele.

Ela, com razão, me pede para explicar essa última parte, então, digo a ela que acho que ele me vê como um desafio.

— Se ele te deixar depois do sexo, me avise — diz Blue ameaçadoramente. — Posso arriscar um incidente internacional.

Sim, ok. Nota para mim mesma: não diga a Blue nada do tipo. A última coisa que quero é que ela seja expulsa da Agência Nenhuma, ou pior, acabe em um equivalente Ruskoviano da baía de Guantánamo.

— Eu nem tenho certeza do que *poderia* acontecer entre nós — digo, pensando em voz alta.

— Namoro — diz Blue. — Você sabe, aquela coisa que as pessoas fazem quando comem juntas em bons restaurantes.

Eu rolo meus olhos. — Não tenho certeza se tenho permissão para namorar um membro da realeza. Talvez eu tenha que ir para a escola de etiqueta. Aprender a andar com um livro na cabeça. Pegar espartilhos emprestados de Clarice. Segurar os garfos com minha mão esquerda. Manter a temperatura da minha vagina em 99,5 graus femininos.

Eu posso ouvir seu sorriso maligno quando ela diz:
— Eu começaria levando-o para seu encontro com nossos pais.

— Boa ideia. Assim, ele correrá direto para Ruskovia e nunca mais olhará para trás.

Antes que ela possa responder, outra chamada pisca na minha tela, então, eu me desculpo e mudo para ela. É minha irmã gêmea – e a conversa sobre Tigger se repete com ela, até o "você deve levá-lo para seu encontro com nossos pais".

Antes que eu possa dizer a ela o que acho dessa ideia, o táxi para e corro para o hotel.

Tigger já está esperando por mim no saguão – e se seu olhar faminto servir de referência, ele aprecia meu decote.

Bom.

Vamos ver o que ele pensa quando eu estiver de maiô.

Eu coro quando percebo o outro lado da moeda.

Ele estará nadando como parte de seu treinamento. Isso significa que verei seu corpo novamente. Molhado. Músculos das costas flexionando enquanto ele torpedeia pela água...

Houdini, tenha piedade dos meus ovários. Estou feliz por ter uma calcinha sobressalente.

Capítulo Dezoito

*E*nquanto caminhamos pelo saguão – eu, um feixe de hormônios, ele, com um passo gracioso – um cara de pantalona caminha até nós com uma garrafa de vidro cheia de um líquido branco. Reverentemente, ele a entrega a Tigger e diz algo em Ruskoviano.

Com um breve aceno de cabeça, Tigger o dispensa, depois, abre a garrafa e dá um gole no que quer que seja. Uma expressão de êxtase aparece em seu rosto e ele estende a garrafa em minha direção.

— Quer um pouco?

Eu escondo minhas mãos atrás das costas. — O que é?

— Leite da Matilda. — Ele parece completamente indiferente ao chamar o elevador, como se sua declaração não precisasse de nenhuma explicação.

— Quem é Matilda? — Minha voz soa um pouco enjoada? — Por favor, não diga que ela é sua namorada subserviente que cuida de seu fetiche por lactação.

Ele ri. — Eu não tenho namorada. E você?

O elevador se abre e eu entro. — Eu também não tenho namorada, mas se tivesse, o nome dela não seria Matilda. Ela parece ser menor de idade.

Ele aperta o botão do último andar. — Matilda é uma vaca.

Meus olhos se arregalam e eu me afasto tanto quanto o espaço do elevador permite – e não porque ele está se relacionando cheio de intimidade com uma vaca.

Ele franze a testa. — Ela é uma das poucas de sua espécie aqui nos Estados Unidos, uma raça originalmente desenvolvida para a mesa da realeza Ruskoviana.

Meu rosto deve mostrar minha angústia porque ele parece na defensiva quando acrescenta: — Ela tem uma vida boa. Ela vagueia livremente em uma fazenda no interior do estado. Recebe massagens que até as vacas Kobe ficariam com inveja. — Ele toma outro gole da garrafa. — Este leite é como um sabor caseiro.

Meus olhos saltam. — Está fresco?

Ele franze a testa. — Sim.

— Não pasteurizado? — As portas do elevador se abrem e eu rapidamente escapo da proximidade daquela garrafa. Porque, e se ele tropeçar, a garrafa entrar na minha boca e eu engolir acidentalmente?

Enquanto ele me segue, uma compreensão parece surgir nele.

— Você está preocupada que este leite vai me deixar doente?

Eu balanço minha cabeça vigorosamente. — Beber leite não pasteurizado é mais perigoso do que qualquer coisa que você já fez. Paraquedismo, mergulho em penhascos, mergulho livre – todos os outros mergulhos combinados. Deve ser chamado de mergulho hospitalar. Ou roleta Ruskoviana.

Ele fecha a garrafa. — Não teria o mesmo gosto se você fervesse.

— Mas você continuaria provando outras coisas... como cogumelos venenosos.

Com um encolher de ombros, ele deixa a garrafa perto da porta que leva à sua nova cobertura e eu suspiro de alívio.

Tomara que quem ordenhou Matilda, o tenha feito como meus pais fazem em sua fazenda: lavou os úberes e as tetas e depois as mergulhou em uma solução de iodo.

É estranho que eu ainda tenha um pouco de ciúme de Matilda? Ele consome seus fluidos corporais, mas não os meus. Isso significa que ela está mais adiantada com ele nas metáforas do beisebol – talvez na metade do caminho para a primeira base?

Felizmente, Tigger não está ciente de minhas reflexões enquanto passa seu cartão para me deixar entrar.

Uau. A suíte agora parece ocupada e os arranjos de flores parecem novos em folha.

Um em particular chama minha atenção. Há muitos

tremoços e peônias nele, uma bela combinação que me faz pensar em paus de lobisomem. O arranjo também tem colheres tortas e seu cinto integrado a ele.

— Esse é para você levar para casa — diz ele, seguindo meu olhar.

Ele está me dando flores? E não apenas flores, um maldito arranjo?

Eu suprimo a sensação de desânimo que floresce em meu peito. Este é o nosso tempo de treinamento, então, preciso manter o profissionalismo.

— Obrigada — consigo dizer em um tom casual.

— A piscina está pronta para você — diz ele, com a voz um pouco rouca. — Você pode se trocar lá. — Ele aponta para uma porta próxima.

Eu engulo o calor em seus olhos. Tanto esforço para manter as coisas profissionais. Eu sou uma poça de necessidade e ainda estamos de roupas.

Indo pela porta do banheiro, eu rapidamente me dispo, apenas para fazer uma pausa.

A última vez que fiquei nua fora do meu quarto foi quando estava comprando roupas íntimas. Eu me sinto mais nua agora do que antes. Provavelmente porque tirei minhas luvas desta vez.

Além disso, ao contrário daquela vez, estou excitada e a tentação de caminhar nua é forte. E também o desejo de me masturbar. Mesmo com uma parede entre nós, a proximidade de Tigger é como a senhora Viagra.

Mas não. Eu sou uma ilusionista, não uma ninfomaníaca.

Visto meu maiô, pego meu vestido e bolsa e volto para a sala.

Tigger sumiu.

Coloco minhas coisas no sofá e, antes que pudesse chamar seu nome, Tigger volta, vestindo apenas uma sunga azul justa.

Pela protuberância de Houdini. Por que não me masturbei quando tive a chance?

Meus mamilos saúdam a visão, e é um esforço para manter a baba dentro da minha boca.

Por sua vez, quando Tigger examina minha roupa, a protuberância em sua sunga aumenta dez vezes.

Um pouco da minha baba escapa.

Sua Dureza Real estica aquela mistura de poliéster e lycra, fazendo as paredes da minha vagina suar de inveja.

— Estou pronta para aquele mergulho — eu engasgo.

Se a água estiver fria, talvez forneça aquele efeito de banho frio de que preciso desesperadamente.

Ele rosna algo ininteligível e aponta na direção da piscina. Lutando contra o desejo de balançar meus quadris, eu me empurro até lá.

Sim. A coisa está cheia.

— Meu irmão me disse que foi esterilizada antes de a água ser recarregada — diz Tigger atrás de mim. Sua voz ainda está áspera. — Você será a primeira a mergulhar.

Estou com tanto tesão que até aquela rouquidão em sua voz está me deixando louca.

Respirando fundo da maneira que vou ensiná-lo mais tarde, eu mergulho.

Splash.

A água não está fria. Está perfeita.

A sensação de leveza me lembra da infância.

Prendo a respiração e nado até meus pulmões começarem a gritar, e então, nado mais um pouco.

— Você demorou um pouco — diz Tigger quando eu volto à superfície.

Eu aceno, minha maga interna ativada. — Eu posso fazer dez vezes isso, você sabe disso.

Mentiras, mas estou presa a elas se quiser continuar com este show.

Decidindo não mergulhar mais por medo de revelar minha incapacidade de prender a respiração pelo tempo que eu reivindicar, dou simples voltas ao redor da piscina, e é lindo. Quando eu for uma mágica famosa e puder pagar, terei minha própria piscina que será preenchida com água limpa como esta regularmente.

Eventualmente, fico cansada e com frio, então, nado até os degraus e saio. Eu me sinto vulnerável estando tão nua e molhada – isto é, até que Tigger se aproxima com uma toalha gigante nas mãos.

Quando ele me envolve na toalha, sinto como se estivesse recebendo um abraço pela primeira vez em décadas e me aqueço quase que instantaneamente.

Primeiro nado em muito tempo, primeiro abraço, primeira experiência sexual – Tigger é uma fonte de muitos primeiros. Seria tão ruim se eu deixasse essa tendência continuar e ele fosse o primeiro dentro de mim?

Ele se afasta, me deixando enrolada em uma toalha. Uma mistura de alívio e decepção me inunda, mas a decepção evapora enquanto eu gosto de vê-lo caminhar até a plataforma de salto da piscina.

— Que exercício vou fazer? — ele pergunta.

— É chamado de natação às cegas — digo. — Você fecha os olhos e nada debaixo d'água, guiando-se apenas com o toque.

Ele acena com a cabeça em aprovação, então, se vira e mergulha.

Eu o observo fazer o exercício com seu destemor característico. A ideia por trás do mergulho cego é que ele aprenda a lidar com o estresse do desconhecido, mas acho que estou mais assustada por ele do que ele.

Quando ele volta à superfície, digo para ele dar umas voltas, principalmente porque quero aproveitar a vista.

Oh, e que vista é esta. Os caras do *Magic Mike* não têm nada disso. Observá-lo me excita tanto que tenho que sentar e trocar os exercícios.

Continuamos assim por um tempo, e o tempo todo, estou ciente de um fato simples: quando seu treinamento acabar, ele pode se oferecer para me treinar novamente.

Como vai ser isso? Quantos orgasmos isso acarretará?

Só de pensar nisso, meu coração dispara. Para evitar lidar com essa possibilidade, forço Tigger a se exercitar até que meu maiô seque, então, uma hora mais, até que vejo seus lábios ficarem azuis.

— Você pode sair — digo. — Não quero que você fique com hipotermia.

— Você pode me pegar uma toalha? — Ele aponta para uma mesa com uma pilha delas.

Eu faço o que ele pede enquanto ele sai, dando-me a visão dos meus sonhos molhados.

Como não consigo envolvê-lo em uma toalha como ele fez comigo, simplesmente a entrego e babo enquanto o vejo se secar.

Pelo clitóris de Houdini, estou tão excitada que provavelmente gozaria com o toque de uma pena.

— Tenho uma surpresa para você — diz ele. — Vamos entrar.

Eu sigo com as pernas instáveis.

Ele joga a toalha no sofá, se senta e pega uma grossa pilha de papéis.

— Você pode sentar aqui? — Ele dá um tapinha em um local a uma distância de beijo dele.

Posso? Certo. Eu devo? Provavelmente não.

Eu sento mesmo assim.

— Isto é para você. — Ele me entrega a pilha.

Eu examino as páginas com minha boca aberta.

São os resultados médicos dele, e eles não têm nada a ver com mergulho livre.

Eu olho por cima dos papéis. — Isto...

— Resultados dos exames — diz ele. — Fui ao médico e fiz exames para verificar se havia todas as doenças transmissíveis conhecidas pela ciência médica.

Volto avidamente às páginas.

Ele não está mentindo. É exame após exame, e algumas das doenças parecem ser inventadas, enquanto outras parecem um exagero, como a malária, que se espalha pela picada de um mosquito.

Acho que se ficarmos trancados em um quarto com um mosquito, vou me sentir mais segura agora. Porém, se ele for como o homem Dos Equis, *os mosquitos se recusam a mordê-lo puramente por respeito.*

Outra coisa que farei como uma ilusionista rica é entrar em contato com o médico de Tigger e fazê-lo executar este painel de exames em mim.

Todos os resultados que vejo são negativos.

Quando chego à página intitulada "DSTs", estudo mais de perto.

Gonorréia – negativa. Clamídia – negativa. HIV – negativo. A lista continua e continua.

— Para resumir, estou limpo — diz Tigger quando eu olho para cima novamente. —Achei que talvez isso a salvasse de ter que usar aquele traje perto de mim.

Mais uma vez, os anúncios surgem na minha cabeça.

Certa vez, ele tentou pegar um resfriado só para ver como era, mas não deu certo.

Seu suor é a cura para o resfriado comum.

— Algumas DSTs têm um longo período de incubação — deixo escapar.

Ele sorri. — Não estive com ninguém nos últimos quatro meses. Isso ajuda?

Eu pisco para ele. — Não?

Ele quer perder seu distintivo de devasso?

Ele suspira. — Apesar do que dizem os tablóides, não durmo com tudo que se move. Na verdade, normalmente só faço sexo quando estou em um relacionamento, e minhas viagens constantes não são exatamente propícias a isso.

Uau. Sua busca por emoções soa tão ruim para os relacionamentos quanto minha carreira mágica será assim que decolar.

Mais importante, ele não é realmente um promíscuo?

E ele está limpo?

É difícil envolver minha mente distorcida.

Se isso for verdade, posso beijá-lo e não morrer. Não seria muito diferente de comer iogurte... já que sua boca está repleta de bactérias, mas nenhuma delas é uma ameaça.

Eu também posso lambê-lo.

E fodê-lo.

Exceto que todas essas opções ainda parecem assustadoras, apesar dos papéis.

Eu respiro e lentamente solto. — Você pode colocar sua mão assim? — Eu levanto minha mão como se estivesse prestes a jurar sobre a Bíblia – ou a biografia de Houdini.

Flexionando o bíceps, ele faz o que eu digo.

— Posso tocar na sua palma? — pergunto.

Ele acena com a cabeça, seus olhos castanhos curiosos.

Eu me aproximo dele, como se eu estivesse dando-lhe um high five em câmera lenta.

Quando nossas palmas estão separadas por um fio de cabelo, eu paro.

Nossa pele está tão próxima que posso sentir o calor irradiando de sua palma.

Mais alguns milímetros e eu poderia sentir meu primeiro toque humano em muito tempo.

Apenas minha palma não se move mais.

Fechando meus olhos, eu equilibro minha respiração para me acalmar, mas quando eu os abro novamente, minha palma teimosa não se move.

Eu solto minha mão em frustração.

É uma expressão de pena no rosto dele?

— Por que não posso fazer isso agora? — Eu pergunto, mais eu do que ele. — Os germes não são mais problema.

Ele abaixa a mão. — Está tudo bem, *myodik*. Não fiz esses exames para apressar você em nada, apenas para lhe dar paz de espírito.

— Você não entende — murmuro. — Isso é exatamente como o que aconteceu no hospital.

Linhas de preocupação cruzam sua testa. — Que hospital?

Explico o que aconteceu com Clarice, terminando com: — E eu estava de traje, então, estava segura, mas não conseguia entrar.

Ele escova os dedos sobre a cicatriz desbotada que o gato idiota lhe deu.

— Eu sei que meu lance com gato não é a mesma

coisa, mas posso simpatizar. Quando eu encontro um, racionalmente sei que a criaturinha não é mais perigosa do que algo como surfar, mas isso não ajuda.

Aliso meu cabelo com as palmas das mãos. — É exatamente isso. Tenho dito a mim mesma que estou simplesmente sendo cuidadosa. Que eu estava evitando germes. — Abaixando minhas mãos, eu olho para ele com cansaço. — Você deve pensar que não tenho jeito.

— Não — ele diz suavemente. — Acho que você é mais forte do que pensa.

Eu me levanto e me afasto. Ele está errado. Estou prestes a desmoronar.

Ele não entende. Esta é uma mudança de paradigma para mim. Achava que era simplesmente mais inteligente do que todo mundo, mas descobri que não sou diferente de minha irmã Blue com sua fobia de pássaros. Pior talvez.

Ela não tem medo de pássaros que não estão lá.

Em algum nível, talvez eu sempre soubesse que tinha um problema. Em vez de usar luvas o tempo todo, eu poderia simplesmente lavar minhas mãos depois de tocar nas pessoas, mas não o faço. Não me sinto confortável tocando em ninguém, não importa o que a ciência diga.

Sem minhas luvas, sinto-me nua.

Espere um segundo.

Estou sem luvas agora, mas não me sinto assim.

Isso conta como alguma coisa, certo?

— Você gostaria que eu a distraísse de tudo o que

está acontecendo em sua cabeça? — Tigger murmura, e me viro para encontrá-lo parado ao meu lado.

Eu mergulho em seus olhos felinos. — Como?

A sugestão de um sorriso curva seus lábios sensuais. — Acho que é hora de sua aula de terapia de exposição.

Capítulo Dezenove

Sim.
Estou distraída, sim. Tão superestimulada por hormônios, na verdade, que eu entro no *ováriobustão* em um piscar de olhos.

— Que tipo de lição você tem em mente? — sussurro.

Ele gesticula o dedo. — Me siga.

Coração na garganta, eu obedeço.

Não surpreendentemente, ele me leva para seu quarto.

— Um segundo. — Ele tira dois pacotes volumosos de seu armário e os coloca na cama gigante, depois os desenrola.

Eu franzo a testa para as luvas e o capacete preso às coisas parecidas com macacões.

— O que é isso?

— Trajes de realidade virtual — diz ele. — Achei que você estaria familiarizada com eles. Eles são o resultado de um projeto no qual sua irmã gêmea estava trabalhando.

Eu pisco em surpresa. Eu sei exatamente do que ele está falando. Os trajes foram desenhados pela nova melhor amiga de Holly – a da pasta de vibradores.

No momento em que soube disso, adorei a ideia. Os trajes permitem que você tenha experiências sexuais realistas sem tocar em ninguém. É como se eles tivessem sido feitos pensando em mim. Conseguir um está na minha lista de desejos quando tiver dinheiro para gastar, especialmente porque a RV é uma das melhores maneiras de fazer terapia de exposição.

Exceto, como ele os tem?

— Eles ainda não estão disponíveis para o público em geral — digo. — Pedi à minha irmã que me avisasse quando eles fossem colocados à venda.

Tigger assente. — São protótipos. A empresa de capital de risco do meu irmão financiou o projeto, então, ele foi capaz de puxar alguns cordões e conseguir isso para mim. Achei que poderia ter sido um bom backup caso meu atestado de saúde não fosse cem por cento... ou se eu estivesse limpo, mas você não se sentisse pronta para pular na cama comigo.

Pular na cama com ele.

Essa é a próxima fase do treinamento?

Se não fosse por minhas preocupações com o Everest – e minha incapacidade de tocá-lo, eu diria "sim, por favor".

Como está, eu desdobro o traje de realidade virtual e o vejo fazer o mesmo.

— É estéril — diz ele. — Eu cheguei.

Bem, isso é bom. De acordo com as instruções, você usa essa coisa nua.

Meu coração bate mais rápido e um calor se espalha pelo meu rosto.

Ele vai me fazer desviar o olhar quando tirar a sunga?

Devo fazer ele se virar quando eu tirar meu maiô?

— Vou te dar um momento — diz ele e abre a porta do quarto.

— Você não tem que sair — eu deixo escapar. — Você me mostrou o seu. É justo que eu mostre o meu.

Seus olhos adquirem um brilho predatório. — Tem certeza?

Em vez de perder tempo respondendo, tiro a parte de cima do maiô, ignorando a queimação no rosto.

Suas narinas dilatam e a lycra na Speedo parece que está prestes a rasgar. Antes que isso aconteça, ele empurra a Speedo para baixo, liberando Sua Dureza Real.

Com um gole alto, tiro a parte de baixo do meu maiô.

Ficamos ali por alguns instantes, bebendo um do outro. Seu corpo é todo músculos brilhantes e pele lisa e bronzeada, cada centímetro dele gloriosamente masculino.

— Linda — ele rosna, seus olhos me devorando.

Faço minhas cordas vocais funcionarem. — Obrigada. — Agarrando o traje de realidade virtual, ajusto desajeitadamente as tiras.

— Deite-se — ele ordena. — É mais seguro colocar dessa forma.

Eu obedeço e rapidamente coloco o traje. Quando coloco o aparelho de realidade virtual, sinto a cama afundar. Ele deve estar deitado do outro lado agora, apenas um pequeno rastejar de distância.

Ouço o farfalhar do material enquanto desliza sobre seu corpo e sinto ciúme do traje.

Eu quero ser a única cobrindo seu corpo duro e delicioso.

— Preparada? — ele pergunta.

— Sim.

— Ligue.

Eu faço isso. Agora, o traje e eu estamos ligados.

Um painel de realidade virtual aparece no ar na minha frente. Possui apenas um aplicativo, representado por uma esfera dourada.

— Deve haver apenas um ícone lá — diz Tigger. — Toque e eu farei o mesmo do meu lado.

Eu cutuco a esfera.

Uau. Minha irmã me disse que essas luvas são boas para fingir sensações táteis, mas eu não esperava que a esfera fosse tão lisa e redonda. Afinal, é apenas um ícone bobo.

O traje ganha vida e aperta meu corpo todo, proporcionando uma sensação de abraço. A visualização também muda. Estou em uma sala branca com mais duas esferas, com o texto pairando acima delas: "Design de Parceiro" e "Usar padrões".

— Tudo bem se eu colocar minha parceira para se parecer com você? — Murmura Tigger.

Eu aceno, então, percebo que ele não pode me ver. — Claro. E você?

— Ficaria honrado se você fizesse seu parceiro virtual se parecer comigo. — Sua voz é baixa e sedutora.

Eu digito em "Design de Parceiro" e, em seguida, escolho "Masculino".

A sala branca se enche de cabeças masculinas soltas.

Isso é para ser assustador?

— Acho que você apenas acena com as mãos para mover as cabeças — diz Tigger.

Sim. As cabeças voam para frente e para trás ao meu comando até que localizo uma com um rosto que mais se assemelha ao de Tigger.

"Mudar o queixo?", o aplicativo pergunta.

Eu o faço, então, continuo mudando características até que uma versão ligeiramente computadorizada do rosto de Tigger está me encarando.

— Os corpos são os próximos — diz Tigger. — Acho que é bom termos nos visto. Não há necessidade de usar a imaginação aqui.

Com certeza, "Tipo de parte superior do corpo" é a próxima escolha. Recrio seu torso em cada detalhe de dar água na boca e, quando termino, a cabeça se fixa em sua barriga.

O próximo passo será o que eu penso?

Sim. Cada centímetro do espaço virtual fica cheio de paus.

Grande. Micro. Grosso. Fino. Cores diferentes. Espécies diferentes. É como aquela caixa com vibradores do outro dia, mas com esteróides grandes.

Eu opto pelo maior do grupo, embora seja uma aproximação pálida de Sua Dureza Real – um pouco como aquele rosto CGI é uma cópia crua do rosto real de Tigger.

Ah, bem. Os necessitados de RV não podem escolher.

A próxima escolha são as pernas, depois, os traseiros.

— Ei — digo. — Não dei uma boa olhada na sua bunda.

— Também não vi a sua em detalhes suficientes — diz ele. — Teremos que usar nossa imaginação para isso.

— Ok. — Eu examino todas as opções. — Caso você esteja se perguntando, a minha tem um buraco.

Por alguma razão, algumas das opções em exibição carecem desse detalhe anatômico, e algumas têm, mas com um plugue anal CGI adornado – colocação descarada do produto, sem dúvida.

— Sua bunda tem covinhas? — ele pergunta.

— Não. A sua?

— Eu acho que sim.

Hmm.

Pronto. Finalmente terminado.

Como que para comemorar, o Tigger virtual faz uma dança de stripper para mim.

Este *ováriobustão* pode acabar explodindo em vários ovários.

A respiração de Tigger engata. A minha versão virtual deve estar fazendo esse tipo de dança para ele.

Safadinha.

Duas novas esferas aparecem: "Multijogador" e "Independente".

— Presumo que estejamos no modo multijogador — digo.

— Sim. Escolha isso e, em seguida, 'Conecte-se à rede local'.

Depois de fazer isso, tudo fica branco por um momento. Quando minha visão retorna, o Tigger virtual está a poucos centímetros de mim, sua postura me lembrando da graça predatória do príncipe real.

Em termos de aparência, no entanto, ele ainda é a mesma pálida aproximação do negócio real – da cabeça aos pés.

Na verdade, os dedos dos pés CGI parecem surpreendentemente reais.

— Estenda sua mão do jeito que você fez antes — digo sem fôlego.

Seu avatar acena com aprovação e faz o que eu peço.

Estendo a mão e toco sua palma virtual do jeito que era covarde demais para fazer antes.

Mais uma vez, a tecnologia das luvas me surpreende. É como se estivesse fazendo isso usando minhas luvas normais.

Quão realista é esse traje?

Para ter uma ideia – e porque sonhei com isso por tanto tempo – pego sua mão e coloco no meu seio virtual.

O rosto do Tigger virtual está impassível, mas sei que ele gosta disso porque posso ouvi-lo inspirar profundamente no mundo real. Ele segura meu seio, amassa e aperta suavemente meu mamilo.

Pelo código binário de Houdini, como eles fizeram isso parecer tão real?

Uma onda de prazer desce até minhas regiões inferiores.

Incapaz de me conter, eu corro minha mão em seus peitorais e abdominais até chegar à Dureza Real.

O bom da RV é que ele não pode me ver corar como a donzela que sou. As texturas de tudo parecem incríveis. Estou além de excitada agora. Se este traje não for à prova d'água na área da virilha, ele pode entrar em curto-circuito a qualquer momento.

— Você pode sentir? — Eu pergunto roucamente enquanto o acaricio para cima e para baixo.

— Oh, sim.

Essa resposta quebra a ilusão de RV porque as palavras não vêm da boca do avatar, mas eu não me importo. Estou na fábrica de chocolate de Charlie de novo, apenas meu diabetes está curado.

— Você pode me tocar? — pergunto.

— Porra, sim. — Sem soltar meu seio, ele desliza a outra mão pela minha barriga.

Uau. Eu sinto. Talvez não tão intensamente quanto no meu seio, mas definitivamente sinto o movimento.

Quanto custa esse traje? É a melhor invenção desde a roda.

Sua mão continua sua jornada maravilhosa mais para baixo, até chegar às minhas dobras virtuais.

— Droga — suspiro quando as sensações táteis agradáveis alcançam meu clitóris. —Você está me tocando por cima do traje?

— Não. — Sua voz é áspera. — Esta tecnologia é genial.

Oh, é sim. Seus dedos virtuais inteligentes estão acariciando meu clitóris, aplicando a quantidade certa de pressão.

Um orgasmo se constrói em meu núcleo.

Um gemido escapa dos meus lábios, e eu acaricio Sua Dureza Real mais rápido.

O gemido de Tigger é minha recompensa.

Estou tão perto de me liberar que posso sentir o gosto.

Eu movo minha mão mais rápido.

Ele acelera seus golpes no meu clitóris.

Sim. Sim!

— Por favor, não pare — ofego, apertando-o com mais força.

E, naquele momento, a porra do latido começa.

Capítulo Vinte

$\mathcal{E}$xistem coisas como alucinações pré-orgasmo? Se sim, por que eu teria alucinações com latidos de cachorro? Meu tesão não oscila dessa forma.

O latido fica mais alto e percebo que há pelo menos dois cães fazendo o som.

Tigger afasta a mão. Seu tom está cheio de frustração. — É melhor sairmos dos trajes.

Merda. Então não era uma alucinação.

Eu me sento e arranco o aparelho da minha cabeça, e me deito para tirar o traje de realidade virtual.

Ele já está vestindo seu calção e segurando meu maiô para mim. Ai, esses exercícios da escola militar.

Ruborizando novamente com seu olhar aquecido, coloco o maiô e o sigo para a sala de estar.

Não é de surpreender que o latido venha de dois cães soltos: o panda e o coala, também conhecidos como Caradog e Mefistófeles. Cada um deles tem o pedaço de pano na boca e o puxa em direções opostas.

Impressionante. Aposto que não seria capaz de latir com tecido na boca.

O que é surpreendente é o cara de pantalonas esparramado no chão, os pés emaranhados nas coleiras.

Os cães o amarraram para que pudessem brincar de cabo de guerra canino?

Espere um segundo.

Eu estreito meus olhos para o pano que eles estão puxando – assim que ele se rasga em duas metades irregulares. — Esse é o meu vestido!

Tigger grita alguma coisa em Ruskoviano.

Caradog se senta imediatamente, e um pedaço esfarrapado do meu vestido coberto de baba cai de sua boca.

Mefistófeles continua a rasgar sua metade do vestido.

Tigger repete o comando com mais nervosismo na voz.

Mefistófeles olha para cima com olhos de cachorrinho. Seu olhar parece dizer: "Eu sou inocente. Eu fui incriminado."

Os óculos de proteção de Caradog apontam diretamente para o cachorro menor, e ele produz o rosnado assustador que ouvi quando Wally segurou a faca.

Parecendo envergonhado, Mefistófeles se senta com um gemido, mas não solta o pequeno pedaço de vestido que ainda está em sua boca.

Tigger se aproxima e cruza os olhos com o do cachorro. — Não se atreva a engolir isso.

Mandão. Se eu tivesse algo na boca e ele não quisesse que eu engolisse, eu cuspiria imediatamente. Ou engoleria se isso é o que ele queria.

Mefistófeles geme com mais pena e finalmente cospe o pano.

Lembro-me dos anúncios de cerveja mais uma vez:

Ele ensinou aos cães velhos uma variedade de novos truques.

Certa vez, ele ensinou um pastor alemão a latir em espanhol.

— Bom menino — Tigger diz e ajuda o cara de pantalona a se levantar.

O cara lança um olhar para mim. Percebendo isso, Tigger diz algo afiado em Ruskoviano. Não é preciso muita imaginação para adivinhar a tradução: "Não fique boquiaberto com a mágica quase nua."

O cara responde em Ruskoviano.

— Fale em inglês — grunhe Tigger.

— Eu sinto muito — diz o cara com um forte sotaque do Leste Europeu, seu olhar o mais longe possível da minha pele nua. — A consulta com o veterinário deve tê-los deixado superexcitados.

Consulta no veterinário?

— Fique de olho neles — Tigger diz ao cara imperiosamente. Virando-se para mim, ele suaviza seu tom. — Vamos pegar algo para você vestir.

Sério, por que eu gosto desse lado mandão de Tigger? Toda a minha vida me disseram que tenho problemas com autoridade.

Pisco para Mefistófeles para mostrar a ele que não

guardo rancor, então, sigo seu mestre para o quarto e vejo enquanto ele puxa uma regata e um jeans rasgado.

— Experimente isso. — Ele coloca as roupas em minhas mãos e sai para a sala.

Visto a regata. É muito longa e a parte de cima do meu maiô é visível de lado, mas depois de enfiar a parte inferior da regata no jeans e dobrar a bainha da calça, pareço semi-apresentável. O jeans boyfriend é ótimo – se você puder chamá-lo assim quando o cara não é seu namorado. Tudo que eu preciso agora é...

Tigger entra de volta, carregando um cinto. — Eu tive que tirar isso do seu arranjo de flores.

Eu coloco o cinto em meu jeans. — Bem, isso foi uma loucura.

Ele faz uma careta. — Assumo total responsabilidade. Eles são meus cachorros.

Eu balanço minhas sobrancelhas. — Parece que você está me devendo.

Ele acena com seriedade. — Qualquer coisa que você quiser, é só me avisar, além de um vestido novo, é claro. É uma promessa.

Eu não sei o que me dá para dizer as próximas palavras. Se eu não soubesse melhor, acusaria minhas irmãs de me hipnotizar quando conversamos mais cedo.

— Eu quero que vá comigo encontrar meus pais para jantar.

Não. Idiota. Durma com ele primeiro. Quando ele encontrar as unidades octo-parentais, o jogo acaba.

Ele inclina a cabeça. — Você faz isso soar como um grande favor. Eu adoraria conhecer seus pais.

Por que estou sabotando esse não-relacionamento?

— Quando você conhecer meus pais, verá como isso é um grande favor.

Ele não parece intimidado. — Quando?

Pego meu telefone. Tenho dez mensagens não lidas da Octomãe sugerindo que nos encontremos "amanhã".

Até agora ignorei pelo menos cinco amanhãs.

A culpa me atinge. Eu sou uma filha ruim. Eu deveria ter respondido antes, mas não consegui fazer isso.

Minha irmã gêmea não entende isso, mas havia um bom motivo pelo qual pedi a ela que fingisse ser eu, permitindo-me pular esse maldito almoço, e não foi esse o motivo que dei a ela: que eu não queria nosso pais me incomodando com minha vida amorosa. Bem, é em parte isso. Mas, principalmente, estou farta da mentira que tenho vivido na frente da minha família, a mentira de ser filha/irmã *sem* problemas de intimidade.

A mentira que fica cada vez mais profunda cada vez que falo com meus pais, graças à obsessão deles por tudo que gira a respeito de sexo.

— Voce está livre amanhã? — pergunto com cautela.

— Claro — responde Tigger.

Eu mando uma mensagem de volta para Octomãe e vejo se um jantar amanhã vai funcionar.

A resposta é instantânea:

Finalmente. Que tal às 19h? Onde?

Depois de uma verificação rápida com Tigger, dou a

ela a localização – o restaurante mais limpo em que já estive: Magia Pan Tumaca.

Quando voltamos para a sala de estar, os cachorros estão comendo comida de suas tigelas e os farrapos do meu vestido foram limpos.

Corro para o sofá para ter certeza de que minha bolsa e luvas sobreviveram.

Ufa.

Calço as luvas e penduro a bolsa no ombro. — Eu preciso ir.

— Um segundo, por favor. — Tigger vai até a babá do cachorro e pega uma pilha de papéis que o homem preparou. Ele então examina os papéis com aprovação antes de entregá-los para mim.

Eu os examino.

Eles parecem ser resultados de exames.

Ele esqueceu que eu já vi seu atestado de saúde?

Espera. Os nomes nos papéis são Caradog e Mephistopheles Cezaroff, não Anatolio.

São os resultados da saúde dos cães.

Eu viro as páginas. Droga. Até mesmo seus caninos estão livres de doenças sexualmente transmissíveis. Por que ele os testou para isso?

Devo dizer a ele que minhas dobras não funcionam dessa forma?

— Pedi ao veterinário que testasse tudo o que a ciência conhecia — diz ele, como se lesse minha mente. — Não quero que você se preocupe com meus bebês de pelo quando vier visitar.

— Uau. Obrigada. — Sentindo-me mexida, eu devolvo os papéis.

Ele coloca os papéis sobre os dele. — Eu também posso treiná-los para não te lamber ou se esfregar contra você, o que você precisar.

Os cachorrinhos devem saber que ele está falando sobre eles porque olham para ele, depois, para mim.

— Eles podem se esfregar contra mim se eu estiver vestida — digo. — Na verdade, posso acariciá-los?

Assentindo, Tigger repete o comando anterior.

Caradog é novamente o primeiro a se sentar, mas, eventualmente, Mefistófeles também o faz.

Reajustando minhas luvas, vou até o cachorro maior e acaricio suavemente seu pelo.

O rabo de Caradog começa a balançar, e os olhos atrás dos óculos se fecham de prazer.

Mesmo com as luvas, seu pelo parece mais áspero do que eu esperava. Isso me lembra um burro em vez de um panda. Não que eu já tenha acariciado um panda.

Um sorriso bobo se espalha pelo meu rosto. Esta é a segunda vez hoje que canalizo minha infância. Na fazenda dos meus pais, tínhamos todo um zoológico de animais exóticos e mundanos para brincar. Hoje em dia, eu só tenho acesso a um gato, Hannibal, mas ele só deixa Clarice acariciá-lo e, mesmo assim, apenas quando ele tem vontade.

Mefistófeles choraminga.

— Você está com ciúmes, hein?— Eu sussurro, então, me aproximo e acaricio o patife.

O pelo deste aqui atende às minhas expectativas, pois é assim que eu sempre imaginei que um coala seria.

Levanto os olhos e vejo Tigger me olhando com uma expressão estranha no rosto.

Eu limpo minha garganta. — Você tem guloseimas redondas por acaso?

Tigger olha incisivamente para a babá do cachorro.

O cara acaba tendo bolsos nas calças e vasculha até o ponto em que se pode suspeitar que ele está brincando consigo mesmo. Eventualmente, ele puxa dois objetos parecidos com biscoitos.

Pego o primeiro biscoito e me ajoelho na frente de Caradog.

O panda parece animado com a perspectiva da guloseima, mas alimentar não é o que tenho em mente.

Recentemente, ouvi que você pode enganar cães com mágica de prestidigitação, mas não tive a chance de tentar.

Eu pego o biscoito com o dedo para que o cachorrinho possa ter certeza de que eu o tenho, e então eu executo um truque de iniciante apresentado em todos os livros sobre magia de moedas – faço-o desaparecer bem na frente do grande nariz molhado do meu espectador.

Quando mostro minhas mãos vazias da guloseima, os olhos de Caradog se arregalam comicamente por trás do óculos.

Eu acho que se ele fosse humano, ele esfregaria aqueles olhos com suas patas peludas.

Ele fareja o ar e sua confusão se aprofunda. Sem dúvida, ele ainda pode sentir o cheiro do biscoito por perto.

Para minha alegria, Tigger e a babá também parecem surpresos. Não devo ser tão ruim em magia com moedas quanto pensava.

— Agora observe — digo ao cachorro parecido com o panda e executo o truque de mágica mais clássico da história: fazer uma moeda – ou, neste caso, um biscoito – aparecer da orelha de uma criança... ou de um cachorro.

Tigger e seu lacaio aplaudem. Por sua vez, Caradog não perde tempo. Cuidando dos meus dedos, ele arranca a guloseima das minhas mãos antes que desapareça novamente.

Mefistófeles choraminga novamente.

— Eu não esqueci de você.— Pego o segundo biscoito e repito o show.

Mefistófeles não parece tão surpreso quanto Caradog quando o biscoito desaparece, mas fica em êxtase extra quando ele aparece de seu ouvido.

— Isso não é justo — diz Tigger quando me levanto. — Eu também quero um truque.

Eu estava pronta para isso.

Abrindo minha bolsa, tiro os adereços que trouxe apenas para esta eventualidade – três anéis de metal.

— Verifique isso. — Entrego dois anéis para Tigger e um para a babá.

Tigger examina os anéis com cuidado, sem dúvida procurando por buracos secretos.

É errado que eu queira que ele verifique *meus* buracos, secretos ou não?

Quando os anéis estão de volta em minha posse, eu executo outra rotina clássica: primeiro os dois anéis se ligam "magicamente", depois os três.

Desta vez, são apenas meus espectadores humanos que estão maravilhados. Os cães agem como metal penetrar metal fosse possível, e talvez seja na versão canina das leis da física.

Acho que eles esperam uma partida de Frisbee com os anéis.

Tigger troca um olhar confuso com a babá. — Isso é simplesmente impossível.

— Verifique novamente. — Entrego a Tigger o arranjo de três anéis para que ele possa ter certeza de que agora estão todos interligados. — Guarde isso como uma lembrança — eu digo com um sorriso arrogante. — Talvez você possa descobrir depois que eu sair.

Ele balança a cabeça e caminha até o arranjo de flores. — Falando em lembranças, não se esqueça disso.

Depois que pego minhas flores, Tigger liga para alguém em seu telefone.

— Uma limusine vai te levar para casa — ele diz um momento depois. — Isso também é para você. — Ele me entrega uma caixa.

Quando vejo o que está dentro, eu rio.

São pinças novas. Eu resisto à vontade de perguntar o que ele fez com as que estão substituindo.

— Tchau. — Aceno para os cães e sua babá.

Tigger abre a porta para mim e me leva até o elevador. — Treinamento amanhã?

O revoar das pombas volta na minha barriga.

— Claro. Quando você está livre?

— À tarde, antes do jantar?

Eu balanço minha cabeça, sem saber o que mais fazer. Estou ficando cada vez mais inquieta quando se trata do treinamento estúpido de mergulho livre, mas não sei como sair disso.

O elevador se abre.

— Mais tarde — ele diz.

Eu entro e pressiono o botão do andar do saguão com um dedo instável.

Capítulo Vinte E Um

*A*ssim que as portas do elevador se fecham, me pergunto por que fui embora. A babá do cão não poderia ter observado os dois ursos enquanto Tigger e eu voltávamos para o quarto?

Tarde demais agora.

A pior parte é que já sinto falta dele.

O que há de errado comigo? Estou delirando o suficiente para acreditar que ele gosta de mim?

Ele não quer. Ele não pode. Sou apenas um desafio, nada mais.

Além disso, ele é um príncipe e eu não sou ninguém. Ainda não tenho ideia se ele pode namorar uma plebeia, além de uma aventura curta. Ademais, ele é um cliente – e para quem estou mentindo sobre minha experiência de prender o fôlego.

A única coisa que mudou hoje é que ele não está cheio de germes como eu temia quando pensei que ele era um devasso. Não que saber disso tenha ajudado meus problemas de intimidade.

No momento em que o elevador abre, estou quase feliz por ter saído quando o fiz. Eu corria o risco de ter aqueles sentimentos furtivos que tenho tentado evitar.

Meu passo fica mais confiante conforme eu caminho pelo saguão, pelo menos até quase tropeçar em um pavão.

Blue realmente teria um ataque de pânico neste lugar.

A limusine já está esperando por mim quando eu saio e, quando partimos, percebo algo interessante.

Estou vestindo as roupas de Tigger e não sinto nenhum nojo. Normalmente não sou tão legal, nem mesmo com minha irmã gêmea. Se eu der minhas roupas a ela, nunca as peço de volta e certamente nunca peço nada emprestado dela ou de qualquer uma das minhas outras irmãs.

Por falar em demônios, tenho mensagens de minha irmã gêmea e de Blue. Eu mando uma mensagem de volta, atualizando-as sobre o que aconteceu. Elas respondem imediatamente, cada um empolgada por eu levar Tigger para jantar com nossos pais.

No meio das trocas de mensagens, chega uma de Wally. Ele quer sair depois de amanhã. Digo a ele para me encontrar na cafeteria às onze, já que Tigger não parece ser uma pessoa matutina quando se trata de treinamento.

———

Em casa, minhas colegas de quarto zombam da minha muda de roupa.

— É o famoso truque do vestido desaparecido — diz Harry com um sorriso.

— Na verdade, estou com inveja. — Clarice inclina seu chapéu de pirata para mim. —Eu sempre quis que alguém rasgasse meu corpete no auge da paixão selvagem.

Eu digo a todas para enfiarem suas piadas em seus buracos, pego um pouco de jantar e levo para o meu quarto.

Enquanto como, pesquiso ideias para o treinamento de Tigger amanhã, e meu sentimento de desconforto sobre minhas mentiras e seu eventual mergulho livre se aprofunda. O que eu estou fazendo? Eu olho um site após outro, procurando uma maneira de apaziguar minha consciência culpada, então, me deparo com um conceito que realmente desperta meu interesse. Tanto é verdade, que mando uma mensagem para Tigger perguntando se ele tem um momento para conversar por vídeo ou por telefone.

Podemos fazer isso em uma hora?, ele responde. *Passeando com os cachorros no parque.*

Eu concordo, sorrindo para a imagem mental.

Quando coloco meu telefone de lado, meu sorriso vira de cabeça para baixo. Uma coisa que não me permiti pensar até agora é o outro lado da moeda.

Seu treinamento em mim.

Não fizemos planos para isso, o que é bom. Se eu quiser ficar segura, em termos de sentimentos, provavelmente deveríamos parar com isso completamente. Mas se pararmos, o que farei quanto à terapia de exposição? Não estou disposta a entrar para o convento ainda.

Acho que uma coisa que posso fazer é voltar ao normal: pornografia. Na verdade, essa pode ser uma boa maneira de matar a hora enquanto espero a conversa com Tigger.

Trancando minha porta, eu ligo a pornografia e procuro algo que nunca experimentei antes.

Interessante. Há todo um gênero que eu nunca vi: dupla penetração ou DP.

Eu deixo um vídeo rolar.

Uau. Como o termo indica, a mulher pega dois pênis, um na bunda e outro na vagina.

Hmm. Não estou tão assustada quanto normalmente estaria. Estou ficando melhor nessas coisas de sexo, ou há algo nesse ato que eu realmente gosto?

Eu acabei de descobrir minha tara – ser preenchida como um peru?

Não faço ideia, mas tenho dois vibradores para o caso de querer descobrir. Como um bônus, eu poderia queimar a energia sexual de um dia inteiro gerada olhando para Tigger quase nu, sem mencionar nosso encontro em RV.

Tirando os brinquedos, vejo alguns dos meus preservativos com sabor de cereja que seriam apropriados para esta ocasião. Comprei o primeiro lote no dia fatídico em que tirei minha virgindade e continuei comprando depois de brincadeira. Seria simbólico se eu usasse um desses para tirar minha virgindade de bunda – e minha iniciação no mundo de DP também, presumindo que eu vá em frente com isso.

Eu examino os vibradores.

Bem. Para ter alguma chance, o Príncipe Regente teria que ir na frente.

A grande questão é: o cara menor pode caber na parte de trás?

Realmente chegamos a este ponto? Um santo plugue anal? Aposto que você não vai se incomodar em me tirar da sua bunda quando eu entrar.

Hmm. Um plugue anal. Essa pode ser uma ideia melhor. Pena que eu não tenho um.

Quanto mais eu olho para o vibrador menor, menos eu acho que ele vai caber, muito menos permitir que eu mesma faça DP.

Muito grande? É tarde demais para elogios neste momento.

Tive uma ideia. Algo que provavelmente deveria ter tentado há muito tempo.

Vou até minha mesa, pego um par de luvas de látex e um frasco de lubrificante, vou até o banheiro e tranco a porta.

Meu dedo é bem pequeno. Menor do que um plugue anal.

Além disso, onde estou prestes a ir com meu dedo é provavelmente a terapia de exposição definitiva.

Antes que eu me acovardasse ou uma colega de quarto batesse na minha porta, coloco a luva, lubrifico um dedo e coloco suavemente a ponta onde o sol não brilha e onde ninguém esteve antes.

Não. A sensação de queimação não é nem um pouco divertida.

Pode ser apenas "saída" quando se trata desse buraco – sem DP para mim, ao que parece.

Mas, ei, estou orgulhosa de ter sido capaz de fazer isso.

Eu descarto a luva e tomo um banho.

Voltando ao meu quarto, tiro DP da minha cabeça. Uma visita regular ao Príncipe Regente é a solução.

Sim, baby. Use-me. Talvez pegue um pouco daquele iogurte na geladeira para que você possa pingar em cima de si mesma depois.

Hmm. A ideia do iogurte não é tão ruim.

Pego o vibrador ansiosa e inicio o aplicativo de telefone que o controla.

Quando pressiono o botão "vibrar", minha tela se ilumina com uma videochamada do Tigger – e acidentalmente clico em "aceitar".

Capítulo Vinte E Dois

*E*stou segurando um vibrador.

Em uma chamada de vídeo.

Um vibrador enorme – embora eu não tenha certeza se isso faz diferença.

Sim, baby, quando se trata do Príncipe Regente, o tamanho é muito importante.

Estou tentada a largar o vibrador, mas a mágica em mim sabe que isso só traria mais atenção para ele.

Tarde demais, de qualquer maneira.

Os olhos de Tigger fixam-se no vibrador e seus lábios se curvam em um sorriso malicioso.

— Legal, *myodik*. Amei a sua iniciativa.

Eu largo o Príncipe Regente então, e ele bate no meu pé dolorosamente.

O que você esperava? O Príncipe Regente é enorme.

Fazendo o possível para não estremecer, digo: — Não era sobre isso que eu queria falar com você.

Ele arqueia uma sobrancelha. — Tem certeza?

Eu luto contra o desejo de abanar meu rosto em chamas. Negócios. Trata-se de negócios.

— O quanto você é purista quando se trata de mergulho livre? — Eu pergunto em um tom de negócios. *Bom trabalho, Gia.*

Ele passa a mão pelo cabelo escuro. — O que você quer dizer com isso?

— Qual é a sua motivação para o mergulho livre? Você disse que queria explorar um lago subterrâneo onde o equipamento de mergulho é proibido. Mas você tem que ter ar regular em seus pulmões quando faz isso?

Ele encolhe os ombros.

— E se, em vez de engolir ar antes do mergulho, você respirasse nitrox, uma mistura de oxigênio e nitrogênio do tipo que eles usam durante um mergulho autônomo? Isso deve reduzir os problemas se você for muito fundo, permitir que você fique debaixo d'água por mais tempo e com maior conforto, e tornar tudo mais seguro.

Ele coça o queixo. — Pode ser. Parece um pouco como trapaça.

— Eles chamam isso de mergulho livre técnico — digo — Para mim, parece mais um truque de mágica.

Pronto. Isso é o mais perto que estive de dizer a ele que minha ilusão subaquática era apenas isso, uma ilusão.

Ele sorri, seus olhos castanhos enrugando nos cantos. — Bem, você é minha treinadora, então, se você acha que é isso que eu devo fazer, eu farei.

Eu faço uma expressão séria. — Eu ordeno que você use nitrox.

Ele me dá uma saudação militar. — Sim, senhora. Vou conseguir o gás.

Eu rio. — Nesse caso, aqui está uma maneira que você *pode* enganar o sistema: bombear seu bumbum com oxigênio, aprender a peidar em pequenas doses e capturar as bolhas com o nariz. Isso seria uma trapaça adequada.

Ele sorri. — Que tal focarmos na pré-respiração da mistura de gás por enquanto? Vou obter algumas proporções diferentes e podemos experimentá-las na piscina. Vai levar alguns dias, no entanto. O que faremos nesse ínterim?

— Por que você não dorme em uma tenda hipóxica até então? — Eu digo. — Podemos retomar o treinamento da piscina assim que você tiver o gás.

Ele me dá uma carranca simulada. — Então, nenhum treinamento amanhã?

Eu pisco. — Você me verá no jantar.

E, com sorte, vou pensar em uma maneira de dizer a ele que não quero mais que ele me treine nas artes sexuais. Mais tempo deve ajudar com isso.

— Isso é tudo? — ele pergunta.

— No que diz respeito ao seu treinamento, sim — digo, não gostando do quão aquecido seu olhar está se tornando.

— Excelente. Agora é a minha vez de treiná-la — diz ele. — Pegue o vibrador e lave-o.

Bem, tanto para postergar no treinamento de

Tigger. Não há como desistir agora. Minha boceta me renegaria.

Corro até Manny, torço sua cabeça e coloco meu telefone em seu pescoço.

— Espere — digo a Tigger enquanto pego o Príncipe Regente do chão e corro para o banheiro para limpá-lo.

Um tratamento real. Adequado a uma figura da estatura do Príncipe Regente.

Quando eu volto para o meu quarto, verifico se a porta está trancada, rolo um preservativo no Príncipe Regente e passo o lubrificante antes de voltar para a visão da câmera.

— Qual é o aplicativo que controla o brinquedo? — Pergunta Tigger.

— Procure por Belka — digo e o conduzo através do processo de instalação e sincronização de seu telefone com o Príncipe Regente.

— Agora — Tigger diz quando tudo está pronto. — Eu quero que você tire a roupa e vá para a cama na minha vista.

Não sei por que me preocupei com aquele lubrificante antes. Seu tom de comando envia uma onda de lubrificação natural para o sul.

Corando profusamente, mas certificando-me de que estou à vista da câmera, eu me dispo sedutoramente, em seguida, deito na cama, com as pernas abertas, embora ele não tenha ordenado que eu fizesse isso.

— Boa menina — ele murmura. — Agora, coloque a ponta em seu clitóris.

Eu faço o que ele diz, e ele faz o Príncipe Regente vibrar – com uma mão só.

Droga. Por que isso parece tão melhor do que quando eu estava brincando comigo mesma? Um leve gemido escapa da minha garganta quando sinto o orgasmo subindo em mim. Exceto que eu não deveria ser a única a gozar. Isso é egoísta, certo?

— Fique nu também — eu murmuro, minha voz rouca.

Sem diminuir a vibração, ele coloca o telefone de lado para que eu só veja seu teto, então arranca – ou pelo menos é o que parece – suas roupas.

Antes que eu possa piscar, o telefone está de volta em sua mão e ele está nu de dar água na boca, com Sua Dureza Real mantida firmemente em seu punho.

Isso foi rápido. Ele praticou *isso* na academia militar?

Ele aumenta minha velocidade de vibração, o que, combinado com a vista, me leva ao limite.

Com os dedos dos pés se enrolando, eu gozo com um grito sufocado.

— Agora, deslize para dentro — Tigger rosna. — Lentamente, apenas a ponta por enquanto.

Ao obedecer, fantasio que se trata de Sua Dureza Real me esticando, não um impostor de silicone.

Ele acelera o punho e aumenta minhas vibrações em outro nível.

Pelo consolo de Houdini, isso realmente parece

melhor do que quando eu brinco sozinha. A masturbação deve ser como fazer cócegas: fazer isso a si mesmo é sem graça, mas se suas irmãs malvadas se unirem em você, você pode mijar de tanto rir.

Tigger aperta Sua Dureza Real e grunhe de prazer.

— Deslize mais fundo agora.

Eu faço, e um orgasmo massivo enrola dentro de mim com toda a vibração.

Enquanto ainda posso falar, consigo dizer: — Quando você soltar sua carga, faça-o para a câmera. Finja que você está gozando na minha cara.

Suas pupilas dilatam até o tamanho de moedas.

Pronto. Dois podem jogar o jogo da conversa suja.

Ele aumenta ainda mais a vibração e acelera seus golpes.

Um gemido de prazer é arrancado de meus lábios.

Em seguida, outro.

E outro.

Com um grito, gozo no Príncipe Regente.

Respirando de forma audível, Tigger reposiciona a câmera para que fique a centímetros de Sua Dureza Real.

Splash. Seu esperma jorra como uma fonte.

Engula isso, vídeos bukkake. Isso é muito mais quente.

De repente, minha visão fica de pernas para o ar e Tigger grita uma obscenidade.

Meu cérebro confuso pelo orgasmo leva um momento para entender o que aconteceu: ou ele deixou cair o telefone no calor da paixão ou o esperma o fez escapar de suas mãos.

Um som de batida confirma minhas suspeitas, e então tudo que posso ver é o teto.

A força do impacto deve fazer algo para o aplicativo porque aumenta minhas vibrações além de tudo que eu já senti. Antes que eu possa remover o Príncipe Regente de dentro de mim, eu gozo mais uma vez.

Excelente. Se continuarmos assim, posso desenvolver uma nova obsessão – um tipo de BDSM, mas com telefones. Vou me vestir toda de couro, quebrar um iPhone, chutar um Nokia na tela, misturar um Motorola no liquidificador e afogar um Blackberry na água do vaso sanitário.

Tigger tem sorte de não morar com Hannibal, ou então o telefone teria piolhos de gato a serem lambidos agora. Ele está com os cachorros, mas acho que eles perderam a chance de comer.

Respirando irregularmente, retiro o Príncipe Regente e o desligo manualmente.

No momento em que olho para a tela, o telefone foi resgatado e o rosto de Tigger está olhando para mim com avidez – embora com a câmera salpicada de suco de homem, ele pareça a estrela de um vídeo de bukkake.

— Isso foi divertido — ele murmura.

— Sim. — suspiro. Não consigo dizer a ele que isso era o oposto do que eu tinha em mente quando decidi parar sua versão de treinamento. Meu cérebro está inundado com oxitocina e seu rosto não é menos lindo com o esperma obstruindo minha visão.

Eu mordo meu lábio. — É melhor eu ir.

Ele me dá um sorriso terno. — Sonhe docemente.

Doce? Não.

Molhado? Com certeza.

Meus sonhos proibidos para menores apresentam Tigger a noite toda e, às vezes, um sexo grupal de Tiggers.

— Qual buraco eu entro? — pergunta um dos Tigger nu.

Eu lambo meus lábios com fome e vou para o método que minhas irmãs e eu usamos para selecionar qual de nós seria a vítima de um ataque de cócegas. — Uni, duni, tê. Pegue o pau de Tigger pra você.

Quando meus buracos são escolhidos dessa forma, fazemos tudo, desde DP até bukkake, e meu eu dos sonhos vadia ama cada segundo e cada gota.

Capítulo Vinte E Três

*E*u acordo assustada e tiro meu cobertor.

Oh.

Estou apenas suada. Por um segundo, pensei que estava coberta de porra. Os sonhos molhados foram *bem* reais.

Eu olho a gaveta com o Príncipe Regente. O "treinamento" com Tigger consumiu parte da minha energia sexual na noite passada, mas os sonhos trouxeram tudo de volta com força total.

Meu estômago ronca.

Certo. Talvez eu coma primeiro.

Vou para o banheiro e, depois, para a cozinha.

— Ei — Clarice diz quando eu entro.

Eu sorrio. — Você está mastigando o Capitão Crunch?

Ela sorri de volta. — Você está prestes a devorar Frosted Flakes?

Assentindo, pego a caixa com seu tigre tipo Tigger e

despejo o cereal em uma tigela antes de afogá-lo em leite de aveia.

— Eu acho que ouvi sua pornografia na noite passada — Clarice diz conspiratoriamente. — Espero que você não tenha deslocado nada.

Eu rolo meus olhos. — Uma mulher não beija – ou se masturba – e conta.

Ela ri. — Isso significa que *você* pode beijar e se masturbar e, em seguida, gritar do telhado.

Eu coloco minha língua para fora. — Eu sou totalmente uma dama.

Ela acena com a cabeça daquele jeito "certo, certo" e depois diz: — Então, completamente sem relação com nada, você sabe como se desfazer de brinquedos sexuais usados?

Quase engasgo com meu cereal. — Por quê?

— Estou apenas falando hipoteticamente.

Certo. Hipoteticamente. Alguém claramente não gostou do presente da pasta que a melhor amiga de minha irmã gêmea trouxe.

— Hipoteticamente, você não pode simplesmente jogá-los no lixo?

Ela balança a cabeça. — O material com baterias não deve ir para aterros sanitários. Isso é ruim para o meio ambiente.

Eu franzo meus lábios. — Reciclar?

— Não. Pelo menos não na versão lixo. Acho que poderia levá-lo para o Exército da Salvação... hipoteticamente.

Eu como algumas colheradas em contemplação

pensativa. — E se você simplesmente tirar as baterias e jogá-las fora?

— E se você não puder? — ela diz. — Hipoteticamente.

Ela tem razão. Eu não sei onde residem as baterias do Príncipe Regente.

— Queimar?

Ela me lança um olhar exasperado. — Queimar silicone? Você se lembra de como é feita nossa forma de muffin?

— Espero que não sejam consolos reciclados.

— Silicone — ela diz. — E ele só queima dentro das estrelas, então, se você quisesse derretê-lo, você precisaria de um pouco mais de energia do que nosso forno fornece.

— E se você enterrar?

Seus olhos se arregalam. — E mandar algum cachorro da vizinhança desenterrá-lo e brincar de buscar com uma criança?

— Que tal você transformá-lo em artes e ofícios? — Eu me sirvo de mais leite. — Ou usá-lo para massagear alguma *outra* parte do seu corpo?

Ela zomba. — Estou falando sério.

— Você não pode simplesmente deixá-lo no fundo da gaveta da mesinha de cabeceira, como uma pessoa normal?

— E se eu tiver um ataque cardíaco? — ela diz. — Minha família virá reclamar minhas coisas, e lá estará. Hipoteticamente.

Eu encolho os ombros. — Minha mãe ficaria feliz

nesse cenário e provavelmente o manteria como uma herança de família.

Enquanto falo, minha comida perde todo o sabor. Já posso imaginar Octomãe no mesmo ambiente que Tigger. O terrível acontecimento está a apenas algumas horas de distância.

— Você não ajuda. — Clarice tira o chapéu de pirata e coça o topo da cabeça. — Sobre um assunto diferente, conversei com sua irmã ontem.

Eu mergulho minha colher no cereal. — Oh?

— Sim, mas eu não posso te dizer muito sobre isso. É um assunto privado entre mim e Blue. Tenho certeza de que você entende.

Péssimo isso. Ela está me deixando curiosa de propósito. Provavelmente quer saber sobre os sons pornôs, afinal. Ou, mais provavelmente, ela pode estar tentando trocar a informação por um segredo por trás de uma das minhas ilusões.

Meu palpite é que ela gosta de um dos caras daquela foto do Hot Poker Club. Isso ou ela se apaixonou pelo baralho de cartas que eles estão usando. Afinal, deve ser à prova de água e suor para aquele ambiente.

Sim. Ela deve estar pensando em substituir seu vibrador por cartas à prova d'água. É por isso que ela está planejando jogá-lo fora.

— Boa tentativa — digo. — Tenho certeza de que poderia fazer Blue me dizer o que quer que seja, se eu tentasse.

Ela encolhe os ombros. — Boa sorte com isso.

— Uh-huh, obrigada. — Já que terminei meu café da

manhã, coloco minha tigela na lava-louças e desejo um bom-dia a Clarice.

Voltando para o meu quarto, decido me manter ocupada para evitar entrar em pânico com o jantar. A melhor distração, como sempre, é a mágica, então, trabalho nas rotinas para o show dos meus sonhos.

Esse trabalho é agridoce. Por um lado, adoro a fantasia do meu próprio programa, e dar corpo às rotinas o aproxima da realidade. Por outro lado, estou muito, muito longe de realizar meu sonho. Ainda não sou famosa, então, quem vai me dar uma chance?

Pelo menos o dinheiro que estou recebendo com o treinamento de Tigger me permitirá fazer mais acrobacias para aumentar a visibilidade no futuro, me deixando mais perto do meu objetivo.

Perto do almoço, tenho uma ideia para uma nova ilusão que eu poderia fazer em um grande palco, muito parecido com Teletransportando em *O Grande Truque*. O problema é que eu precisaria – alerta de spoiler – convencer minha irmã gêmea a ajudar. Em uma pitada, as sêxtuplas também funcionariam. Na verdade, se eu convencesse todas elas – o que seria como pastorear um milhão de gatos – eu seria capaz de "me teletransportar" para até oito lugares ao redor do teatro.

As mentes dos espectadores explodiriam.

Uma mensagem de Tigger me arranca de meu esquema mágico.

Pego você às 6h30 da noite?

Merda. Eu preciso me vestir o mais rápido possível.

Eu respondo afirmativamente e começo a me preparar freneticamente.

Quando estou apresentável, decido fazer um truque de mágica para levar comigo, caso alguém peça para ver algo. O truque que eu uso limita minha escolha de sapatos, mas, ei, grande arte exige sacrifício.

Meu telefone apita. É Tigger de novo.

Estou do lado de fora.

Porcaria.

Eu esqueci os anúncios? *Ele nunca usa relógio porque o tempo está sempre a seu favor.*

Saio correndo, ignorando os comentários e assobios de minhas colegas de quarto.

Tigger está ao lado de seu Lamborghini, segurando a porta aberta para mim.

Caralho. Ele está vestindo uma camiseta apertada que me faz querer arrancá-la de seu corpo e lamber seu abdômen. E beijar.

Ele também pode causar um ataque cardíaco em Octomãe. Ela não é mais novinha.

Mesmo que eu não seja de abraçar, eu instintivamente aceito um abraço, e quando ele me envolve em seus braços poderosos, eu quase desmaio no local.

— Você está incrível — ele murmura quando nos separamos.

— Você também não está feio. — Eu jogo minha bunda no assento no carro e coloco o cinto.

Ele fica atrás do volante e dirige no limite de velocidade de novo – claramente para meu conforto.

— Como foi seu dia? — pergunto.

— Cuidei de alguns negócios dos parques temáticos — diz ele, de olho na estrada. — E você?

— Trabalhei no meu show de mágica — digo com orgulho.

— Uau. Legal. — Ele começa a virar na minha direção, mas lembra que prefiro que ele olhe para a estrada à frente. — Quando posso ver esse show?

Eu encolho os ombros. — Eu não tenho ideia.

— Por quê? Você ainda não tem repertório?

— Um repertório é apenas parte disso — digo. — Eu poderia fazer o equivalente a uma hora de material hoje se milagrosamente tivesse a chance. O que eu não tenho é um local para me apresentar e, mais importante, fama suficiente para encher esse local com espectadores pagantes.

— Hmm. — Ele para completamente em uma placa de pare, como um cavalheiro. — Eu teria pensado que conhecer os segredos das ilusões fosse a chave.

— Os segredos são apenas uma pequena parte. Se você não tem criatividade, mas um grande orçamento, pode comprar ilusões de outros mágicos. Na verdade, é basicamente assim que venho ganhando *meu* dinheiro, vendendo meus segredos para artistas de maior desempenho. Para atuar, você precisa de *showmanship*.

— Você tem isso de sobra — diz ele com segurança. — Acho que você tem tudo de que precisa para ser uma estrela.

Eu me sinto quente e formigando por dentro. Se o

objetivo dele é usar elogios para entrar na minha calcinha, está funcionando.

— E você? — pergunto. — Administrar um parque temático é o emprego dos seus sonhos?

Ele concorda. — Não parece um trabalho sério, mas com certeza.

Eu coço minha cabeça. — E o arranjo de flores? Isso parece um trabalho?

Ele ri. — Não. Isso é um hobby. Eu faço isso por diversão.

Eu aliso minhas palmas sobre minha calça. — Eu assisto filmes para me divertir.

— Você é um cinéfila? — Ele olha para mim e depois volta a olhar para a estrada.

— Sim, eu amo filmes — digo. — Eu acho que isso remete aos truques de mágica para mim. Um vídeo é um conjunto de imagens disparadas com rapidez suficiente para criar a ilusão de movimento. Usando as ferramentas de seu ofício, os atores criam a ilusão de pessoas reais na tela, pessoas que não existem de verdade. Uma boa trilha sonora pode criar emoções ilusórias. As comparações podem continuar indefinidamente.

— Nunca pensei em filmes dessa forma. — Ele vira o volante e estaciona o carro em uma manobra suave. — Chegamos.

Sim. Chegamos.

Magia Pan Tumaca, onde os Octopais esperam.

Capítulo Vinte E Quatro

O primeiro pensamento que vem à mente quando você entra no restaurante é "limpo", que é um dos motivos pelos quais é o meu favorito. Tem uma estética de arte moderna, com o cromo dominando todas as superfícies. Inferno, até mesmo as toalhas de mesa parecem metálicas, pois são feitas de algum tipo de papel alumínio que é substituído entre as visitas de cada cliente – outro motivo pelo qual gosto deste lugar.

Sentados no bar estão meus pais e, embora eu possa ver seus reflexos na parede espelhada, eles não me notaram.

Octomãe parece tão incrivelmente jovem como sempre. Ela poderia facilmente passar por minha irmã mais velha e, portanto, se parece um pouco com Cate Blanchett nas últimas partes de *O Curioso Caso de Benjamin Button*. Papai parece que deveria ser muito rico para estar com uma mulher como ela, exceto que ele não é, ele simplesmente não envelheceu também. Octomãe diz que ele se parecia com Bob Dylan quando era jovem, mas agora ele parece um híbrido entre Danny Devito e Jeff Bridges: uma barba desgrenhada, um gorro que esconde a careca e, por último, mas não menos importante, um rabo de cavalo prateado ralo do cabelo que sobrou.

— Espere aqui — digo a Tigger. — Vou apresentá-lo em um segundo.

Ele acena com a cabeça e eu vou até o bar, limpo minha garganta.

Mamãe se vira, sorrindo, e coloca as mãos em uma saudação de ioga.

— Namastê, raio de sol.

— Coisa 2. — Papai dá um tapinha no meu ombro, seu rosto se iluminando com um sorriso bobo. — Você está tensa? Não centrada? Minhas massagens no ombro ajudariam.

Ah, sim, quase esqueci que sou a Coisa 2. Como minha irmã gêmea foi a primeira a pular do útero da mamãe, ela é considerada "a mais velha" e papai a chama de Coisa 1 (de 8).

Octomãe estreita os olhos para mim. — Você é Gia, certo?

Já que fiz minha irmã gêmea fingir ser eu no último "encontro com Gia", não posso culpá-la por suspeitar.

— Eu sou Gia — digo. — Eu juro.

— Prove — diz Octomãe.

— *Downton Abbey* é uma merda — digo solenemente. Eles não parecem convencidos, então acrescento: — Chama-se banheiro, não reservado. Elevador, não ascensor... e gosto do número quatro. — Eles estão quase convencidos pela última parte, já que minha irmã gêmea abomina qualquer número que não seja primo a ponto de ela parecer ter dor se mentir sobre isso.

Antes que eu possa pensar em algo ainda mais convincente, Octomãe se lança sobre mim e dá um puxão violento em meu cabelo.

— Ai! — Eu grito. —Você é louca? É meu.

Ela me solta e acena com a cabeça em aprovação. — Não é uma peruca. Pode ser Gia desta vez. Isso ou ela pintou o cabelo.

Eu me viro para Tigger e dou a ele um olhar de "olha isso".

— Aqui — digo, voltando-me para meus pais. — Holly pode fazer isso?

Com isso, executo o truque de mágica que preparei para hoje. É um tipo de levitação em que minhas pernas são dobradas para trás como se eu estivesse sentada, fazendo com que minha bunda flutue no ar, desafiando a gravidade.

Quando Neo estava se esquivando de balas em *Matrix*, ele fazia isso em câmera lenta.

Esse truque faz parte da rotina que estou preparando para meu eventual show. Durante uma apresentação real, eu acompanharia isso com a icônica inclinação de 45 graus para a frente à la Michael Jackson em *Smooth Criminal*.

— Uau — exclama Tigger, e é música para meus ouvidos. — Como?

Outros clientes do restaurante expressam sentimentos semelhantes, o que me deixa mais confiante para adicionar esse truque ao programa.

— É Gia, tudo bem — diz Octomãe.

Eu me endireito e pisco para eles. — Como eu disse. Agora venha, há alguém que eu quero que você conheça.

Eu os arrasto até onde Tigger está parado, a boca ainda aberta por causa da minha incrível exibição de poder.

— Estes são meus pais, Crystal e Harry Hyman — digo a Tigger. Em seguida, aponto para Tigger como se ele fosse uma exposição de museu. — Mãe, pai, este é Anatolio Cezaroff.

— Me chame de Tigger — ele diz.

Octomãe se recupera primeiro e se lança sobre Tigger, envolvendo-o em um grande abraço.

— Mãe — digo severamente quando o abraço dura mais do que o socialmente aceitável. Com o máximo de sarcasmo que consigo reunir, pergunto: — Você não quer dar ao papai a chance de abraçar meu par também?

Quando Octomãe o solta relutantemente, suas bochechas estão vermelhas e seu sorriso perturbadoramente coquete, não que eu possa culpá-la.

Alheio ao meu sarcasmo, Octopai mergulha em seu abraço. Um momento depois, ele começa a apalpar as costas de Tigger.

— Pai. — Minha voz está ainda mais severa. — Devíamos ir para a nossa mesa.

Octopai o solta e olha preocupado para Tigger. — Seus ombros estão tão tensos.

Tigger encolhe os ombros. — Acho que estou impressionado com a beleza da sua filha.

Rapaz, isso é bom. Tigger está me transformando em uma viciada em elogios. Antes que eu perceba, estarei fazendo truques de mágica por elogios.

Caralho.

Enquanto eu apreciava o elogio, Octopai agarrou a mão de Tigger e agora o está arrastando para uma cadeira próxima.

— Sente-se — ele diz. — Vou recarregar suas baterias.

Parecendo um pouco atordoado, Tigger se senta e Octopai começa a massagear seus ombros principescos com seus dedos peludos como salsichas.

É uma recarga de bateria ou uma agressão? Octopai trabalha com tanto vigor que seu rabo de cavalo prateado treme como um sismógrafo durante um terremoto.

Enquanto isso, Octomãe olha com inveja.

Do meu lado, quero gritar de vergonha, um sentimento que Tigger não parece compartilhar. Na verdade, ele parece estar gostando da massagem improvisada. Mas é claro. O que eu esperava? Esse é um cara que não se perturba quando fica de pé com o pau para fora em uma cafeteria.

Por que isso está acontecendo? O que eu fiz com

Octopai para ele se comportar assim? A minha falta de vontade de deixá-lo me abraçar o levou a ficar à vontade com meu par?

— Pai — eu imploro. — Vamos.

— Um segundo, apenas uma rápida massagem na cabeça — diz Octopai e começa a massagear o crânio de Tigger. — Você sente isso? A energia?

Vou precisar de terapia. Talvez tenha sido morar com nove mulheres que fez Octopai surtar? Ou ele mesmo testemunhou o Massacre do Tit Zumbi?

Os outros clientes também estão começando a olhar. Entre meu truque anterior e agora isso, eles vão se lembrar de nós para sempre.

— Você tem que parar — rosno para meu pai.

— Só mais uma coisa — diz ele e se ajoelha aos pés de Tigger.

Estou sem palavras.

Ele vai oferecer a ele um boquete reenergizante?

— Tire os sapatos — diz Octopai.

Não. É ainda pior. — Pai — solto. — Que diabos?

— Sou um mestre em massagear os pés — diz Octopai com orgulho. — Basta perguntar à sua mãe.

— Senhor — diz uma nova voz, e rezo para que seja a voz da razão. — Esta mesa está reservada para um grupo de dois.

Eu me viro e dou um olhar agradecido para a hostess, que está com uma expressão estoica.

— Vocês são os Hymans? — Ela diz isso como uma acusação em vez de uma pergunta.

Meu aceno parece um pouco como se eu estivesse baixando a cabeça de vergonha.

— Me acompanhem. — Ela aponta para o outro lado do restaurante.

Tigger se levanta e ajuda Octopai a se levantar.

— Que cavalheiro — diz Octomãe com aprovação.

Acontece que a hostess quer que nos sentemos em uma alcova privada. Ela está até nos dando uma mesa que é claramente destinada a um grupo maior. Eu quero saber por quê.

— Não haverá massagem nos pés — sibilo no ouvido de Octopai quando Tigger assume a liderança.

— Por que não? — meu pai sussurra.

— Eu não sei por onde começar — assobio de volta. — Que tal isto: tirar os sapatos em um restaurante não é higiênico.

— Oh, sim — diz Octopai. — Você é Gia, com certeza.

Ao chegar à mesa, Tigger puxa uma cadeira para Octomãe, fazendo-a começar a babar.

Octopai me olha suplicante. — Posso sentar ao lado dele?

Ok. Eu tenho uma nova teoria sobre a aparente insanidade do meu pai. Ele vê Tigger como o filho que ele nunca teve. Afinal, não é segredo o quanto ele sempre quis ter um. Ambos os Octopais têm. Depois das gêmeas, eles usaram a tecnologia de reprodução assistida na esperança de ter um filho homem. Quando o destino cruel lhes deu sêxtuplas, Octopai perdeu um parafuso... ou seis.

Tigger puxa uma cadeira para mim ao lado de Octomãe. — O certo.

Ei, pelo menos se eu sentar ao lado dela, não ficarei envergonhada com os olhares lascivos que ela está atirando no meu encontro falso.

Um garçom surge do nada. — Posso trazer algo para vocês beberem?

Peço uma garrafa d'água lacrada enquanto todos vão para a bebida exclusiva do restaurante: sangria com vinho Rioja, pêssegos, nectarinas e peras.

— Então — Octomãe pergunta a Tigger quando o garçom sai. — Você é *mesmo* o namorado da Gia?

Merda. Isso é o que acontece quando você tem uma reputação de trapaceira.

— É claro — diz Tigger. — Quem mais eu seria?

— Um amigo que finge ser — diz Octomãe.

Tigger sorri. — Não acredito que um homem hétero como eu e uma mulher tão linda como Gia possam ser amigos platônicos.

Mesmo que ele esteja me provocando sobre Wally, tudo que posso focar é na parte "tão linda quanto". Eu sei que ele está apenas desempenhando um papel aqui, mas ainda é incrível ouvir. Esse vício em elogios é iminente.

A testa de Octomãe se franze. — Você pode ser o namorado de uma de suas muitas irmãs, que está retribuindo um favor. Minhas filhas gostam de trocar favores, como gangsters.

Tigger pisca para mim. — Sua filha tem uma marca

de nascença fofa embaixo do seio direito. O namorado de uma de suas irmãs saberia disso?

Essa marca de nascença é minúscula. Quão perto ele estava olhando para mim?

Além disso, adoro que ele pense que é fofa.

Mamãe acaricia o queixo dela. — A gêmea dela sabe sobre a marca de nascença, e as outras irmãs também.

Eu suspiro. — Isto é ridículo. Diga-me honestamente, se Tigger fosse *seu* namorado, você deixaria outra mulher pegá-lo emprestado?

Octomãe parece pensativa. — Bom ponto. Ele não é para se emprestar.

Nossas bebidas chegam e o garçom coloca os cardápios na nossa frente antes de sair.

Olhando para Tigger especulativamente, Octopai serve sangria para todos, exceto para mim. —Talvez ele seja um acompanhante masculino?

Eu rolo meus olhos. —Se ele fosse um acompanhante, eu não teria condições de pagá-lo.

— Não é verdade. — Tigger sorri para mim. — Eu daria a você um desconto incrível.

— Viu? — diz Octopai triunfante.

Eu nego com a cabeça. — Por favor, retirem seus telefones e pesquisem 'Anatolio Cezaroff'.

Enquanto eles fazem isso, eu desatarraxo minha garrafa d'água e tomo um gole.

Meu telefone vibra no meu bolso.

Eu o retiro e dou uma espiada.

É uma mensagem de Tigger.

Seus pais são uns doces, especialmente comparados aos

meus.

Bem, é um alívio que ele se sinta assim até agora. Eu estava meio que esperando que ele fugisse gritando agora.

Espere, eu respondo.

Ele sorri e bebe sua sangria.

— Uau. — Octopai levanta os olhos de seu telefone com uma expressão atordoada. —Você é um príncipe?

Tigger encolhe os ombros. — Parece mais sofisticado do que é.

— E você é de Ruskovia — Octomãe diz maravilhada. — Você sabia que o namorado da irmã dela é da Rússia?

— Eu o conheci — diz Tigger. — Um cara legal... para um russo.

— Muitos europeus orientais não gostam da Rússia, graças ao seu passado soviético — diz Octopai em tom professoral.

— Diga-nos como é Ruskovia. — Octomãe está quase saltando de emoção. — E como é crescer como um membro da realeza.

Bebendo um gole de sua bebida, Tigger conta a eles algumas coisas que já ouvi, mas também aprendo algumas novidades, como que sua família tem realmente um lema: "Na tradição, força".

Depois que ele diz a eles o que ele faz para viver, ele pergunta a eles o mesmo, e eu estremeço.

— Eu sou um testador de penetração — diz Octopai com orgulho. — Mas não é o que você pode pensar.

— Ele penetra nos computadores — digo, revirando

os olhos.

— Não, eu penetro em sistemas de computador — diz Octopai.

— E em mim — Octomãe acrescenta com um sorriso.

— Claro. — Octopai olha para a esposa como se ela fosse uma fatia de presunto. —Embora isso seja um hobby, não um trabalho.

Atire em mim agora. Se eles começarem a falar sobre suas vidas sexuais, Tigger vai correr com certeza – e eu vou afundar no chão.

— E o que *você* faz? — Tigger pergunta a Octomãe, imperturbável.

— Eu sou uma garota do sexo — ela responde com prazer.

— O que também parece meu hobby — Octopai diz com uma piscadela.

Meus olhos estão cansados de tanto rolar. — Mamãe ajuda grandes incubatórios comerciais a separar os pintinhos em machos e fêmeas.

Octomãe suspira. — Hoje em dia, faço mais em nossa fazenda, pois meu trabalho está lentamente sendo substituído pela sexagem dentro do ovo.

Começo a digitar um texto para Tigger embaixo da mesa:

Por favor, não pergunte o que ela faz na fazenda.

Muito tarde. Antes que eu possa clicar em "enviar", ele pergunta exatamente isso.

— Já escolheram? — o garçom pergunta, aparecendo ao meu lado.

Todos se olham.

— Eu sei o que vou querer — digo. —Já estive aqui antes.

— Por que você não pede enquanto verificamos o menu? — Octomãe diz.

Uau. A questão da fazenda foi esquecida.

— Vou querer Pan Tumaca — digo ao garçom. Para todos os outros, eu explico: — Este é o prato exclusivo deles. Um pão torrado gostoso com tomate salgado e azeite de oliva.

— Vou querer o mesmo — diz Octomãe.

— Vou querer uma Tortilla Española — diz Octopai.

— É uma omelete de batata e ovo — digo a ele.

— Eu sabia — diz ele, mas posso dizer que ele está mentindo. — Quero isso.

— Estou com muita fome — diz Tigger, seus olhos percorrendo o menu. — Vou pedir um Pan Tumaca também, e uma Tortilla Española e chouriço.

Todo o sangue é drenado do meu rosto. — Chouriço é salsicha.

Também não estava no menu antes, ou então este lugar teria deixado de ser meu favorito.

Tigger fecha o cardápio e o entrega ao garçom. — Sim. Salsicha de porco. Eu voei de asa delta na Espanha no ano passado. Amo essas coisas.

Preciso de toda a minha força de vontade para manter minha boca fechada em relação à salsicha. Sei por experiência própria que minhas verdades não são bem-vindas à mesa.

Mas falando sério, salsicha? A asa delta é muito mais segura. A salsicha é feita com todas as partes de um animal que ninguém quer comprar. Nenhum outro item alimentar teve mais cobertura da mídia, desde doenças transmitidas por alimentos até as coisas mais nojentas que eu já ouvi – como quando eles encontraram DNA humano mesmo nas versões vegetarianas. E a pior parte? O invólucro tradicional das salsichas é o intestino.

É como a ideia de algum açougueiro de uma piada cruel.

Em uma nota à parte, isso me lembra do anúncio Dos Equis, onde, *quando ele vai para a Espanha, ele persegue os touros*.

— Ótimas escolhas — diz o garçom. — Principalmente o chouriço, é um novo item. O chef faz do zero com porcos Mangalitsa.

Ugh. Pelo menos este é um lugar chique, então, o chef pode usar cortes de carne de alta qualidade. Esperançosamente, isso significa que Tigger sobreviverá a isso.

— Para responder à sua pergunta anterior — Octomãe diz quando o garçom sai. — Eu faço tudo na fazenda, mas meu favorito é o cultivo.

Merda. Octomãe é como a porra de um elefante. Se isso causar constrangimento, ela não esquecerá.

Dou a Tigger meu melhor olhar de "por favor, não pergunte", mas ele parece não entender e levanta uma sobrancelha, claramente intrigado.

Com certeza, Octomãe conta a ele a história de

como ela trouxe Petúnia – uma porquinha que era como um animal de estimação para nós enquanto crescíamos – ao orgasmo durante uma sessão de inseminação artificial.

— Isso aumenta a chance de leitões em seis por cento — diz Octomãe com orgulho.

Droga. Ela está pensando em mudar de emprego de selecionar sexo para manipulador de orgasmo de porco?

Tigger apenas acena com a cabeça.

Espero que imaginar mamãe montando e agarrando Petúnia estrague seu apetite por aquele chouriço.

— De qualquer forma — digo, olhando de um pai para o outro. — Conte-nos sobre suas aventuras turísticas em Nova York.

Isso tem que ser mais seguro do que tópicos agrícolas, certo?

Tigger se senta mais reto. Sendo mais ou menos um turista, ele está claramente interessado.

— Tanta coisa para contar — mamãe diz. — Ontem, fomos a uma festa do pé.

É isso que eu acho que é? Por favor, que não seja.

Tigger arqueia uma sobrancelha. — Uma festa do pé?

— É uma reunião para pessoas com fetiche por pés — diz Octomãe.

Infelizmente, foi o que imaginei.

Pelos pés de Houdini, o que eu fiz para merecer isso?

Antes que alguém pudesse elaborar – e eu sei que eles querem – nosso garçom volta com uma bandeja.

Conforme os pratos são colocados na frente de todos, desejo muito reverentemente que eles esqueçam este tópico da conversa, mas sei que não.

Sim, assim que o garçom sai e Octopai prova sua omelete, ele diz: — Para apimentar as coisas, estivemos pesquisando todos os tipos de taras.

Eu mordo meu pão com desespero. Talvez um milagre aconteça e eles sigam meu exemplo, enchendo a boca com tanta comida que vão parar de falar.

— Sim. — Octomãe pega seu pão. — Acontece que ambos gostamos de brincar com os pés.

Nãooooooo. Não posso *des-ouvir* isso. Além disso, com aquela nova informação perturbadora em mente, Octopai estava tentando ficar pervertido com Tigger quando lhe ofereceu aquela massagem nos pés mais cedo?

Devo ter ciúme de meu próprio pai?

— A comida está esfriando — digo e dou outra grande mordida no meu Pan Tumaca.

Isso parece ajudar. Todo mundo ataca sua refeição, e há um silêncio feliz por alguns minutos.

Enquanto estou comendo meu segundo Pan Tumaca, meu telefone vibra.

É uma mensagem de Tigger.

Impressionante. Eu nem mesmo o vi digitar. Então, novamente, estou fazendo o meu melhor para não vê-lo comer a salsicha, porque... ui.

Mais uma vez, myodik. Amei sua iniciativa.

O quê? A última vez que ele disse isso foi quando pensou que eu atendi intencionalmente sua videochamada com um vibrador na mão.

Eu estava apenas comendo meu pão de forma sedutora? Lambendo tomate dos meus lábios?

Eu olho para ele.

Suas pálpebras estão fechadas, como se eu estivesse fazendo mais do que comendo para seduzi-lo.

Que porra é essa?

Dou uma espiada em Octomãe para ver se ela percebeu.

Octomãe tem um pedaço de pão na mão, mas algo está errado em sua postura. Ela está afundada em sua cadeira, quase como se...

Não. Por favor, não.

Levanto a toalha de mesa metálica e uso meu telefone como lanterna.

Por um segundo, me recuso a acreditar na informação que meus olhos estão enviando de volta ao meu cérebro, já que cada pequeno detalhe contribui para um todo verdadeiramente perturbador.

O sapato de Octomãe está fora, o que é ruim. O pé dela está descalço, o que é pior. E está claro que ela leva o fetiche por pés a sério: ela usa um esmalte roxo impecável, uma tornozeleira e um anel no dedo do pé.

Claro, o que faz meu cérebro doer não são os adornos em seu pé, mas o que ele está fazendo – e onde.

Esfregando-se numa enorme barraca... na virilha de Tigger.

Capítulo Vinte E Cinco

— *M*ãe!— Eu grito tão alto que os outros clientes se viram em nossa direção. — Que diabos?

Octomãe olha embaixo da mesa, fica vermelha como uma beterraba e afasta o pé de Sua Dureza Real.

— Sinto muito — diz ela a Tigger. — Eu pensei que era o Harry.

Mais uma vez, Tigger parece imune ao constrangimento. — É um erro honesto — diz ele. — Teria sido pior se Gia tivesse confundido Harry comigo.

Excelente. Obrigada. Agora, *essa* imagem mental me dá vontade de suicidar-me com salsicha.

— Não — eu digo severamente. — Estou sã o suficiente para saber que o jogo de pé não é para a mesa de jantar. Uma mesa em público. Na frente de alguém que acabei de conhecer.

— Ei — diz Octopai, combinando com minha severidade. — Não envergonhe sua mãe.

— Sim — diz Octomãe, seu rubor se dissipando. — Você deveria estar feliz por seus pais terem uma vida sexual incrível.

Eu olho para Tigger.

Ele parece estar do lado deles.

Respirando fundo algumas vezes, eu digo: — Desculpe. Eu não queria envergonhar ninguém. Estou feliz por vocês. Apenas mantenha todos os seus apêndices longe do meu homem daqui para frente.

Ao me ouvir chamá-lo de "meu homem", Tigger me dá seu sorriso mais arrogante até então.

Octomãe pisca para o marido. — Ela está com ciúmes. Definitivamente, não é um namorado de mentira.

Encho a boca com torrada de tomate antes de dizer algo de que possa me arrepender.

— Sim, é real — diz Octopai. — Primeiro uma gêmea, agora a outra. É o equilíbrio cármico em ação. O amor não é maravilhoso?

Ele tomou Ecstasy? Talvez ambos? Isso pode explicar algumas coisas.

— Avise-nos se precisar de conselhos sexuais — Octomãe diz a Tigger com seriedade absoluta. — Entre nós dois, temos décadas de experiência. Acreditamos que todos deveriam ter os maiores orgasmos tântricos, estonteantes e enlouquecedores que puderem realizar.

Quase engasgo com o pão.

— Obrigado — Tigger diz, combinando com seu tom. — Quem sabe.

Tossindo migalhas de tomate para fora do meu respirador, falo rouca: — Ou vamos cuidar por conta própria.

Octomãe acena com a cabeça solenemente. — Apenas saiba que o sistema de suporte está lá, caso você precise.

Um cara esguio valsa até nossa mesa com elásticos nos pulsos finos.

— Boa noite, pessoal. Meu nome é DJ. Eu sou seu entretenimento esta noite.

Ah. Certo. Outro motivo pelo qual gosto deste restaurante é que eles contratam mágicos para trabalhar nas mesas. Embora este não seja meu estilo de atuação, gosto de apoiar meus colegas artistas, além disso, há sempre aquela pequena chance de que alguém realmente me engane.

— Você é mágico? — Octomãe pergunta a ele.

— Sim, senhora — diz ele.

— Minha filha também. — Ela acena para mim.

DJ me olha com ceticismo. — Muito legal.

Octopai sorri para DJ. — Você é tão apaixonado quanto nossa Gia pela sua arte?

DJ se mexe desconfortável. — Certo.

Octopai sorri. — Eu admiro as pessoas que seguem sua paixão. A magia faz as pessoas se sentirem bem. Se você derramar energia amorosa ao mundo...

— Pai, deixe o homem fazer o truque dele — digo.

DJ franze a testa para mim. — Talvez o que você faça sejam truques. Eu realizo *efeitos*.

Então, ele é um *daqueles* mágicos que consideram o termo "truque" humilhante. Algumas das minhas colegas de quarto estão nessa vibe, mas considero a distinção boba. Quando as pessoas vão para casa e contam aos amigos sobre a mágica, é sempre: "Eu a vi fazer um truque legal", e nunca, "Eu a vi fazer um efeito legal". Mesmo o termo "ilusão" raramente é usado por leigos – e *essa* palavra soa melhor do que "truque", mesmo para mim.

— DJ, certo? — Tigger diz friamente. — Por favor, cuidado com seu tom.

Uau. Estou em conflito. Uma parte de mim está tonta porque Tigger está defendendo minha honra, mas uma parte muito maior está irritada porque eu posso cuidar de mim mesma.

— Vamos dar a ele uma chance de mostrar os truques — diz Octomãe para DJ com um sorriso.

— Efeitos — ele murmura, em seguida, puxa uma bola de esponja vermelha.

Então, deixe-me ver se entendi. Ele está prestes a fazer algo que envolve um objeto semelhante a um nariz de palhaço, mas quer isso dignificado pelo termo "efeito"?

Eu não digo nada porque DJ já parece bem mal-humorado.

Como todos os outros também estão em silêncio, ele executa alguns desaparecimentos medíocres com sua bola.

Meus pais parecem entediados. Fiz esse tipo de coisa para eles quando tinha dez anos.

Esperançosamente, eu fiz melhor.

Tigger parece relutantemente impressionado, então, faço uma nota mental para fazer algo mágico para ele que também envolva bolas. Todos os tipos de bolas.

— Gostaria de pedir a mão de alguém — diz DJ em tom entediado.

— Use a minha. — Abro minha mão enluvada.

Relutantemente, DJ coloca a bola de esponja "única" na minha mão e faz um gesto mágico.

Me sentindo travessa, aproveito esse momento para roubar os elásticos de seu pulso.

— Abra sua mão — DJ diz triunfante.

Eu abro e duas bolas caem, como eu esperava.

Os olhos do Tigger se arregalam.

Sim, eu definitivamente vejo grande ação com bola em seu futuro.

— Para o meu próximo efeito, vou usar cartas — diz DJ e puxa um baralho do bolso de trás. — Vou demonstrar uma técnica chamada palming. — Ele me olha maliciosamente. —Talvez você aprenda alguma coisa.

— Como é? — Eu estreito meus olhos para ele. — O que isso deveria significar?

Hmm. Talvez isso tenha sido muito hostil? As cartas *são* meu ponto fraco, então, acho que sou um pouco sensível.

— Garotas são ruins em palming — diz DJ. — Todo mundo sabe disso. As mãos são muito pequenas.

Oh, não, ele não disse isso. Se Clarice estivesse aqui, ela o faria comer aquele baralho. Ela pode ser a melhor do mundo quando se trata de palming – e o fato de suas mãos serem minúsculas só ajuda a parecer mais impossível.

— Aposto que ela consegue empunhar melhor do que você — diz Tigger e tira uma nota de cem dólares.

— Sim — digo. — E só para tornar mais fácil para você, vou fazer isso de luvas.

DJ zomba e me entrega o baralho. — À vontade.

Pego as cartas e as distribuo enquanto digo: — Deixe-me ver se você usa baralho completo.

O que realmente estou fazendo é pensar desesperadamente em algo na hora. Então eu percebo, e eu coloco o quatro de paus em uma posição de palma – algo que ninguém deveria ver, já que o truque não começou oficialmente.

— Nomeie qualquer carta — digo ao DJ enquanto coloco minha mão com a carta no bolso e prendo seus elásticos sobre ele.

— Quatro de paus — DJ diz enquanto eu tiro minha mão do bolso.

— Quatro de paus? — Eu faço o meu melhor para não mostrar minha alegria. Como eu esperava, ele nomeou a carta mais popular entre os mágicos. Agora, o blefe: — Você quer mudar de ideia?

Por favor, não.

Ele balança a cabeça. —Vou manter a que tenho.

Obrigada, Senhor.

— Observe-me espalhar — eu digo e aceno minha mão vazia sobre o baralho. — Você viu isso?

DJ revira os olhos. — Você não fez nada.

— Oh? — Eu pergunto. — E se eu dissesse que empunhei quatro de paus, enfiei no bolso, roubei seus elásticos e embrulhei-os sobre ele?

Os olhos do Tigger se arregalam e até meus pais experientes em magia parecem impressionados.

O olhar de DJ vai para seu pulso e ele empalidece quando o vê vazio.

— Quer verificar meu bolso? — pergunto.

Tigger pigarreou. — Se ele tocar em você, perderá a mão e precisa dela para continuar a fazer efeitos.

Eu rolo meus olhos. — Certo. Que tal você pescar para ele?

Tigger obedece, segurando a carta envolta em elástico contra o rosto do DJ.

DJ pega a carta e se afasta. — Eu tenho que ir para outra mesa.

— Aceito sua derrota — digo atrás dele enquanto ele se arrasta.

— Isso me lembra a aposta que fiz com seu pai outro dia — diz Octomãe. — Ele achava que meus músculos Kegel não eram fortes o suficiente para quebrar uma noz.

E assim, a felicidade da minha vitória se foi sem deixar vestígios. Tudo o que quero agora é que alguém lave meu cérebro com alvejante.

— Sim — diz Octopai melancolicamente. — Eu ainda devo a ela um favor sexual por ter perdido.

Talvez lavar meus ouvidos com alvejante também?

— Alguém gostaria de sobremesa? — o garçom pergunta, aparecendo do nada e provando ser um mágico melhor do que DJ jamais será.

— Estou cheia — digo, embora, mesmo que estivesse morrendo de fome, não quisesse continuar esta conversa.

— Também estou cheia demais — diz Octomãe, e os homens concordam.

— Aqui está a conta, então — diz o garçom.

Tigger a agarra rapidamente. — Por minha conta.

Octomãe sorri para ele. — Só se você nos deixar pagar da próxima vez.

Ela acha que ele estaria disposto a fazer isso de novo?

— Combinado — diz Tigger, parecendo ser sincero.

Alguém dê um Oscar a este homem. Ou se for de verdade, um halo.

— Você também terá que visitar a fazenda — acrescenta Octopai.

— Parece bom — diz Tigger.

Sim, claro. Sobre meu cadáver e totalmente decomposto.

Conforme Tigger paga, uma pitada de ansiedade se espalha em mim. Dando adeus aos pais, eu sinto falta de qualquer coisa embaraçosa que eles dizem como um adeus, porque o sentimento cresce.

Quando começamos a viagem de volta, sou capaz de identificar a causa.

Estou preocupada com aquele momento em que chegarmos à minha casa. Apesar de saber que não era um encontro, meu sistema parassimpático está em alerta total – como se fosse totalmente um encontro e estivesse prestes a terminar no desastre de costume.

Quando ele estaciona ao lado da minha casa, estou pronta para pular nas paredes.

Tigger se vira para mim. — Só para deixar claro, não vou tentar beijar você.

Eu pisco para ele, não tenho certeza se estou aliviada ou desapontada. — Não?

— Não, a menos que você queira — diz ele, seus olhos castanhos suaves e quentes. —Lembre-se de que estamos pulando todo o treinamento hoje. Se alguma coisa acontecer, deve ser puramente por desejo, não para fins educacionais.

Soltando meu cinto de segurança, processo sua declaração.

Ele não está me treinando hoje, mas também parece que se eu quisesse beijá-lo, ele toparia.

Caralhooooo. Eu quero isso – presumindo que posso fazer isso?

Infernos, sim.

Pode ser a luxúria nublando meu bom senso, mas eu quero isso. De verdade.

E por que não? Mesmo que seja apenas desta vez, que melhor primeiro beijo eu posso esperar?

Ele é um príncipe. A única maneira de um beijo ser

mais épico é se ele fosse um sapo que se transformou *em* um príncipe após um pouco de bestialidade.

O que me leva de volta ao "Posso?". Essa é uma pergunta de um milhão de dólares. A resposta é que é super improvável hoje, mas o que eu quero tentar de novo é tocá-lo sem uma luva.

Isso deve ser viável, certo?

Tigger me observa pensar em silêncio, e não posso deixar de sentir que ele parece um predador perseguindo pacientemente sua presa.

— Eu quero tocar as mãos — digo finalmente.

— Certo. — Ele estende a mão, como para um high five.

Eu balanço minha cabeça. — Eu não quero fazer isso aqui. Tenho más associações com carros.

Ele acena em compreensão. — Apenas me diga onde você se sentiria mais confortável e nós iremos para lá.

— Meu quarto — digo. — Mas você deve saber que provavelmente vou me acovardar.

Seus lábios se curvam. — Sem problemas. Eu ficaria feliz em ver outro truque de mágica.

Eu estreito meus olhos de brincadeira para ele. — Tipo, digamos, minhas roupas desaparecendo?

Seu olhar fica aquecido. — Isso seria legal.

Limpo minha garganta repentinamente seca. — Apenas me dê um momento. Preciso ter certeza de que meu quarto está apresentável.

Ele me leva até a porta. — Venha me buscar quando estiver pronta.

Corro para o meu quarto e escondo algumas coisas não mencionáveis antes de trocar meus sapatos preparados para um truque por um par igualzinho, mas normal. Então, eu defino *The Final Countdown* para tocar em um loop para criar um clima agradável.

Quando volto para buscar Tigger, vejo Hannibal indo para a cozinha.

Oh, não. Isso não vai funcionar.

Eu bato na porta de Clarice.

— Entre — ela diz.

Eu coloco minha cabeça para dentro e peço a ela para pegar seu gato e mantê-lo em seu quarto esta noite.

— Por quê? — ela pergunta.

— Estou trazendo Tigger para o meu quarto.

Ela bate palmas com entusiasmo.

Eu dou a ela um olhar duro. — Nem é preciso dizer, mas direi apenas para o caso: fique longe do meu quarto. Eu não acho que nada vai acontecer entre nós, mas se estiver prestes a acontecer e você atrapalhar tudo, você vai começar a encontrar laxantes e pílulas para dormir em seus alimentos e bebidas. Às vezes, separadamente. Às vezes juntos.

Ela sorri. — Eu adoro quando você me pede com educação assim.

Deixo Clarice em paz e, por precaução, conduzo uma conversa semelhante de "mantenham-se longe" com todas as minhas colegas de quarto.

E lá vamos nós.

Volto para a porta da frente e abro para Tigger.

Ele me examina. — Sem equipamento anti-risco?

Eu encolho os ombros. — Qual é o ponto? Você está limpo.

— E vou ficar ainda mais limpo depois de lavar as mãos — diz ele, sorrindo.

Ele me conhece tão bem. Sorrindo de volta, aceno para ele me seguir e aponto para o banheiro. Quando ele sai um momento depois, eu o levo para o meu quarto.

— Veja, nenhuma roupa de assassino em série também — digo enquanto ele entra e olha ao redor. — Esse manequim é para treinar retirada de objetos, não para pendurar ternos de ex-namorados.

Tigger olha para Manny com desaprovação. — Então você não anexa vibradores a ele?

Eu balanço minha cabeça. Essa é uma ótima ideia, no entanto. Por que não pensei nisso?

Os olhos de Tigger são felinos enquanto ele volta sua atenção para mim. — E agora?

Respiro fundo para me acalmar. Minhas mãos estão suando e meu coração está martelando contra minha caixa torácica.

— Estenda sua mão — digo. — Como no outro dia.

Ele obedece, e a flexão sexy de seus bíceps faz a ansiedade roendo meu estômago valer a pena.

— Vou tocar na sua palma, ok? — digo.

Ele acena com a cabeça, seus olhos felinos me hipnotizando.

Eu vou em direção a ele. Desta vez, parece menos

um high five em câmera lenta e mais como se estivesse canalizando E.T. e seu dedo brilhante.

Assim como da última vez, eu paro quando meu dedo está a um fio de cabelo de sua mão, tão perto que sinto o calor irradiando de sua palma.

Caramba.

Como se tivesse vontade própria, minha maldita mão se recusa a se mover adiante.

Fechando meus olhos, eu equilibro minha respiração.

— Você pode fazer isso — diz ele suavemente. — Você é mais forte do que pensa, lembra?

Quando meu coração disparado começa a desacelerar, eu me vejo ouvindo a música.

Estamos indo para Vênus.

Bem, isso realmente não ajuda. Se as mulheres são de Vênus, estou indo para Marte. Eu deveria ter colocado *Eye of the Tiger*. Certo, tocar a palma da mão de um príncipe atraente pode não ser tão difícil quanto o que Rocky teve de suportar, mas está perto.

É a contagem final.

Sim. Assim. No três, tocarei sua palma ou desistirei de tentar.

Um.

Eu cerro meus dentes.

Dois.

Eu abro meus olhos.

Três.

Eu uso toda a minha força de vontade... e meu dedo se conecta com sua pele.

Capítulo Vinte E Seis

*P*elos raios de Houdini... É como se um arco de pura eletricidade disparasse pelo meu dedo, zunindo meus mamilos em atenção e por todo o meu corpo antes de se estabelecer calorosamente em meu núcleo.

Tocar é sempre assim?

Não. Isso é especial. Só com Tigger acontece assim.

— Você está bem? — ele murmura.

Em resposta, eu entrelaço meus dedos com os dele.

Se eu fosse variar nossa música esta noite, *Like a Virgin*, de Madonna, seria a música mais apropriada no momento.

Segurar sua mão completamente parece ainda mais incrível, mas sou gananciosa. Eu quero mais.

Com o coração martelando, levo sua mão à boca e lambo seu dedo.

Ele inala profundamente. Em sua calça, Sua Dureza Real está a todo vapor.

— Beije-me — digo sem fôlego, me surpreendendo.
— Por favor.

Por um momento, parece que estamos prestes a dançar. Sua mão esquerda ainda está segurando a minha direita, e ele passa o braço direito atrás das minhas costas para me puxar para mais perto.

Então, ele abaixa a cabeça e nossos lábios se encontram.

Capítulo Vinte E Sete

*I*nacreditável.

Seus lábios são suaves e deliciosos, seu hálito quente e agradavelmente perfumado com sangria. Ele passa a língua sobre a costura dos meus lábios, provocando e acariciando, e eu sinto que vou explodir de prazer.

Como vivi sem isso?

Meus lábios se abrem e sua língua se aventura em minha boca, quente e lisa e, oh, tão esperta. Meu batimento cardíaco dispara ainda mais, e o mundo ao nosso redor desaparece. Tudo o que posso sentir, tudo em que posso me concentrar, é ele. Minha pele queima, meu estômago dói com o vazio e minha barriga parece que alguém está caçando um monte de pombas com fogos de artifício.

A espera valeu muito a pena. Não consigo imaginar um primeiro beijo melhor.

Respirando com dificuldade, ele me puxa para mais

perto de seu corpo quente e musculoso. Sua ereção se projeta em minha barriga e meus mamilos pressionam em seu peito. Eu o beijo de volta quase violentamente, minha cabeça girando com a sobrecarga de prazer. Minha boca parece que está prestes a gozar enquanto nossas línguas dançam e nossos microbiomas se fundem.

Está feito. Não há como voltar atrás e eu não quero. Seus germes estão dentro de mim, assim como os meus estão nele, e não me importo nem um pouco.

Não importa o que aconteça daqui para frente, sempre carregaremos uma parte um do outro dentro de nós.

Depois de uma hora de êxtase, ele arranca os lábios e enquadra minha bochecha com sua palma grande e quente. — Ainda tudo bem? — Ele pergunta, sua voz áspera com a necessidade.

Eu toco meus lábios formigando. — Mais do que bem. — respiro fundo e invoco minha coragem recém-descoberta. — Vamos tirar essas roupas idiotas.

Seus olhos brilham com calor. Sem outra palavra, ele tira a roupa com precisão militar.

Uau. Sua Dureza Real está piscando para mim?

Nesse caso, é realmente o olho do tigre.

Enquanto isso, tudo que consigo é tirar os sapatos e as meias.

— Deixe-me ajudar — ele diz asperamente e tira todas as minhas camadas de cima de mim. Arrastando seu olhar sobre mim, ele respira fundo e sua voz fica ainda mais áspera. —Vou dizer de novo: linda pra caralho.

Corando, eu corro minha mão em seus peitorais e abdominais como eu fiz na RV.

Pelo estrogênio de Houdini, a forma como isso parecia então é apenas uma pálida aproximação da coisa real.

Minha mão pousa na Dureza Real real e minha respiração engata. Tenho más notícias para Holly e Bella: a realidade virtual é uma droga em comparação com a realidade. Seu pênis parece uma barra de aço envolta em seda, exceto quente e viva e todas as coisas que encharcam as calcinhas.

Grunhindo com aprovação aos meus cuidados, Tigger segura meu seio.

Uau duplo.

Ele amassa.

Uau triplo.

Ele aperta suavemente meu mamilo.

Estou ficando sem graça.

Uma onda de prazer desce ao meu âmago, e não me preocupo mais em comparar essa realidade com a realidade virtual.

— Vamos para a cama — digo, puxando-o na direção que quero com Sua Dureza Real.

Como um tigre que está esperando para atacar uma gazela deliciosa, Tigger entra em movimento. Em um segundo, estou de pé segurando seu pau, e no próximo, estou espalhada na cama, com ele em cima de mim em uma posição de prancha.

Ele acabou de me dominar ou fez um truque de mágica digno do meu futuro show?

Antes que eu pudesse recuperar o fôlego, ele me beija cada vez mais apaixonadamente, como se houvesse algo saboroso na minha garganta.

Eu derreto no meu colchão, minhas mãos agarrando os lençóis.

Liberando meus lábios, ele beija meu pescoço. Minha pele formiga com a superabundância de sensações, o calor dentro de mim crescendo a cada segundo enquanto seus lábios se movem para os meus ombros, sobre a minha clavícula e descem para o meu mamilo direito.

Pelas zonas erógenas de Houdini, isso deveria ser tão bom? Estou no paraíso, mas há um vazio corroendo meu núcleo, uma necessidade de algo – e tenho quase certeza de que posso sentir esse algo pressionando contra minha coxa.

Tigger move sua atenção mais para baixo em meu seio e, por um segundo, meu mamilo está triste por estar livre.

E tanto pelo meu apoio ao movimento Liberte o Mamilo.

Ele mordisca o caminho até minha caixa torácica, uma sensação parte coceira, parte deliciosa. Quando ele passa pelo meu umbigo, esqueço o mamilo. Eu já vi pornografia o suficiente para saber seu destino, e não posso acreditar que isso está prestes a acontecer comigo.

E, então, acontece.

Ele beija suavemente meu sexo, seus lábios flexíveis com apenas um toque de língua.

— Delicioso — ele murmura contra minhas dobras.

Antes que eu possa responder, ele dá um beijo diretamente no meu clitóris e minhas palavras me faltam. Tudo que consigo fazer é um gemido incoerente, todos os músculos do meu corpo tensos com a tensão crescente.

Ele desliza sua língua genial sobre meu clitóris. Uma, duas, três vezes, sem parar com implacabilidade dolorosamente prazerosa.

A tensão se intensifica, um orgasmo poderoso construindo dentro de mim enquanto sua lambida aumenta, seus dentes raspando suavemente sobre minhas dobras. Parece que ele está devorando meu sexo, consumindo cada centímetro dele. Atordoada, me pergunto se ele está mesmo respirando.

Se não, o treinamento que dei a ele está pagando dividendos surpreendentes.

Ofegante, enrolo minha mão em seu cabelo. Estou prestes a gozar. Devo afastá-lo? Seria rude gozar em sua boca? Ou egoísta? Eu não tive a chance de agradá-lo de forma alguma. Isso não é treinamento, então, deveria ser...

Tarde demais.

Com um grito ofegante, eu gozo – e quase o escalpelo no processo.

Ele não parece se importar. É o oposto, na verdade. Olhando para cima com uma expressão de satisfação puramente masculina, ele murmura: — Isso é bom, *myodik.* — Em seguida, ele dá um beijo leve no meu clitóris super sensibilizado e beija cada uma das minhas coxas.

— Ok — digo quando recupero o fôlego. — Agora, eu faço o mesmo com você.

Ele olha para sua enorme ereção, depois, de volta para mim. — Tem certeza?

Mordendo meu lábio, eu assinto.

Seus olhos queimam mais quentes. — Tudo bem, mas use camisinha. Eu não quero que você se preocupe com o esperma.

Para minha surpresa, não estou nem um pouco preocupada com isso. Não quero estragar o momento entrando em um debate, no entanto. Além disso, posso usar um dos meus preservativos com sabor de cereja – desvirginar em boquete com gosto de cereja.

Languidamente, rastejo pela cama para pegar a camisinha na mesa de cabeceira. Não apenas meus músculos parecem macarrão cozido depois do orgasmo, mas este momento é muito parecido com um truque de mágica após a configuração inicial. Quando o espectador está em perigo assim, um pequeno atraso tornará a recompensa muito mais poderosa.

Sim. Os olhos de Tigger estão colados com fome às minhas curvas quando eu volto com a camisinha.

Meu plano maligno está funcionando. Continuando a me mover sensualmente, eu transformo o processo de rolar o preservativo sobre ele em outro retardo provocador.

Suas narinas dilatadas são minha recompensa.

Da próxima vez, talvez eu faça isso com minha boca. Eu já vi esse truque no pornô.

Quando o preservativo é colocado, eu examino Sua Dureza Real com alguma apreensão. Parece que esse imperador parece ainda mais intimidante em suas roupas novas.

Vou cair de boca de qualquer maneira.

Envolvendo meus dedos em torno do eixo, eu digo:
— Deite-se, feche os olhos e pense em Ruskovia.

Seus olhos estão semicerrados quando encontram os meus. — Oh, não, *myodik*. Eu vou assistir.

Uma nova onda de calor percorre minha espinha. Acho que minhas habilidades de *showmanship* estão prestes a ser postas à prova.

Dada a natureza felina do dono deste pau, canalizar um gatinho sexy é a minha melhor aposta. Mantendo o contato visual, dou uma lambida lânguida em Sua Dureza Real da base à cabeça.

Hm. É como lamber uma cereja Jolly Rancher... feita para Godzilla.

Fogo vulcânico assola os olhos de Tigger.

É normal se sentir desejável durante um boquete? Tão poderosa?

Dou outra lambida vertical em Sua Dureza Real, e ele se contorce em resposta, um rancheiro verdadeiramente alegre.

É hora das grandes armas.

Mais uma vez, gostaria que fosse *The Eye of the Tiger* tocando em loop, em vez de *The Final Countdown*. O que estou prestes a fazer é algo da liga de *Rocky*.

Arredondando minhas costas como a pose de ioga de gato, arqueio para a pose de vaca antes de deslizar a cabeça de Sua Dureza Real em minha boca.

Uau. É uma sensação enorme assim. Se eu tiver disfunção na mandíbula, vou saber por quê.

Ignorando a vontade de vomitar, eu deslizo mais fundo.

Os olhos do Tigger se arregalam, me encorajando a descer um pouco mais. Eu volto para cima, depois para baixo novamente, repetidamente, saboreando quando ele começa a grunhir de prazer.

Quanto mais eu faço isso, mais as paredes da minha vagina ficam com ciúmes da minha boca. Quando não consigo mais lutar contra a tentação, me afasto e digo:

— Quero você dentro de mim.

— Caralho, sim. — A frase soa como o desafio territorial de um tigre.

Uau. Calma aí... tigre. Meu coração já está dando piruetas no meu peito.

Respirando fundo para me acalmar, eu corro para frente e monto nele.

Ele agarra minha bunda com suas mãos poderosas e me ajuda a descer enquanto guio Sua Dureza Real em minha abertura.

Pelo calor sedoso de Houdini.

Nada – nem o Príncipe Regente, nem qualquer outro objeto que eu tive o prazer de ter dentro de mim – me fez sentir assim.

A sensação de alongamento oscila entre o prazer e a dor, mas conforme eu deslizo mais para baixo, e depois para cima novamente, essa proporção muda firmemente para o território da felicidade, o que me faz montá-lo com maior entusiasmo.

Meu coração parece que está prestes a explodir novamente, e um calor escaldante ferve sob minha pele como um orgasmo para governar todos eles dentro de mim. A cada golpe, gemidos cada vez mais altos escapam dos meus lábios.

A respiração de Tigger fica mais pesada e ele aperta minha bunda com força suficiente para deixar uma marca de mão. — Caralho, que gostoso.

Esse rosnado baixo me empurra para o limite, e eu gozo com algo parecido com um grito de *Tarzan*. Tudo dentro de mim simultaneamente aperta e libera, felicidade passando pelas minhas terminações nervosas enquanto eu desmorono em cima dele.

Enquanto desço para a Terra, me pergunto de longe se Tarzan já teve que lidar com um tigre. Eu sei que Mogli teve. E Pi, na *Vida de Pi*.

— Que delícia de *myodik* — Tigger diz asperamente.

Se a ideia era me encorajar a continuar montando nele, funcionou perfeitamente. Sentando-me, deslizo para cima e para baixo em seu comprimento até que outro orgasmo se constrói dentro de mim e os músculos das minhas pernas começam a queimar.

Como se sentisse meu desconforto, Tigger executa outra versão de seu truque de manipulação. Um momento, estou no topo; no próximo, estou presa debaixo dele – e para torná-lo mais impressionante, eu poderia jurar que Sua Dureza Real nunca deixou meu sexo.

Talvez devêssemos começar um novo ramo da magia juntos – magia sexual. Ou uma nova categoria de pornografia.

Pensar em magia me lembra o truque mais antigo da história, então, estendo a mão e pego suas bolas.

Ele grunhe em aprovação e empurra mais fundo em mim.

Meu cérebro está à beira de um curto-circuito.

Ele mordisca meu pescoço, levando-me ainda mais à loucura enquanto ele aumenta o ritmo de suas estocadas.

Gemidos são arrancados de meus lábios.

Ele vai mais rápido ainda.

Meus gemidos se transformam em gritos.

Suas bolas parecem apertadas e cheias na minha palma. Ele está quase lá, o que é bom. Meu tsunami de orgasmo está prestes a chegar ao continente.

Quase lá.

É a contagem regressiva final.

Quando a onda de prazer cai sobre mim, meus dedos dos pés se curvam e eu só tenho racionalidade suficiente para apertar *suavemente* suas bolas.

Com um híbrido entre um rugido e um gemido, ele surge mais fundo em mim, moendo contra mim quando seu clímax bate, e outra onda orgástica chia através de minhas terminações nervosas hipersensíveis.

No final das contas, eu sinto como se estivesse

afundando no colchão, todos os ossos do meu corpo liquefeito de êxtase.

Com um beijo carinhoso em meus lábios, Tigger se afasta de mim e tira a camisinha, depois, dá um nó e enfia no bolso da calça. — Vou levar isso comigo, para que o gato não pegue.

— Ok — digo, minha voz um pouco rouca.

Eu posso ter feito outra personificação de Tarzan no final sem perceber.

Um sorriso desbotado curva meus lábios. Sinto-me muito como um limão espremido para continuar a conversa. É uma maravilha que me lembro de como respirar.

Voltando para a cama, Tigger arruma meu corpo de macarrão em uma posição de colher e me abraça por trás.

— Aquele toque com a mão foi uma coisa — ele sussurra.

Bocejando, eu assinto.

Suas palavras fazem com que a realidade do que aconteceu se cristalize.

Eu fiz isso. Eu finalmente fiz sexo – e foi mais incrível do que qualquer coisa que eu imaginei. Não foi uma tarefa fácil, pois minhas expectativas eram muito altas.

Eu não ficaria surpresa se me transformasse em Octomãe depois disso, nunca me calando sobre os benefícios dos orgasmos. Sexo pode ser ainda melhor do que mágica – e ninguém vai acreditar em mim se eu disser isso.

Quando o sono começa a me dominar, não posso deixar de me sentir esperançosa. Talvez o que quer que seja isso entre nós possa funcionar. Apesar de ele estar acima da minha posição e ser meu cliente, e apesar da grande mentira que contei a ele.

Afinal, o maior obstáculo sempre foi minha incapacidade de fazer o que acabamos de fazer.

Ele me abraça com mais força e eu bocejo novamente.

Sim. Talvez isso *pudesse* funcionar.

Com um sorriso extasiado, eu adormeço.

Capítulo Vinte E Oito

*E*u acordo com minha bochecha em um peito musculoso e um cheiro delicioso de ondas do mar em minhas narinas.

Hmm. O que está acontecendo?

Oh.

Pelo que me lembro do dia anterior, qualquer indício de sonolência evapora como se tivesse sido afugentado por um espresso grande.

Meu travesseiro confortável é Tigger, e ele está aqui porque dormimos juntos, em todos os sentidos dessa frase.

Pelo comportamento inadequado de Houdini, dormi com um cliente... e um príncipe. Dormi com ele sem confessar minha dificuldade respiratória e apesar das preocupações de que ele pudesse ter visto a montagem em mim como puramente um desafio, como um alpinista procurando aquele pico indescritível.

— Bom dia — murmura meu travesseiro, me assustando. — Como você dormiu?

Eu esfrego meus olhos. — Apaguei completamente. Você?

Ele se estica como um gato. — A melhor noite de sono que tive em anos.

Eu me sento.

Ele salta da cama, canalizando seu sósia fictício.

— Eu tenho uma reunião importante às oito, então, tenho que correr — diz ele enquanto começa a se vestir. — Quando eu terminar, entrarei em contato.

— Ok — digo.

Se pareço insegura, pode ser porque sua habilidade de vestir-se à velocidade militar é desorientadora logo de manhã. O tempo que levo para colocar meus pés no chão, ele está pronto para sair.

— Nos falamos em breve? — ele diz.

Eu assinto, ainda um pouco atordoada.

Ele me beija na bochecha e sai com passos largos.

Tocando a bochecha, eu pisco para o quarto vazio.

Ele estava realmente aqui?

Tudo está assumindo uma qualidade de sonho molhado.

Ficando de pé, me visto e corro para o banheiro para minha rotina matinal. Então, volto para o meu quarto e cheiro os lençóis.

Sim. Aconteceu tudo. Ainda posso sentir seu cheiro gostoso.

Eu vou para a porta da frente.

Mais provas aqui. Está destrancada.

Navegando para a cozinha, pego alguns Frosted Flakes e pondero sobre os eventos da noite passada. Não vou longe porque meu telefone apita.

É Tigger?

Não. É Blue. Ela quer saber o que há de novo comigo.

Eu ligo para ela.

— Ei — ela diz, olhando para a câmera. Como eu, ela tem uma tigela de algo afogado em leite na frente dela. — E aí, mana?

Eu conto a ela o que aconteceu, incluindo minhas preocupações.

— Uau — ela diz. — Um príncipe, hein? Você não faz meias-medidas, né?

Eu encolho os ombros. — Considerando o que eu disse, você acha que o que fizemos foi um caso de uma noite?

Ela franze a testa. — Ele disse que entraria em contato com você após a reunião. Ele também disse: 'Nos falamos em breve'. Isso não soa como algo que um caso de uma noite diria.

Ela tem razão, mas meu cereal não tem gosto de nada. — Devo dizer a ele que minha ilusão subaquática era apenas isso?

Ela assente vigorosamente. — Assim que puder. Você claramente gosta desse cara, e as pessoas podem ser muito sensíveis sobre toda essa coisa de honestidade.

Gostar do cara? Isso é um eufemismo.

Antes que eu possa dizer mais alguma coisa, Machete, o gato de Blue, aparece na frente da câmera.

Ou mais como bloqueia com seu pelo irregular.

— Xô — diz minha irmã.

Ele acabou de sibilar para ela?

Eu rio. Grande e sarnento, este gato resgatado é o guarda-costas perfeito da minha irmã contra o mal que são os pássaros. Sugeri que ela o nomeasse assim porque ele se parece com Danny Trejo, o ator que interpreta um personagem fantástico chamado Machete em um filme com o mesmo nome. Comparado a Machete, Hannibal é um maricas e é bom que Tigger não esteja aqui. Para ele, ver *esse* gato seria como entrar em um laboratório de risco biológico sem meu traje.

— É melhor eu ir alimentar a besta — diz Blue, e desligamos.

Sentindo-me um pouco triste, termino meu café da manhã.

O quê, agora?

São oito e meia. É muito cedo para Tigger terminar sua reunião, certo? Eu não deveria esperar sua ligação tão rapidamente, deveria?

Para impedir que minha mente vagueie ainda mais por esse caminho, fico ocupada. Felizmente, tive uma ideia para uma ilusão. Para o público, vai parecer que transformei uma carteira emprestada de um cara em uma bolsa – e então, acabará por pertencer a sua namorada.

Depois de resolver as etapas básicas do truque, verifico meu telefone.

Já são nove. Quanto tempo duram as reuniões? Uma hora? Mais?

Por que ele não está ligando? Ou enviando mensagens?

Eu fui ignorada?

Uma parte de mim sabe que estou sendo um pouco irracional. Eu culpo o fato de que Tigger é meu primeiro em praticamente tudo relacionado a sexo.

A menos que... poderia eu ter me envolvido naquelas emoções?

Porcaria. Devo permanecer sã. Devo voltar à ilusão – especificamente, um grande problema que posso prever: as pessoas vão presumir que o casal carteira/bolsa está na minha folha de pagamento.

Suspirando, pego um livro sobre mentalismo da minha estante. Provar que seu espectador não é um fantoche é uma grande parte desse ramo da mágica.

Às dez, eu escolho um procedimento de seleção de espectadores que deve parecer completamente aleatório, mas ainda não há nada de Tigger.

Grrr. Acho que vou trabalhar no próximo aspecto dessa nova ilusão: como fazer a aparência da bolsa o mais chamativa possível.

Devo usar um efeito de fogo frio que utiliza produtos químicos especiais?

Não. Isso pode disparar um alarme de incêndio no local.

Pego outro livro da prateleira e vejo o que mais posso fazer, então, sou arrancada da minha leitura por um apito no meu telefone.

Meu coração dá um salto.

É Tigger?

Não. É apenas um lembrete sobre o encontro das onze horas com Wally que quase me esqueci.

São dez e meia agora, é melhor eu ir.

Isso vai ser bom. Sair com um amigo deve manter minha mente longe de perseguir meu telefone pelas mensagens do Tigger. E de perguntas como: "São dez e meia agora, por que ele não mandou uma mensagem ou ligou?"

A menos que... devo chamá-lo pessoalmente?

Não. Wally está esperando.

Eu me visto e vou para a cafeteria.

Quando chego lá, Wally já está em nossa mesa ao ar livre de sempre, a mesma em que encontramos Tigger e Sua Dureza Real.

— Oi — digo alegremente.

A expressão de Wally é sombria. — Saudações.

— Aconteceu algum problema?

Ele evita meu olhar. — Falei com um colega outro dia. Sua câmera foi confiscada ilegalmente perto do Crispy Mushroom depois que ele tirou uma foto de um certo príncipe. Isso te lembra alguma coisa?

Oh. Então, aquele paparazzi do outro dia trabalha para a mesma revista que Wally? Eu não sabia disso.

— Deixe-me adivinhar — digo. — Seu colega

descreveu a mulher que estava com aquele certo príncipe, e você percebeu que era eu?

Ele concorda. — Mais como se meu amigo já soubesse quem você é pelo artigo que escrevi. Pensei ter te avisado sobre Anatolio. O que você está fazendo?

— Ele é apenas um cliente — digo. — Estou ensinando ele a respirar.

Wally levanta uma sobrancelha. — Respirar?

— Debaixo d'água — digo. — Ele quer fazer mergulho livre. A propósito, isso não é oficial.

— Por que você? — ele pergunta.

Eu encolho os ombros. — Por que não eu? Você escreveu aquele artigo, lembra? Me chamou de Incrível Hyman.

Ele pisca para mim. — Eu pensei que aquela cena não foi pra valer.

— Como você saberia?

Ele pega seu telefone. — Só para esclarecer... você não está namorando ele?

Eu franzo a testa. — Por quê?

— Isso. — Ele empurra seu telefone para mim.

Eu estudo a imagem na tela. Nela, Tigger está parado na frente de uma linda loira. Parece que ele acabou de soltar a mão dela – uma mão com o dedo anelar coberto por um diamante do tamanho do Príncipe Regente.

Meu estômago se enche de nitrogênio líquido. — O que estou olhando?

— Ela é a noiva dele — diz Wally. — Ela também é da realeza de...

Eu não ouço o resto porque a palavra "noiva" me torna surda, cega e muda ao mesmo tempo.

Noivo?

Fodidamente *noivo*?

Não pode ser, pode? Quero dizer, depois que ele fez o exame, ele me disse que *não* dorme com tudo que se move. Ele disse que normalmente só faz sexo quando está em um relacionamento, e que suas viagens constantes não permitem isso.

Como isso é calculado com "noivo"?

Eu aperto minhas mãos em punhos até doer.

Foi tudo mentira? Se ele tem uma noiva, claramente é um relacionamento.

Isso é muito pior do que minha preocupação original de que ele era um devasso. Porém, se ele tem uma noiva, mas dormiu comigo, é a prova de que ele *é* um devasso. Um devasso traidor.

Mas, falando sério, existe alguma outra explicação?

Eu verifico meu telefone.

São onze e vinte. Ele deveria ter me ligado agora.

Isso é prova? Ele me ignora agora que conseguiu o que queria?

— Você está bem? — Wally pergunta, sua voz me alcançando como se estivesse à distância.

— Você pode me enviar essa foto? — digo com voz rouca.

Vou imprimir e fazer Tigger comê-la.

Ou enfiar na bunda dele.

Ou treinar todos os gatos que conheço, de Hannibal a Machete, nos princípios de aterrorizar...

— Sinto muito — diz Wally. — Eu não posso. Vai ser publicada como parte de...

Eu não me preocupo em ouvir o resto. Preciso dessa foto e não tenho energia para discutir com ele sobre a integridade jornalística.

— Eu tenho que ir — digo. — Desculpa.

Ele me olha com os olhos arregalados. — Então, você *estava* namorando ele?

— Não. Eu não estava. — Eu me levanto, tentando parecer o mais miserável que posso, o que não exige muita habilidade de atuação. — Posso ganhar um abraço?

Ele parece atordoado por um momento. Ele sabe que sou sensível ao toque. — Claro — ele finalmente diz e me envolve em seus braços magros.

— Obrigada — digo enquanto saco seu telefone. — Eu precisava disso.

Eu enfio o telefone no bolso e faço uma nota mental para me desculpar por isso mais tarde. Além disso, para se banhar em alvejante.

— Claro — ele sussurra.

Eu me afasto. — Lamento ter que sair assim.

— Eu entendo — diz ele.

Virando-me, corro para longe.

Quando estou longe o suficiente do Wally, pego seu telefone e insiro a senha que o vi usando há pouco tempo.

Uau.

Por um segundo, fiquei preocupada que ele tivesse mudado, mas não. Estou dentro.

Eu mesmo encaminho a imagem e, assim que está no meu telefone, eu a envio para Tigger com um conciso:

Importa-se de explicar isso?

Capítulo Vinte E Nove

inutos que parecem séculos se passam sem resposta de Tigger.

Quando chego em casa, estou furiosa, tão zangada comigo mesma quanto com ele. Como pude chegar tão perto de alguém quando tinha tantas reservas razoáveis? O que me fez pensar que posso ficar com um cara, em primeiro lugar? Eu, com todos os meus problemas?

Então, novamente, eu deveria me dar um tempo. Superei meus medos de germes e dormi com ele – e é isso que ganho por minha bravura.

Idiota.

Fervendo de raiva, disco o número dele.

O telefone toca e toca até ir para o correio de voz.

— Você está ignorando minhas ligações? — rosno.
— Certo. Não se preocupe em ligar de volta. Eu nunca mais quero ver você ou falar com você novamente.

Pronto. Se eu pudesse me convencer da mesma coisa.

Me sentindo suja em parte pela mensagem que deixei, mas principalmente pelo abraço com Wally antes, eu tomo um banho. Isso me acalma temporariamente. Mas, quando coloco uma nova muda de roupa, estou de volta à fase maluca e me repreendendo por ter baixado a guarda com Tigger.

Incapaz de pensar em algo melhor para fazer, ligo para Blue e explico toda a situação.

— Uau, sinto muito — diz ela quando eu termino.

— Existe alguma maneira de isso ser um mal-entendido?

— Claro — digo amargamente. — E você sabe quem poderia esclarecer isso? Tigger! Mas ele está incomunicável.

— Por que você não me manda a foto? — ela diz. — Posso examinar a imagem em nosso banco de dados de reconhecimento facial para ver o que posso saber sobre a noiva.

Eu faço o que ela diz e a observo digitar no laptop.

A campainha toca.

— Quem é? — ela pergunta. — Tigger?

— Eu não sei — digo, meu pulso martelando. — Deixe-me verificar. Já chamo de volta.

Poderia ser Tigger? Em caso afirmativo, ele se esqueceu de verificar o telefone antes de voltar? Na verdade, por que ele estaria de volta, afinal? Ele quer me usar para sexo mais algumas vezes antes de voltar para sua noiva?

Se for o último, eu poderia subornar Hannibal para morder Sua Dureza Real?

— Quem é? — pergunto quando chego à porta da frente.

— Wally — diz uma voz familiar.

Abro a porta e olho para o meu amigo confuso.

— Ei — ele diz, entrando. — Depois que você saiu, fiquei cada vez mais preocupado, então, vim ver como você está. Desculpe, não liguei… parece que perdi meu telefone. Você não viu, viu?

— Não — minto. Terei que enfiá-lo de volta em seu bolso o mais rápido possível. — E eu estou totalmente bem. Como eu disse, não havia nada entre mim e o príncipe.

Wally parece aliviado. — Mesmo?

— Sério sério. Agora, se você não se importa, eu preciso...

— Espere. — Wally muda de um pé para o outro. — Eu tenho que te dizer uma coisa.

Eu franzo a testa. — Mais más notícias?

Ele dá um passo para trás. — Não. Bem, espero que não.

Eu olho para ele com expectativa.

— Eu... queria te perguntar. Quer tomar um café algum dia?

Eu olho para Wally como se ele estivesse prestes a atirar café em seus olhos.

— Não é algo que fazemos o tempo todo?

— Talvez jantar, então — ele diz. — Ou almoço.

Espere um segundo. — Wally — eu digo incrédula. — Você está me chamando para sair?

Dando outro passo para trás, ele assente timidamente.

— Você está me convidando, sua *amiga*-amiga, para um encontro? Me perguntando, sabendo muito bem o quão vulnerável estou agora?

Ele dá mais um passo para trás. — Eu pensei que você disse que não se importava com ele.

— Eu menti. — Dou um passo em direção a ele ameaçadoramente. — Esse era seu plano brilhante desde o início? Revelar para mim que o cara que estou vendo tem uma noiva, só para que você mesmo possa me convidar para sair?

Eu sei que estou atirando no mensageiro até certo ponto, mas não me importo. Os soldados rasos de Wally correm tanto perigo quanto os de Tigger estariam se ele estivesse aqui.

Wally deve ler um pouco disso em meu rosto porque ele recua até o batente da porta e se vira parcialmente para esconder as ditas partes privadas.

— Eu queria convidá-la para sair muito antes de ele entrar em cena, desde que nos conhecemos, na verdade, quando eu a entrevistei para aquele artigo.

Eu balancei minha cabeça lentamente, muito pasma para palavras.

— Eu devo ir embora? — ele murmura.

Eu respiro fundo. — Sim, por favor. Eu não quero namorar *ninguém* tão cedo.

Com a expressão desanimada, Wally se vira e se afasta.

Volto ao meu ritmo frenético, agora, em partes iguais confusa e zangada, com um toque de culpa. Quase dói admitir, mas parece que, acima de tudo, Tigger estava certo sobre Wally.

Meu amigo não estava feliz por ser apenas amigo.

Eu paro em minhas ruminações.

Espere um segundo.

É por isso que Wally enfatizou que Tigger era, e passo a citar, "um playboy total"? Ele estava falando mal da competição?

Isso significaria que ele não só se parece com o *Duende Verde*, mas também é dirigido pelo monstro verde.

Porém,, Wally não forçou Tigger a ficar noivo. A não ser que...

Uma videochamada de Blue ilumina meu telefone.

— Tenho novidades — diz ela sem preâmbulos.

— Diga-me — eu rosno, as pombas dando cambalhotas na minha barriga.

Blue aproxima o telefone do rosto e pronuncia cada palavra ao dizer: — Essa foto é falsa.

Capítulo Trinta

F alsa?

Mesmo que minha mente estivesse prestes a pular antes que ela me ligasse, ouvir isso em voz alta soa muito maluco.

— O que você quer dizer? — Aumento o volume do meu telefone para não perder uma única sílaba.

— O que quero dizer é que a imagem foi extraída de um vídeo que você pode encontrar na versão Ruskoviana do YouTube. Nesse vídeo, seu namorado apenas beijou a mão da loira. Ele nunca colocou um anel em seu dedo. E, de acordo com a pesquisa que fiz, não acredito que ele a tenha encontrado antes ou desde então. Ela é uma cantora russa, e beijar sua mão era apenas um sinal de respeito ou um pequeno flerte que não levou a lugar nenhum.

Cada palavra de Blue é como um tapa na cara. — Ela não é da realeza? — Eu murmuro.

— Não mais do que você e eu.

— Mas o anel...

— Photoshop — diz ela. — Foi bem feito, mas na minha agência, temos ferramentas que nos permitem ver através dessas besteiras.

Caralho.

A mensagem de ciúme que enviei a Tigger. E aquele correio de voz. Se ele não tivesse me matado antes disso, ele certamente o fará agora.

— Você vai cuidar disso?— Blue pergunta. — Ou precisa da minha ajuda para retaliar com Wally?

— O que você quer dizer com retaliar com Wally? — Eu pergunto, mas já sei o que ela vai dizer.

Wally fez isso.

Ele fez uma foto do Tigger com Photoshop.

Fez um noivado falso para nos separar.

Na verdade, ele fingiu ser meu amigo durante todo o ano e meio em que nos conhecemos, apenas esperando por uma chance de atacar – e não do jeito sexy de Tigger.

— Oh, desculpe — diz Blue. — Eu esqueci de mencionar. Foi ele. Como ele era a fonte da imagem, dei uma olhada em seu computador de trabalho e vi os arquivos do Photoshop.

Eu cerro meus dentes. — Nesse caso, não, obrigada. Não vou precisar de ajuda para retaliar com Wally. Confie em mim.

Ela assente solenemente. — Avise-me se mudar de ideia.

— Ok — digo e desligo.

Se Wally não tivesse sido um amigo até hoje, eu a

deixaria me ajudar – e ela poderia fazer algo realmente maligno, como colocá-lo em uma lista de exclusão aérea.

Não que eu seja muito mais gentil, dado o que ele fez.

Quase tonta com todas as revelações, mando uma mensagem de texto para Tigger mais uma vez:

Podemos conversar?

Sem resposta.

Eu ligo para ele e deixo uma nova mensagem de voz. — Eu sinto muito por antes. Liga para mim.

Enquanto espero que Tigger ligue de volta, corro para o meu computador e localizo uma imagem que estou guardando para uma pegadinha particularmente maligna – uma enorme colagem de micropênis com várias doenças sexualmente transmissíveis.

Engasgando, envio a imagem por e-mail para Wally. Então, eu desbloqueio seu telefone e salvo a imagem localmente antes de selecionar todos em sua lista de contatos e enviar uma mensagem para eles com o micropênis com a seguinte legenda: *Onde está Wally?*

Eu envio a mesma coisa para todos que ele conhece, com exceção dos contatos que têm o mesmo e-mail de trabalho que ele – porque eu não sou um monstro total – e então, eu uso os aplicativos de mídia social em seu telefone para twittar, postar em seu Instagram, fixar em seu Pinterest e transformar em sua foto de perfil no Facebook.

Fazendo uma pausa na vingança, eu verifico meu telefone.

Nada do Tigger.

Onde diabos ele está? Já é tarde e sua reunião era às oito. Qualquer reunião, não importa quanto tempo, já teria acabado – o que significa que ele propositalmente não está me dando a chance de explicar.

Dito de outra forma, eu estraguei tudo.

Capítulo Trinta E Um

*E*u estraguei tudo. Tigger não está respondendo, e não tenho certeza se eu responderia se estivesse no lugar dele.

Caralho.

Imagens de nossa sessão de sexo épico passam pela minha mente, seguidas por nossos pseudo encontros e exercícios de treinamento e tudo mais até que eu sinto que minha cabeça vai explodir.

Bem, foda-se isso.

Se eu quebrei, posso consertar.

Se ele quiser me ignorar, ele pode fazer isso na minha cara.

Rangendo os dentes, chamo um carro.

Destino: Palace Hotel.

Capítulo Trinta E Dois

O saguão do Palace está novamente repleto de papagaios e pavões.

Correndo para a concierge, peço para falar com Anatolio Cezaroff.

Ela me olha com desprezo. — E você é?

— Gia Hyman — eu digo. — Sua treinadora.

Ela digita algo no computador, talvez comparando-me com alguma lista de "visitantes aprovados". Acenando para a tela, ela diz: — Posso ver uma identidade?

Eu mostro a ela minha carteira de motorista.

— Obrigada. Deixe-me ligar para ele.

Ela disca um número e espera. E espera.

— Ele não parece estar em seu quarto — diz ela. — Eu sinto muito.

Merda. Ela está me dizendo a verdade ou ele pediu para ela não me deixar subir? Este último parece meio improvável, dada a besteira de ID e nome, a menos que ela seja uma mentirosa de nível mágico.

— Você pode me dar uma cópia da chave do quarto dele? — pergunto. — Eu gostaria de subir e ver se ele está bem.

— Sinto muito — diz ela. — Isso é contra a nossa política.

— Posso pelo menos subir e bater na porta dele?

— Sinto muito — diz ela, lembrando-me os papagaios próximos. — Isso é contra a nossa política.

Eu olho os cartões-chave do quarto na caixa no balcão. Mesmo com todas as minhas prodigiosas habilidades de furto, não há como pegar um e codificá-lo para o quarto do Tigger sem que ela perceba.

Eu suspiro. — Nesse caso, gostaria de visitar o irmão dele, Kazimir.

Seus olhos se arregalam. — Ele está esperando por você?

— Sim — minto.

— Aguarde. — Ela disca outro número e diz algo em Ruskoviano. Tudo o que posso entender é meu nome e seu tom geral duvidoso.

O que quer que a pessoa diga do outro lado a surpreende o suficiente para aumentar seus olhos a níveis cômicos.

Endireitando a coluna, ela diz: — Sua Alteza Real verá você agora.

Uau, Kaz. Total poder? Além disso, vou sempre associar esse título poderoso ao pau do Tigger?

A concierge acena para um cara de pantalona próximo e diz algo em Ruskoviano.

— Por aqui — diz o cara com um sotaque pesado e começa a andar.

Eu o sigo pelo saguão e subo uma escadaria chique. Em seguida, viramos à direita e entramos em um enorme teatro.

Eu olho em volta com inveja. Kaz poderia apresentar um show da Broadway aqui, se quisesse. Eu daria meu dedinho esquerdo – e talvez meu lóbulo da orelha esquerda – para fazer mágica naquele palco pelo menos uma vez.

— O que você acha? — Kaz pergunta, aparecendo do nada.

Agarrando meu peito, respiro fundo para me acalmar. — Eu acho que seus funcionários deveriam chamá-lo de Seu Ninja Real.

— Eu quis dizer o local — diz Kaz, e não há nem mesmo uma sugestão de sorriso em seu rosto.

O cara de pantalona, por outro lado, parece prestes a me jogar para fora do hotel.

Ok, entendi. Doravante, não haverá brincadeira com Sua Seriedade Real.

— O que você quer dizer com o local? — pergunto.

Kaz dá ao cara de pantalona um aceno leve, mas muito imperioso.

O homem se curva e se afasta alguns metros antes de se virar e sair correndo.

Há deferência e há isso. Parece que alguém está levando o tema do Palácio um pouco a sério demais.

Kaz gesticula para o palco. — Você não está aqui para verificar o local?

Eu pisco para ele. — Por que eu estaria?

Sua testa se enruga. — Esta manhã, Tigger me convenceu a apresentar o seu show aqui. Achei que era apenas uma questão de tempo antes que você quisesse ver se é aceitável.

— Aceitável? — Eu cambaleio para trás, olhando boquiaberta para as cortinas, as luzes do palco, os assentos para milhares de pessoas...

Ele está de sacanagem ou isso é real?

— Eu não entendo — digo. — Tigger falou com você em meu nome? Esta manhã? — Então eu entendo. — *Você* era a reunião secreta das oito horas dele?

— Secreta? — Seus lábios formam uma linha de desaprovação. — Não entendi.

Eu agito meu braço. — Esqueça isso. Você concordou?

Ele acena bruscamente. — Eu pensei que era uma ótima idéia. Poderíamos usar mais variedade de apresentações aqui, e as ilusões se encaixam bem com o tema do hotel.

Santo Houdini.

Eu pareceria pouco profissional se desse algumas cambalhotas?

Estou até tentada a dar um abraço de gratidão em Kaz - exceto que ele parece uma pessoa que aceitaria ainda menos do que eu.

Não posso acreditar que Tigger fez isso por mim.

É incrível.

Inacreditável.

Incompreensível.

Na verdade, retiro o que disse. Eu *posso* acreditar que ele fez isso. Ele sempre fez um esforço extraordinário por mim. É por isso que dói tanto pensar que o perdi.

Supondo que sim. Está menos claro agora, pelo menos na medida em que ele ainda não desligou a tomada desta iniciativa com seu irmão.

— Onde *está* Tigger? — pergunto. — Não consegui entrar em contato com ele.

Kaz pisca. — Eu não sei. Nossa reunião só começou às nove, pois houve uma emergência no hotel que me atrasou. Depois que conversamos, ele disse que falaria com algumas pessoas da mídia. Ele acha que pode alavancar sua notoriedade para conseguir publicidade para seu show. Ele não me deu muitos detalhes, mas imaginei que seria algo como tirar fotos de você cortando-o ao meio, como na ilusão clássica.

Huh. Corte um gostosão real pela metade. Eu totalmente poderia fazer isso – e talvez usar o mesmo truque de Pen e Teller, onde faço parecer um acidente sangrento no final.

— Então, ele está falando com os paparazzi? — pergunto, minha excitação temperada por cautela.

Mesmo que o que Kaz diz seja verdade, quais são as chances de ele não ter visto minhas mensagens ou ouvido minhas mensagens de voz?

Franzindo a testa, Kaz pega seu telefone e olha para

a tela. — Já se passaram muitas horas. Ele já deve ter terminado há muito tempo.

Lá se vai essa esperança.

Tigger *está* me ignorando, mas não de seu quarto de hotel.

O telefone de Kaz toca em sua mão.

Olhando para ele com desaprovação, ele atende. — Diga.

Qualquer coisa que alguém lhe diz do outro lado faz com que suas feições fiquem tão tempestuosas quanto o céu em Mordor.

Tigger está dizendo a ele para cortar meu acesso a este hotel?

— Quando? — Kaz rosna.

Essa pergunta não se encaixa na minha teoria.

Kaz aperta o telefone na mão. — Repita o nome do hospital novamente.

O gelo inunda meu estômago.

Alguém está falando sobre um hospital. Para Kaz.

O sangue sai do meu rosto quando percebo que há uma teoria na qual ainda não havia pensado.

E se Tigger não estiver me ignorando? E se ele não puder atender minha ligação porque...

— O que aconteceu? — A pergunta de Kaz é uma exigência imperiosa.

Quero arrancar aquele telefone da mão dele para também saber o que aconteceu.

Se as expressões pudessem matar, as de Kaz matariam o orador do outro lado da linha.

— Eu sou a porra do irmão dele. Me diga o que...

Ele para com um rosnado, e posso ver que ele está prestes a quebrar seu telefone em pedaços.

— Eles desligaram — diz ele, olhando incrédulo para o dispositivo. — Não gostou do meu linguajar.

— O que aconteceu? — Eu grito, apenas resistindo ao desejo de sufocar a informação dele.

Ele encontra meu olhar. — Tigger. Ele está no hospital.

Capítulo Trinta E Três

O quê? — exclamo. — O que aconteceu? Ele...

— O filho da puta ao telefone não quis me dizer — grunhe Kaz. — Disse para descer pessoalmente. Algo sobre prova de identidade.

Uma estranha dormência toma conta de mim. — Qual hospital?

Ele me diz, e soa familiar.

Muito familiar.

— Minha amiga esteve lá com uma reação alérgica — digo vacilante. — Vamos lá.

— Certo. Vamos. — Mandíbula cerrada, ele sai da sala tão rápido que tenho que correr para acompanhar, o que não me importo nem um pouco.

Quanto mais rápido chegarmos lá, melhor.

— Tigger é alérgico a alguma coisa? — pergunto sem fôlego, alcançando-o.

Ele balança a cabeça sem se virar.

— Ele praticou respiração subaquática sem mim?

Ele dá de ombros, também sem se virar.

Porra. É possível que Tigger tenha se afogado? Isso me tornaria cúmplice em...

Não. Não faz sentido. A piscina é neste hotel, e se ele tivesse se machucado aqui, Kaz saberia. O que quer que tenha acontecido, deve ter acontecido depois que Tigger foi falar com a mídia em meu nome.

Um cenário horrível me ocorre quando o imagino dirigindo seu maldito carro. Do jeito que ele dirige, se ele sofresse um acidente, ele poderia nem sobreviver.

Não.

Por favor, que não seja isso.

Qualquer coisa menos isso.

Chegamos ao corredor e Kaz late ordens para seu povo como um general em um campo de batalha.

Em um piscar de olhos, os pneus de uma limusine cantam do lado de fora.

— É nosso — Kaz diz laconicamente e sai apressado.

Assim que entramos, a limusine dispara.

Em meio à névoa de pânico, uma ideia me ocorre e pego meu telefone para ligar para Blue.

Kaz me lança um olhar de desaprovação.

— Minha irmã pode nos ajudar a descobrir o que aconteceu — explico enquanto a ligação é estabelecida.

— Ei — diz Blue. —Você fez...

— Não há tempo para brincadeiras. Eu preciso de ajuda urgente.

— O que houve?

— Tigger está no mesmo hospital que Clarice estava no outro dia. Eles não nos contaram o que aconteceu com ele. Você pode descobrir?

— É claro — ela diz. — Já retorno.

Desligo e explico a situação para Kaz, cuja expressão não é mais de desaprovação.

— Obrigado — diz ele assim que a limusine para de repente.

Corremos para fora e Kaz segue para a familiar entrada do hospital.

Eu o sigo até chegar às portas automáticas.

As portas se abrem.

Ele corre, mas meus pés param de se mover.

Porra.

Isso de novo não.

Capítulo Trinta E Quatro

E u me preparo psicologicamente para entrar.

Tigger está lá dentro. Ele pode estar em seu leito de morte.

Por que não posso ser normal apenas desta vez? Por que preciso de um traje anti-risco para entrar em um hospital?

Na verdade, da última vez, nem mesmo o traje ajudou.

Não sou apenas a pior amiga, também sou a namorada mais merda de todas – e sim, acabei de me transformar em namorada para apresentar esse argumento.

Que tal apenas um passo?

Eu farei meus pés se moverem e arrastarem alguns centímetros em direção à porta.

Ok, este é o mais longe que eu já cheguei, mas ainda não estou dentro.

Kaz volta segurando uma máscara cirúrgica. — Aqui. — Ele empurra para mim. — Achei que a piscina limpa e sua relutância em entrar podem estar relacionadas.

— Obrigada. — Pego a máscara com gratidão e coloco no rosto.

— Estou indo — diz ele. — Vejo você lá dentro.

Certo. Dentro. Tão simples.

Eu cerro meus punhos.

Meus pés não se movem.

Eu cerro meus dentes.

Meus pés ficam grudados no chão.

Eu aperto meu esfíncter e os músculos Kegel e tudo o mais que pode ser apertado, e dou um passo.

E outro.

Depois mais um.

Pelo sistema imunológico de Houdini, estou realmente fazendo isso.

Eu passo da porta.

Sim!

Estou dentro do hospital agora.

Meu próximo passo é mais seguro. O seguinte está quase confiante.

Antes que eu perceba, estou andando rápido – só que não tenho ideia de para onde estou indo.

Porcaria.

Onde está Kaz?

Eu acho que terei que circular de volta para o administrativo...

Meu telefone apita. É uma mensagem de Blue:

Ele foi internado por causa de uma intoxicação alimentar.

Quase esbarro em uma enfermeira que passa.

Intoxicação alimentar? Aposto que foi aquela vadia da Matilda com seu leite não pasteurizado. Porra de vaca. Espere, isso é uma fobia de gordura? Não, ela é uma vaca, então está tudo bem. Tudo o que sei é que é melhor ela torcer para que nunca nos encontremos, ou eu posso socar sua cara de vaca. E se Tigger não sobreviver, vou comer o fígado dela com a porra de uma fava e um bom Chianti.

Eu mando uma mensagem para Blue:

Onde ele está?

Ela responde imediatamente:

Segundo andar. Quarto 2E.

Corro para o elevador e aperto o botão do segundo andar.

— Ele deve estar bem — digo a mim mesma.

Então, novamente, talvez não. Apenas os casos mais graves de intoxicação alimentar requerem hospitalização, especialmente logo depois de ele estar perfeitamente bem.

Não.

Ele está bem.

Tem que estar.

Quando saio do elevador, chega uma nova mensagem:

Isso é estranho. Ele acabou de ter alta.

Uma onda de alívio me atinge, com força.

Você não tem alta se não está bem.

Eu olho para o corredor e a onda de alívio se transforma em um tsunami. Kaz com alguns tipos de guarda-costas com pantalonas, e com eles está Tigger.

Ele parece ligeiramente verde, mas é capaz de andar sozinho, algo sobre o qual sua comitiva parece estar discutindo com ele.

Eu corro para frente.

Ao me ver, Tigger estreita os olhos e percebo que posso ser difícil de reconhecer por causa da máscara.

— Gia? — ele pergunta.

— Sou eu — digo sem fôlego. — Por favor, me diga que você está bem.

— Estou bem. — Ele dá aos caras de pantalona um olhar queixoso. — Alguém exagerou ao me trazer aqui. Você entra em coma uma vez, e todos começam a tratá-lo como se você fosse feito de porcelana.

Eu salto para frente e o abraço. — Chega de leite não pasteurizado — digo severamente. — Nunca mais.

Ele ri fracamente. — Isso é fácil. Acho que nunca vou querer comer ou beber qualquer coisa que tenha comido hoje.

Huh. Até agora, ele está agindo como se não tivesse recebido minhas mensagens insanas.

Se for esse o caso, eu poderia fazer com que ele nunca descubra.

Entrando no modo mão leve, tiro seu telefone do bolso enquanto me afasto.

— Quando isto aconteceu? Eu estava tentando entrar em contato com você.

— Não tenho certeza de quanto tempo faz — diz

ele. — Não tive a chance de verificar meu telefone por causa de todas as atividades não mencionáveis em que estive envolvido. — Ele parece ainda mais verde com a memória. — Digamos que nunca mais vou assistir *O Exorcista* de novo.

— Não diga mais. — Já que estamos perto do elevador, eu o convoco para nós. — Estou muito feliz por não ter perdido você.

Pronto. Se ele ouviu minhas mensagens, sua reação vai mostrar isso.

— Não, *myodik*, você não vai se livrar de mim tão facilmente.

Como eu esperava. Ele não tem ideia das mensagens.

Entramos em um elevador lotado e fico atrás de todos.

Essa é minha chance.

Eu conheço sua senha e tenho seu telefone.

Posso desbloquear o telefone, excluir o que preciso e ele nunca ficará sabendo.

Exceto que algo me impede.

Culpa.

E não a culpa do mágico.

Essa *culpa* é difícil de ignorar.

Considerando tudo o que Tigger fez por mim e o que sinto por ele, não deveria invadir sua privacidade assim. Ou mentir para ele.

Não quero que nosso relacionamento seja baseado em engano.

Pela consciência de Houdini. Parece que vou ter que

devolver o telefone a ele, bem como confessar minha falta de habilidade respiratória.

O que significa que ainda posso perdê-lo.

O elevador se abre e eu caminho pelo saguão do hospital em um silêncio tenso enquanto os outros conversam em Ruskoviano.

Uma vez que estamos do lado de fora, vejo não uma, mas duas limusines.

Tigger olha para seus companheiros de pantalonas.
— Vão com Kaz, por favor.

Eles assentem.

Excelente. Temos alguma privacidade.

— Tchau, Kazimir. — Eu removo minha máscara cirúrgica. — Ou devo dizer, 'Tchau, Sua Alteza Real'?

Pela primeira vez desde nosso encontro, uma sugestão de sorriso toca os olhos do homem.

— Depois de hoje, você pode me chamar de Kaz.

Tigger assobia zombeteiramente. — Que honra.

Ignorando seu irmão, Kaz me dá um aceno cortês e desaparece em sua limusine.

Tigger abre a porta para mim. — Preparada?

— Obrigada. — Usando um beijo em sua bochecha para distraí-lo, coloco o telefone de volta no bolso dele.

Só porque tenho consciência não significa que sou uma santa.

Entrando, Tigger se aproxima de mim e pede ao motorista para subir a divisória de privacidade.

— Então — ele diz quando a coisa subiu. — Por mais que eu aprecie você ter vindo me verificar no hospital, não tenho certeza de como você soube disso.

Kaz era meu contato de emergência e ele não tem o seu número.

Eu suspiro. — Tenho uma coisa para te contar.

Ele inclina a cabeça. — Tive a sensação de que você teria.

Eu tiro minha luva e pego sua mão. O prazer formigante de seu toque me torna mais corajosa. — Depois que você saiu e não ligou por um tempo, pensei que tínhamos acabado.

Suas sobrancelhas se erguem. — Acabado? Por quê?

Eu aperto sua mão. — Eu pensei que eu era um Everest.

— O quê? — Ele olha para mim como se a dita montanha tivesse acabado de pousar na minha cabeça. — Do que você está falando?

Meu aperto aumenta ainda mais. — Eu estava preocupada que, uma vez que fizéssemos sexo, você perderia o interesse por mim. Você nunca escalou o Everest pela segunda vez, então pensei que talvez...

— Pare. — Ele cobre minha mão com a dele. — Você não poderia estar mais errada, *myodik*. Com você, é mais como se eu tivesse chegado ao topo do Everest, plantado a bandeira Ruskoviana e decidido ficar para sempre.

As pombas em minha barriga têm um acesso de raiva. — Nesse caso, você pode ignorar as mensagens que eu deixei para você? Houve uma coisa com Wally e...

Eu paro na expressão sombria no rosto de Tigger e me apresso a esclarecer: —Nada aconteceu. É que você estava certo. Ele veio até mim, mas primeiro, ele tentou me fazer pensar que você estava noivo.

— *O quê?*

Ele parece pronto para rasgar Wally em pedaços, então, eu explico o que aconteceu e como executei minha vingança.

Isso parece acalmá-lo um pouco. Ele não parece mais suscetível a cometer homicídio.

— Aqui. — Ele desbloqueia o telefone e o passa para mim. — Exclua o que quiser.

Uau. Estou muito feliz por não ter feito isso furtivamente antes. Isso é muito melhor.

Limpo as mensagens e devolvo o telefone. Agora, para a coisa mais difícil. Eu reúno minha coragem.

— Há mais uma coisa que você deve saber.

Espere, devo prosseguir com isso? E se ele terminar comigo, afinal?

Devo dizer que, se eu fosse um psicopata, minha vida seria muito mais simples.

Ele coloca o telefone no bolso e me lança um olhar preocupado. — O que é?

— É sobre o treinamento. — Baixando meu olhar, examino o tapete chique. — Você sabe como você pensou que eu poderia prender a respiração por vinte minutos?

Cautelosamente, eu olho para cima, apenas para encontrá-lo sorrindo.

— Pensei?

Eu estreito meus olhos. — Bem, sim. Você me contratou porque...

— Eu contratei você para ficar perto de você — diz ele. — Eu sabia que sua façanha subaquática era apenas um truque. Em sua defesa, você nunca me olhou nos olhos e afirmou o contrário.

Eu me sinto como se uma vaca tivesse acabado de ser removida de meus ombros. Uma malvada, como Matilda.

Ele sabia.

Todo esse tempo, ele só queria uma desculpa para ficar comigo.

E que desculpa perfeita. Ele me fez sentir bem com uma de minhas ilusões.

— Espere — digo. — E quanto ao mergulho livre naquele lago? Isso foi apenas uma história?

Devo ficar chateada por ele estar *me* enganando?

Não. Isso seria mega hipocrisia.

Ele balança a cabeça. — Eu *gostaria* de fazer isso um dia. Mas se você não se importar, vou receber treinamento de alguns especialistas reais antes de tentar.

Eu sorrio. — Eu insisto que você faça isso. A maior parte do meu treinamento girou em torno de vê-lo com o mínimo de roupa possível.

A limusine para e ele abre a porta para mim. Seus olhos felinos brilham.

— Quer passar na minha casa, assistir Netflix e relaxar?

— Houdini pode abrir uma fechadura? — Pego sua mão e salto para fora do carro.

Entramos no Palace de mãos dadas, embora eu sinta

que estou flutuando pelo saguão.

O que me lembra: vou fazer um show neste mesmo hotel em breve. Tigger tornou isso possível.

Com o susto do hospital e o resto, não tive a chance de processar totalmente esse fato, mas o faço agora – e se não fosse por sua mão, eu flutuaria até o teto como um balão de hélio.

Isso me dá uma idéia. Eu deveria dedicar uma ilusão ao hoje. Fazer num ato de um clássico – voar. Já tenho algumas ideias fortemente inspiradas na versão de David Copperfield dessa incrível ilusão.

Quando nos aproximamos da porta de sua suíte, eu percebo que estive perdida em minhas fantasias mágicas durante todo o caminho até aqui.

Eu me viro e examino o rosto de Tigger.

— Você está parecendo melhor — digo com sinceridade. Esse tom verde desapareceu sem deixar vestígios.

— Obrigado. — Ele abre a porta. — Acho que uma coisa boa sobre aquela viagem para o hospital idiota foi a recuperação mais rápida.

Latidos altos me impedem de responder.

Mefistófeles está aos nossos pés, abanando o rabo e o corpo com energia suficiente para fornecer energia a toda Manhattan por uma semana. Caradog também está feliz em nos ver, mas seu abanar o rabo é muito moderado em comparação com o urso mais jovem – quero dizer, cachorro.

A parte estranha dessa recepção é que Caradog está segurando uma vara na boca. Caminhando até mim, ele fica sobre as patas traseiras, sua linguagem corporal clara como cristal: *pegue a vareta, humana.*

— Você quer brincar de buscar? — Pego a vara e olho para Tigger. — É seguro jogar?

Ele sorri. — Faça aqui no corredor. Meus arranjos de flores são frágeis.

Eu jogo a vara.

Caradog não se move, mas Mefistófeles persegue a vara como se o destino do mundo dependesse disso.

Eu olho para o cachorro maior. — Você está ensinando ele a buscar?

Aqueles olhos inteligentes por trás do óculos parecem dizer: *Sim, buscar.*

— Você pode brincar com eles enquanto eu tomo banho e escovo os dentes? — Pergunta Tigger.

Eu assinto, e Tigger me entrega alguns biscoitos de cachorro antes de partir.

Eu atiro a vara mais algumas vezes, em seguida, repito meus movimentos mágicos com moedas usando os biscoitos de cachorro, para o deleite de ambos os caninos.

— Como você faz isso? — Tigger pergunta, me pegando assim que eu escondo outro biscoito.

— Habilmente — eu digo, olhando para cima.

Instantaneamente, minha boca se enche de saliva, ao estilo de um cachorro pavloviano.

Tigger está vestindo apenas uma toalha e seu mal-estar é apenas uma memória distante. Na verdade, ele é o epítome da saúde... e da virilidade.

— Mais tarde, pessoal — digo para os cachorrinhos.

Tigger me leva até o quarto, tranca a porta e põe música.

Eu sorrio e começo a me despir. — Isso é *The Final Countdown*?

— Sim. — Ele deixa cair a toalha. — Achei que isso te ajudaria.

Aponto para Sua Dureza Real. — Isso funciona melhor.

Ele sorri de volta, daí, me puxa para ele e pressiona seus lábios contra os meus.

Antes que eu perceba, ele faz seu movimento mágico, me colocando na cama em um piscar de olhos. Fazendo uma pausa apenas para cobrir a nudez de Sua Dureza Real com um sobretudo de látex, nos unimos como um, e desta vez, suas investidas em mim são lentas e contemplativas. Cobrindo-me com seu corpo, ele entrelaça seus dedos com os meus, como no dia em que o toquei pela primeira vez, e o que estamos fazendo não parece sexo, mas sim, algo que começa com a letra 'A'.

Estamos juntos, e meu orgasmo é mais potente do que todos os do dia anterior juntos. Enquanto nos deitamos lá, exaustos e profundamente contentes, ele se põe sobre o cotovelo e coloca uma mecha de cabelo atrás da minha orelha antes de curvar a palma da mão sobre a minha bochecha. Seus olhos castanhos são suaves e quentes enquanto ele murmura: — Eu tenho que te dizer uma coisa.

Minha frequência cardíaca dispara novamente, a adrenalina de antes ainda correndo pelo meu sistema.

— O que é?

— No dia em que nos conhecemos, você não apenas roubou meu cinto — ele diz suavemente. — Você também roubou meu coração.

Pela produção de oxitocina de Houdini.

Meu peito parece que vai explodir de alegria.

— Quando eu pensei que tinha perdido você hoje, parecia que tinha perdido oxigênio — eu admito, virando minha cabeça para beijar sua palma.

O brilho quente em seus olhos se intensifica. — Isso é porque você e eu nos encaixamos. Como tremoços e peônias.

— Não — digo sem fôlego. — Como cartolas e coelhos.

Ele concorda. — Como salto e para-quedas.

Eu cubro sua mão com a minha. — Eu amo você.

Eu não tinha admitido para mim mesma até dizer, mas é verdade.

Totalmente verdadeiro.

— Eu também te amo — diz ele. — Você é a única montanha que quero escalar.

Radiante, eu olho para Sua Dureza Real enquanto ele desperta novamente.

— Na verdade, parece que você vai me montar e eu vou escalar você.

Epílogo

TIGGER

O palco é enorme, o maior de Ruskovia e um dos maiores do mundo.

Gia está fazendo sua ilusão de voo mundialmente famosa e, como de costume, estou tomado por admiração e apreço.

Além disso, irritantemente, não tenho ideia de como isso é feito. Estamos ao ar livre, então, ela não tem nenhum lugar para prender fios, a menos que haja um helicóptero silencioso acima das nuvens.

Na verdade, ela afirma não usar fios e geralmente não mente sobre como *não* está fazendo um truque.

Eu serei honesto. Como proprietário deste parque temático, pedi à equipe que me dissesse se eles vissem qualquer indício de um fio ou outra explicação de como Gia faz o que faz, mas até agora, eles não me deram nada. O mesmo é verdade para os funcionários do hotel de Kaz.

Ei, eu não me importo. Pelo menos, não muito.

Acho que, se minha ignorância deixa minha *myodik* feliz, posso viver com isso. Claro, se eu descobrir algo sozinho... Bem, se tudo é justo no amor e na guerra, tudo é justo sem a guerra também.

Terminando sua última manobra acrobática, Gia pousa graciosamente no palco ao lado de um espectador que está atuando como os olhos do resto do público. Seu cabelo negro ondula dramaticamente ao seu redor, destacando o brilho pálido de seu rosto.

Ela deixa o espectador verificar se há fios mais uma vez e faz uma reverência graciosa para o público maior.

Os espectadores – todos os cem mil de nós – põem-se de pé e dão a Gia a mais entusiástica ovação de pé. Os aplausos são estrondosos. Como os outros, bato palmas com tanta força que minhas palmas doem, e até mesmo meus pais, que estão sentados ao meu lado, batem algumas palmas relutantes.

Não consigo descrever em palavras o quanto amo essa mulher. Eu me apaixonei por ela imediatamente. Quando ela roubou meu cinto, era como aquela música de Bryan Adams: Eu estava vendo meus filhos não nascidos nos olhos dela... e ela era uma daquelas mães tigres do meu tigre pai.

Quando a empolgação passa e a cortina cai, corro para os bastidores.

Gia me cumprimenta com um beijo apaixonado. Desde a nossa primeira vez juntos, ela tem estado completamente livre de preocupações quando se trata de trocas de fluidos corporais comigo. Na verdade, ela está ansiosa por eles.

Como é de costume em sua proximidade, meu pau – ou Minha Dureza Real como ela o apelidou – fica totalmente ereto, reagindo às suas curvas elegantes. Com sua pele de porcelana, cabelo escuro, olhos azuis e roupa de couro preto, ela me lembra o vampiro mais sexy de todos os tempos, e embora eu nunca tenha dito isso a ela, eu tinha uma grande queda por Kate Beckinsale, em *Underworld*.

Eu me reajusto o melhor que posso. — Outro grande show.

Ela sorri para mim. — Você realmente acha isso?

— Oh, sim. E a melhor parte é que eu poderia dizer que meus pais não tinham ideia de como você fez isso. Tenho certeza de que eles não gostaram nem um pouco.

Seu sorriso se torna tortuoso. — Você acha que eles vão ordenar que a CIA Ruskoviana descubra meus segredos?

— Eu não tiraria isso como uma das opções. — Além disso, não é uma má ideia. Talvez eu pudesse fazer isso.

Como parte dessa viagem à minha terra natal, Gia conheceu o rei e a rainha – e não terminou comigo depois, o que é um milagre igual às coisas que ela faz no palco.

Meus pais não são exatamente pessoas legais, especialmente para aqueles que eles consideram abaixo deles, o que é quase todo mundo.

— Eu tenho uma surpresa para você — digo. — Venha, deixe-me mostrar a você.

Na verdade, tenho duas surpresas: uma grande e outra enorme.

Ela me deixa levá-la para a sala onde a primeira "surpresa" disse que esperaria.

Abro a porta com um floreio. — Gia, eu quero que você conheça um tesouro nacional Ruskoviano. A grande, a incrível... Rasputina.

Os olhos de Gia se arregalam quando ela vê a figura feminina que está vestida de forma semelhante a ela, o que não é uma surpresa, realmente, já que Rasputina foi uma grande influência na persona de palco de Gia.

Eu nem consigo imaginar como minha *myodik* está se sentindo agora. Conhecer essa famosa maga para ela é como conhecer Evel Knievel para mim.

— Eu não sou digna — murmura Gia.

— Bobagem — diz a outra mulher com um sorriso contagiante. — Eu vi seu show. É uma honra conhecê-la.

Gia balança a cabeça. — Sra. Rasputina, você é...

— Por favor, me chame de Sasha — ela diz.

— Sasha. — Gia parece que experimentou a palavra e a achou deliciosa. — Posso pegar seu autógrafo?

Sasha dá de bom grado, e eu observo tudo de perto porque nunca esquecerei algo que Gia me disse uma vez: "Se eu tivesse que dormir com uma mulher – situação de arma na cabeça – eu dormiria com Rasputina."

Por esse motivo, tive a certeza tripla de que não há

armas no meu parque hoje. Estou com muito ciúme para que minha mulher durma com alguém, até mesmo com outra mulher.

— Então — diz Sasha. — Você sabe como eu faço previsões?

Gia assente. — Sim. Elas são incríveis.

Se você me perguntar, elas são quase assustadoras. Minha mãe gastou uma fortuna e concedeu títulos de nobreza a essa mulher em troca de suas "profecias" que, até onde sei, de alguma forma se tornaram realidade.

Um raio parece disparar da mão de Sasha em seus olhos – um truque de mágica, obviamente.

— Vocês ficarão juntos por toda a vida — ela diz, olhando para cada um de nós. — E será uma união feliz.

No começo, estou tão surpreso quanto Gia.

Então, eu percebo.

Rasputina está estragando minha enorme surpresa, que deveria acontecer no salão de baile do palácio real, com nossos cachorros desempenhando seus papéis adoráveis e tudo mais.

Caralho.

Vou ter que improvisar agora.

Na verdade, dada a importância desta ocasião, talvez seja tão, senão mais, memorável para Gia.

Puxando uma caixa de cartas de baralho do bolso, ajoelho-me.

Com sua expressão diabólica, Sasha aponta a atenção de Gia para mim.

Gia se vira e congela, parecendo comicamente atordoada. — O que está acontecendo?

— Isso. — Eu cerimonialmente abro a caixa de carta do jeito que Clarice me ensinou.

Lenta e majestosamente, o anel de diamante flutua para fora da caixa e pousa na minha palma.

Mesmo que Gia saiba como esse truque é feito, ela engasga e aperta o peito.

Um bom começo.

Pego o anel entre o polegar e o indicador. — Gia Hyman, estar com você foi a maior aventura que já empreendi. — Faço uma pausa para ter certeza de que minha voz não pareça de uma forma pouco masculina. — Eu escalei o Everest. Eu surfei em Cape Fear. Eu saltei do Burj Khalifa. Mas nenhum desses feitos se compara a apenas segurar sua mão. — Segurando suavemente seu pulso, tiro suas luvas de palco e coloco o anel na ponta de seu dedo. — Você me daria a honra de se tornar minha esposa?

Gia olha para mim, depois para o anel, antes de se virar para seu ídolo.

— Você sabia que isso iria acontecer?

Sasha pisca e Gia se volta para mim.

— Sim — ela diz e enfia o dedo no anel. — Pelas bolas de Houdini, sim. Claro que vou me casar com você.

Eu me coloco de pé e dou um beijo apropriado em Gia. Enquanto isso, Sasha canta *Put a Ring on It*, de Beyoncé.

— Eu vou ser uma princesa? — Gia pergunta quando finalmente nos separamos. — A porra de uma princesa? Eu?

— Não — eu digo com um sorriso. — No que me diz respeito, você já é uma rainha.

Agradecimentos

Obrigada por ler *Truque Real*! Se você gostou da história de Tigger e Gia, por favor, deixe um comentário/resenha.

Procurando por uma comédia romântica de morrer de rir? Se ainda não encontrou, você tem que conhecer a família Chortsky! Leia a história de Vlad em *Meu Código Exato*; a história de Bella em *Seu Acessório Perfeito*, e a história de Alex em *Nossos Dados Sincronizados*.

Também, você, definitivamente, vai querer ter um exemplar de *Fêmea-quase-Fatal*, apresentando Blue, uma das irmãs sêxtuplas de Holly e Gia, e um sexy (e possível) espião russo.

Para ser notificado(a) sobre os próximos lançamentos,

visite www.mishabell.com/pt/ e inscreva-se para receber minha newsletter.

Misha Bell é um trabalho em conjunto entre marido e mulher, equipe de escritores, Dima Zales e Anna Zaires. Quando eles não estão fazendo você explodir de rir como Misha, Dima escreve ficção científica e fantasia, e Anna escreve romance dark e contemporâneo. Confira *O Titã de Wall Street*, de Anna Zaires, para mais bilionários gostosos!

Vire a página para ler trechos de *Nossos Dados Sincronizados* e *O Titã de Wall Street*!

Trecho de Nossos Dados Sincronizados

É uma verdade universalmente reconhecida que um homem com pelos faciais deve estar querendo fazer a barba. E se arrumar. E ter um encontro falso.

Meu nome é Holly Hyman. Eu amo ordem e números primos – e estou com sérios problemas. A empresa para a qual trabalho é dinâmica, e não da maneira que eu gosto. Nosso novo chefe? Alex Chortsky, um lindo demônio russo desalinhado. Nosso novo objetivo? Entretenimento de RV do tipo safado.

Talvez eu não me importasse muito se o trabalho da minha vida não fosse para crianças. Ou, se eu não tivesse acessado acidentalmente uma versão em realidade virtual do meu chefe diabolicamente bonito.

A única maneira de salvar meu projeto dos sonhos é

fazer uma barganha faustiana. Por uma noite, fingir ser a namorada de Alex Chortsky.

O que poderia dar errado?

————

— Então, você não vai me ajudar?

Um sorriso sátiro ilumina seus lindos traços.

— Eu não disse isso. Acho que posso ajudá-la... por um preço.

Aqui vamos nós.

Eu posso praticamente me imaginar picando um dedo e assinando um contrato que pede pelo meu primogênito.

Minhas entranhas começam a tremer, e não apenas meus ovários mais.

— O que você quer?

— Mais duas coisas — ele diz, sua voz baixa e profunda. — Não relacionado ao trabalho desta vez.

Eu sabia. O Diabo está exigindo um acordo – não se pode esconder sua natureza.

— O que são? — Estou impressionada comigo mesma. Minha voz está firme e o sotaque britânico não reapareceu.

— Bella está enlouquecendo querendo saber o que você achou do traje — diz ele. — Eu quero que você dê a ela um relatório completo. Isso a deixará feliz.

Eu fico boquiaberta com ele. Por um lado, isso não

é completamente alheio ao trabalho, mas, por outro, é maluco.

— Não estou qualificada para isso — digo, percebendo que estou me agarrando em pretextos. — Eu não sou do controle de qualidade.

— Oh, não se preocupe — diz ele. — Bella tem um formulário e tudo mais. Além disso, ela pode colocar você em contato com Fanny – ela tem experiência nessas coisas.

Há alguém chamada Fanny envolvida? Pobre mulher. Na Inglaterra, isso significa vagina, embora aqui nos Estados Unidos signifique bunda, então, também não é uma grande associação.

Droga. Agora o Diabo está me fazendo pensar em vaginas e bundas.

— O que mais? — pergunto evasivamente.

Seus olhos brilham. — É o aniversário do meu pai amanhã. Eu quero que você venha comigo para a celebração.

Minha respiração acelera. — Tipo... um encontro?

O sorriso está de volta. — Não é um encontro real. Um encontro de mentira. Minha mãe está tentando armar para mim com mulheres aleatórias, e eu quero que isso pare.

Que idiota. Como ela ousa tentar armar para ele com uma qualquer? Por que eu...

Uau. Essa foi rápido. Pelo que sei, sua mãe pode ser uma senhora adorável.

— Um não-encontro. — Provo as palavras e não gosto.

Eu não deveria estar aliviada por ele não ter pedido aquele primogênito – ou ser o pai desse primogênito? Além disso, por que é tão fácil imaginar a cria hipotética do demônio? Sem dúvida, teria seus olhos azul-cerúleo, meu rosto oval, seu...

— Então — o Diabo diz, arrancando-me do meu delírio induzido por hormônios. — Você já foi a uma festa russa antes?

Balanço minha cabeça.

— Um restaurante russo?

Outra sacudida.

— Você terá uma surpresa, então. Haverá comida incrível e um show. — Ele me olha de cima a baixo. — Basta ter em mente que o código de vestimenta é bastante formal, então, você pode querer usar algo bonito.

Ele está dizendo que eu não estou usando algo bonito *agora*? Desgraçado. Além disso, ele está vestindo um moletom. Sujo falando do mal lavado?

— Tudo bem — respondo entredentes. — Eu aceito seus termos.

— Excelente. Vou mandar uma mensagem com os detalhes.

Virando-me com raiva no meu calcanhar, vou para a porta.

Com uma velocidade digna de sua natureza sobrenatural, o Diabo se levanta e abre a porta para mim.

Parece que convencer o mundo de que ele não

existe não é o único truque que o Diabo tenta fazer. Ele também quer que eu pense que ele é um cavalheiro.

Droga. Agora, se eu quiser sair deste lugar, terei que passar perto dele ou rudemente pedir-lhe que se mexa, o que eu não quero fazer.

Eu dou um passo à frente.

Um leve aroma de um chá saboroso entra em minhas narinas, fazendo-me ter água na boca. Oolong, keemun, talvez lapsang souchong, junto com algo inefavelmente masculino.

Outro passo.

Nossos olhares se fundem.

Há um tumulto na minha barriga – meus ovários traiçoeiros estão, sem dúvida, tentando sufocar um ao outro até a morte.

Quanto mais perto eu chego, mais hipnotizada fico por seu olhar.

Talvez eu deva recuar – ou ser rude, afinal?

Isso seria sábio, mas eu também não sou. Como uma estrela condenada presa pela gravidade de um buraco negro, sou atraída por ele – deve ser por isso que encurto a distância.

Vá embora, Holly.

Meus pés parecem soldados ao chão.

Não faça isso, Holly.

Eu fico na ponta dos pés.

Sua cabeça se inclina em minha direção.

———

Nossos Dados Sincronizados está disponível. Visite nossa página www.mishabell.com/pt/ para saber mais.

Trecho de O Titã de Wall Street de Anna Zaires

Um bilionário que quer uma esposa perfeita ...

Aos 35 anos, Marcus Carelli tem tudo: riqueza, poder e o tipo de aparência que deixa as mulheres sem fôlego. Bilionário, ele dirige um dos maiores fundos de investimentos de Wall Street e pode derrubar grandes corporações com uma única palavra. A única coisa que ele não tem? Uma esposa que seria uma conquista tão grande quanto os bilhões em sua conta bancária.

Uma aficcionada por gatos que precisa de um encontro...

Emma Walsh, 26 anos, vendedora numa livraria, sabe que é uma Senhora dos Gatos. Ela não concorda necessariamente com essa afirmação, mas é difícil argumentar com os fatos. Roupas fora de moda cobertas com pelos de gato? Check. Último corte professional no cabelo? Há mais de um ano. Ah, e três gatos em um pequeno estúdio no Brooklyn? Sim, ela tem.

E, sim, ela não tem um encontro desde... Bem, ela não se lembra. Mas essa parte pode ser mudada. Não é para isso que servem os sites de namoro?

Um caso de erro de identidade...

Uma casamenteira da alta roda, um aplicativo de namoro, uma confusão que muda tudo... Os opostos até se atraem, mas isso pode durar?

―――――――

Estou quase pulando de emoção quando me aproximo do Sweet Rush Café, onde eu deveria encontrar Mark para o jantar. Essa é a coisa mais louca que já fiz em longo tempo. Entre o meu turno da noite na livraria e o horário de aula dele, não tivemos a chance de fazer mais do que trocar algumas mensagens, então, tudo o que tenho são aquelas fotos desfocadas. Ainda assim, tenho um bom pressentimento sobre isso.

Eu sinto que Mark e eu podemos nos conectar.

Cheguei alguns minutos mais cedo, então, paro na porta e tiro um momento para tirar pelo de gato do meu casaco de lã. O casaco é bege, o que é melhor do que o preto, mas o pelo branco é visível em tudo o que não é branco puro. Eu acho que Mark não se importa muito – ele sabe o quanto os persas perdem pelo –, mas eu ainda quero parecer apresentável para o nosso primeiro encontro. Demorei cerca de uma hora, mas fiz meus cachos ficarem semi-comportados, e estou até usando um pouco de maquiagem – algo que acontece com a frequência de um tsunami em um lago.

Respirando fundo, entro no Café e olho em volta para ver se Mark já está lá.

O lugar é pequeno e aconchegante, com assentos em forma de bancos dispostos em semicírculo em volta do balcão. O cheiro de grãos de café torrados e moídos é de dar água na boca, fazendo meu estômago roncar de fome. Eu estava planejando ficar só no café, mas decidi pegar um croissant também; meu orçamento deve dar para isso.

Apenas alguns dos lugares estão ocupados, provavelmente porque é uma terça-feira. Eu os examino, procurando por alguém que possa ser Mark, e noto um homem sentado sozinho na mesa mais distante. Ele está de costas para mim, então, tudo o que consigo ver é a parte de trás de sua cabeça, mas seu cabelo é curto e castanho escuro.

Pode ser ele.

Reunindo minha coragem, aproximo-me do local.
— Com licença — digo. — Você é Mark?

O homem se vira para mim e meu pulso dispara na estratosfera.

A pessoa na minha frente não é nada como as fotos no aplicativo. Seu cabelo é castanho e seus olhos são azuis, mas essa é a única semelhança. Não há nada arredondado e tímido nas expressões rígidas do homem. Do queixo de aço ao nariz aquilino, seu rosto é ousadamente masculino, marcado por uma autoconfiança que beira a arrogância. Uma barba por fazer escurece suas bochechas magras, fazendo suas maçãs do rosto salientes se destacarem ainda mais, e suas sobrancelhas são grossas e escuras sobre os olhos penetrantes e pálidos. Mesmo sentado atrás da mesa, ele parece alto e poderosamente bem-definido. Seus ombros são muito largos em seu terno bem cortado e suas mãos são duas vezes maiores que as minhas.

Não é possível que seja o Mark do aplicativo, a menos que ele tenha gasto algum tempo em ginástica desde que as fotos foram tiradas. Seria possível? Uma pessoa poderia mudar tanto? Ele não indicou sua altura no perfil, mas eu presumi que a omissão significava que ele era tão prejudicado verticalmente quanto eu.

O homem que eu estou olhando não é prejudicado de qualquer forma, e ele certamente não está usando óculos.

— Eu sou... Eu sou Emma — gaguejo enquanto o homem continua olhando para mim, seu rosto duro e inescrutável. Tenho quase certeza de que tenho o cara errado, mas ainda me forço a perguntar: — Você é Mark, por acaso?

— Eu prefiro ser chamado de Marcus — ele me choca, respondendo. Sua voz é um estrondo masculino profundo que puxa algo primitivamente feminino dentro de mim. Meu coração bate ainda mais rápido e minhas palmas começam a suar quando ele se levanta e diz abruptamente: — Você não é o que eu esperava.

— Eu? — *Que diabos?* Uma onda de raiva afasta todas as outras emoções enquanto eu fico boquiaberta com o gigante rude na minha frente. O idiota é tão alto que tenho que esticar o pescoço para olhar para ele. — E quanto a você? Não se parece nada com suas fotos!

— Eu acho que nós dois fomos enganados — diz ele, com a mandíbula apertada. Antes que eu possa responder, ele gesticula em direção ao banco — Você pode muito bem sentar e fazer uma refeição comigo, Emmeline. Eu não vim até aqui para nada.

— É *Emma* — eu corrijo, fumegando. — E não, obrigada. Eu vou apenas seguir meu caminho.

Suas narinas se abrem e ele caminha para a direita para bloquear meu caminho. — Sente-se, *Emma*. — Ele faz o meu nome soar como um insulto. — Vou ter uma conversa com Victoria, mas, por enquanto, não vejo por que não podemos compartilhar uma refeição como dois adultos civilizados.

As pontas das minhas orelhas queimam com fúria, mas eu deslizo no banco em vez de fazer uma cena. Minha avó incutiu polidez em mim desde cedo, e mesmo sendo adulta vivendo sozinha, acho difícil ir contra os ensinamentos dela.

Ela não aprovaria eu dando joelhadas nas bolas dele e mandando-o se foder.

— Obrigado — diz ele, deslizando para o assento

em frente a mim. Seus olhos brilham azulados quando pega o cardápio. — Isso não foi tão difícil, foi?

— Eu não sei, *Marcus* — digo, colocando ênfase especial no nome formal. — Eu só estive perto de você por dois minutos, e já estou me sentindo homicida. — Revido o insulto com um sorriso feminino, aprovado pela vovó, e ponho minha bolsa no canto do meu banco, pego o menu sem me preocupar em tirar o casaco.

Quanto mais cedo comermos, mais cedo posso sair daqui.

Uma risada profunda me faz olhar para cima. Para meu choque, o idiota está sorrindo, seus dentes brilhando brancos em seu rosto levemente bronzeado. Sem sardas, noto com inveja; sua pele é perfeitamente uniforme, sem nem um grama extra na bochecha. Ele não é classicamente bonito – suas características são ousadas demais para serem descritas dessa maneira – mas ele é chocantemente bonito, de uma maneira potente e puramente masculina.

Para meu espanto, uma onda de calor lambe meu núcleo, fazendo meus músculos internos se apertarem.

De jeito nenhum. Esse idiota *não* está me excitando. Eu mal posso ficar próxima a ele.

Rangendo os dentes, olho para o meu cardápio, observando com alívio que os preços neste lugar são realmente razoáveis. Eu sempre insisto em pagar minha parte da comida em encontros, e agora que eu conheci Mark – desculpe-me, *Marcus* – eu não deixaria que ele me arrastasse para um lugar chique onde um copo d'água da torneira custa mais do que uma dose de *Patrón*. Como eu poderia estar tão errada sobre o cara? Claramente, ele mentiu sobre trabalhar em uma livraria e ser um estudante. Para que fim, eu não sei, mas tudo sobre o homem à minha frente grita riqueza e poder. Seu terno risca-de-giz abraça sua estrutura de ombros largos como se fosse feito sob medida para ele, sua camisa azul é engomada, e eu tenho certeza de que sua gravata sutilmente quadriculada é uma marca de grife que faz a *Chanel* parecer uma marca do *Walmart*.

Quando todos esses detalhes se registram, uma nova suspeita me ocorre. Alguém poderia estar fazendo uma piada comigo? Kendall, talvez? Ou Janie? Ambas conhecem o meu gosto para rapazes. Talvez uma delas tenha decidido me atrair para um encontro dessa maneira – embora o motivo pelo qual elas montariam isso com *ele*, e ele concordaria com isso, seja um enorme mistério.

Franzindo a testa, olho para o menu e estudo o homem à minha frente. Ele parou de sorrir e está folheando o cardápio, com a testa franzida em uma carranca que o faz parecer mais velho do que os vinte e sete anos listados em seu perfil.

Essa parte também deve ter sido uma mentira.

Minha raiva se intensifica. — Então, *Marcus*, por que você escreveu para mim? — Soltando o cardápio na mesa, olho para ele. — Você tem gatos?

Ele olha para cima, sua carranca se aprofundando. — Gatos? Não, claro que não.

O escárnio em seu tom me faz querer esquecer tudo

sobre a desaprovação de vovó e lhe dar um tapa direto no rosto magro e duro. — Isso é algum tipo de brincadeira para você? Quem colocou você nisso?

— Desculpe-me? — Suas sobrancelhas grossas sobem em um arco arrogante.

— Ah, para de bancar o inocente. Você mentiu em sua mensagem para mim, e tem a ousadia de dizer que eu não sou o que você esperava? — Eu posso praticamente sentir a fumaça saindo dos meus ouvidos. — *Você* mandou uma mensagem para *mim*, e eu fui totalmente sincera no meu perfil. Quantos anos você tem? Trinta e dois? Trinta e três?

— Tenho trinta e cinco — diz ele lentamente, sua carranca voltando. — Emma, o que você está falando...

— Chega. — Agarrando minha bolsa pela alça, deslizo para fora do banco e fico de pé. Com ensinamentos da vovó ou não, não vou fazer uma refeição com um idiota que tenha me enganado. Não tenho ideia do que faria um cara como esse querer brincar comigo, mas eu não vou ser o alvo de alguma piada.

— Aproveite a sua refeição — rosno, dando a volta, e sigo para a saída antes que ele possa bloquear o meu caminho novamente.

Estou com tanta pressa para sair que quase derrubo uma morena alta e esbelta que se aproxima do Café e o cara baixo e rechonchudo que a segue.

———

O Titã de Wall Street está disponível. Visite nossa página
www.annazaires.com/book-series/portugues/ para
saber mais.

Sobre a Autora

Amo escrever humor (muitas vezes do tipo impróprio),
finais felizes (ambos os tipos) e personagens peculiares
o suficiente para serem chamados de excêntricos
(porque... por que não?). Se você ama uma boa
comédia, cheia de vibrações positivas, visite
www.mishabell.com/pt/ e inscreva-se para receber
minha newsletter.